세계문학공부

양자오(楊照)
중화권의 대표적인 인문학자.
언론·출판·교육 분야에서 다채롭게 활약하며, 『타임』이 선정한
아시아 최고의 서점인 청핀서점에서 10년 넘게 교양 강의를 하고
있다. 소설가로서 여러 권의 문예평론집을 쓰기도 했다. 라디오
프로그램에서 좋은 책을 소개하며 꾸준히 대중과 소통하는
진행자이기도 하다. 『이야기하는 법』과 『추리소설 읽는 법』 등을
썼고, 동서양 고전을 일반 독자의 눈높이에 맞춘 저술로 독자와
텍스트를 잇는 가교 역할을 하고 있다. 유유 세계문학공부 시리즈
『영원한 소년의 정신: 하루키 읽는 법』『인생과의 대결: 헤밍웨이
읽는 법』『이야기를 위한 삶: 마르케스 읽는 법』『자기 자신에게
성실한 사람: 카뮈 읽는 법』에 이은 다섯 번째 세계문학 읽기의
기쁨을 전한다.

박희선
베이징대 중어중문학과를 졸업했고, 동 대학원에서 석사 및
빅사학위를 받았나. 뽕국내 숭어숭문학과에서 강의했다. 「노사의
서사담론과 영상미학 연구-사세동당四世同堂을 중심으로」 등 다수의
논문을 발표했다. 쌍쉐타오의 『형사 텐우의 수기』, 리쉬의 『인간
공자, 난세를 살다』, 『중국 당대문학 편년사』(1~3권), 이린의
『시간에 갇힌 엄마』, 장구이싱의 『강을 건너는 멧돼지』 등을
우리말로 옮겼으며 권순자 시집 『천개의 눈물』을 중국어로 옮겼다.
2015년부터 2018년까지 월간 『시문학』에 중국 현대 시인선을 번역
연재했다.

알 수 있는 것과 알 수 없는 것 사이에서

可知与不可知之间：读里尔克

楊照 著

© 2018 Yang Zhao

Korean translation copyright © 2025 UU PRESS

Korean translation rights arranged with Yang Zhao

through The Institute of Sino-Korean Culture.

알 수 있는 것과 알 수 없는 것 사이에서
: 릴케 읽는 법

양자오 지음

박희선 옮김

라이너 마리아 릴케 읽기 지도

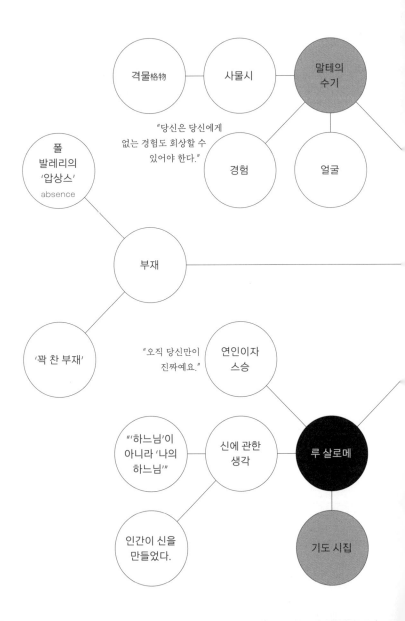

격물格物 — 사물시 — 말테의 수기

"당신은 당신에게 없는 경험도 회상할 수 있어야 한다."

폴 발레리의 '압상스' absence

경험 얼굴

부재

'꽉 찬 부재'

"오직 당신만이 진짜예요." 연인이자 스승

"'하느님'이 아니라 '나의 하느님'" 신에 관한 생각

루 살로메

인간이 신을 만들었다.

기도 시집

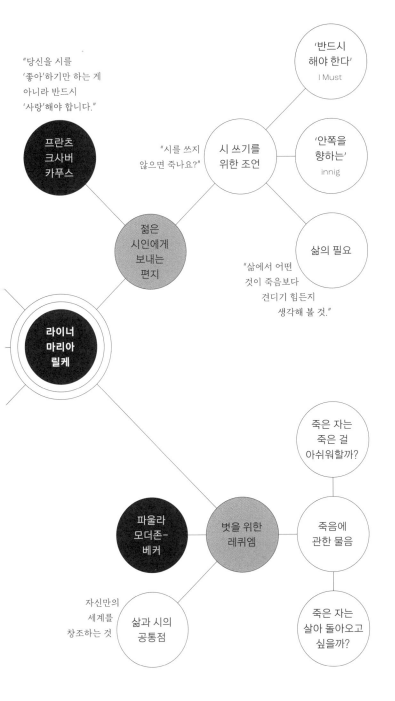

한 번은 릴케를 읽어야 하는 순간이 있다

김이경 (작가)

백석과 윤동주가 사랑한 릴케, 그 이름을 모르는 이는 드물다. 하지만 그의 시를 제대로 읽은 이는 더욱 드물다. 내가 그랬듯 많은 이들이 그를 아름답고 낭만적인 시를 쓴 지나간 시대의 시인쯤으로 여기고 관심을 두지 않는다. 그러나 살다 보면 한 번은 릴케를 읽어야 할 때가 온다. "너는 너의 삶을 바꿔야 한다"라는 시인의 명령이 벼락처럼 가슴을 때리는 순간이 온다. 그리하여 야심차게 그의 시집을 펼친다. 그리고 놀란다. 릴케의 시가 원래 이렇게 철학적이고 심오했던가? 도대체 이 낯선 언어는 다 무어며 이게 다 무슨 뜻인가?

애써 책장을 넘기지만 너무 어렵다. 결국 시집을 덮으

려 할 때, 인문학의 대가 양자오가 손을 내민다. 『알 수 있는 것과 알 수 없는 것 사이에서』. 나 같은 보통의 독자를 위해 '릴케 읽는 법'을 일러주는 책이다. 양자오가 시에 조예가 있다고 해도 릴케는 무리 아닐까 했는데, 기우였다.

오랫동안 나를 어리둥절하게 했던 「고대 아폴로의 토르소」에 관해 양자오는 섬세하고 명쾌한 독해를 보여 준다. 덕분에 그 시뿐 아니라 시란 것 자체를 어떻게 읽어야 할지 알 것 같다. 또한 길고 어려운 시 「벗을 위한 레퀴엠」에 대한 분석은, 삶과 죽음을 보는 시야를 넓고 깊게 확장해 마침내 세상 앞에 조용히 고개를 숙이게 만든다. 릴케는 말할 것도 없고 양자오도 끝없는 질문과 탐구로 감탄을 자아낸다. 이런 사람들을 만나면 삶이 즐거워진다.

마지막으로 이 책을 더 잘 즐기고 싶다면, 먼저 「고대 아폴로의 토르소」를 읽고 자기만의 해석을 해 본 뒤 양자오의 해석을 읽기를 권한다. 그 전에 『젊은 시인에게 보내는 편지』를 보고 이어서 『말테의 수기』를 읽는다면 더 좋다. 혹시 그 책들을 읽고 릴케를 알 것 같은 생각이 든다면 양자오를 읽어라. 이제 시작임을 알게 될 것이다. 놀라운 신세계를 만나는 기쁨이 당신 앞에 있다.

들어가는 말
시인이 만든 세계를 거니는 일

릴케가 어떻게 내 인생에 들어왔는지는 기억이 흐릿하다. 합리적으로 추측해 보자면, 분명히 젊은 시절 시를 많이 읽던 때의 일이었을 것이다. 지금 그때를 다시 회상해 보면 언제나 곧바로 마음속이 뭐라 형용할 수 없는 느낌으로 가득 찬다. 형용할 수 없으니 억지로라도 묘사해 볼 수밖에 없다.

말하자면, 어릴 때 했던 사치스러운 미술 놀이 같은 것이다. 대야에 담긴 물 위에 여러 가지 색깔의 유화 물감을 하나하나 짜 넣으면 금세 수면에 색채가 가득 떠올랐다. 색깔이 알록달록 화려했을 뿐만 아니라 이리저리 비틀리며

각기 다른 갖가지 모양을 만들어 냈다. 더 중요한 것은 그 색깔과 모양 모두 저마다의 두께와 무게를 가지고 있었다는 점이다.

　말하자면, 황혼의 해변에서 일 년 중 몇 안 되는, 맑고 건조한 대기에 습기와 안개가 전혀 없어서 태양이 조금씩 바다로 떨어지는 풍경을 또렷하게 볼 수 있는 그런 날과 같다. 그 과정은 호탕한 느낌이 있었다. 태양이 한편으로는 이글거리며 불타고, 다른 한편으로는 망설임 없이, 그리고 남김없이 똑바로 떨어져 내리는 것 같았다.

　말하자면, 붐비는 사람들 속에서 공기마저 꽉 틀어 막혀 몹시 답답할 때, 무심코 누군가를 흘끗 본 것 같은 느낌이다. 낯선 듯 익숙한 그 사람은, 내가 아는 이는 아니지만 오래전에, 그 모든 것보다도 더 이전에 알았어야 하는 사람이다. 그래서 나도 모르게 걸음을 내디뎌 그 사람이 있는 쪽으로 쫓아가려는 그 순간, 원래는 전부 얼굴 없던 사람들이 갑자기 한 사람, 한 사람 구별되기 시작한다. 저마다의 얼굴이 있고, 각자의 표정과 동작이 있다. 그들은 내가 쫓아가려는 그 사람이 아니어서, 오히려 모든 사람이 그 시간 속에서 살아난다.

내가 읽었던 시 속에는 내가 바로 받아들일 수도, 감당할 수도 없는 정보가 너무 많았다. 그건 단지 내 나이와 경험이 일천했기 때문만은 아니었고, 그 시대의 시 작법과 시에 내재한 근본적인 정신 때문이기도 했다.

내가 읽은 것은 대부분 타이완 현대 시인의 작품이었다. 그러나 내가 읽은 시들을 모두 '타이완 현대시'라고 말할 수는 없고, 그렇게 말해서도 안 된다. 그들의 시 속에는 타이완의 현실과 상관없는 각양각색의 이야기가 가득해서 타이완의 상황에 국한해서만 읽을 수 없기 때문이다.

최근에 그 시대를 직접 경험한 시인 뤄칭*이 당시를 깊이 회상해 설명한 글을 읽은 적이 있다.

1950~1960년대의 시인들은 외국에 나갈 기회가 없었던 데다가 대다수는 군 복무를 했기 때문에 우울하고 답답해했다. 그래서 시를 쓸 때 서양의 어휘와 이야기를 곧잘 인용했고, 나중에는 영화 속 이야기와 독백까지 인용해 자유롭게 상상을 펼칠 수 있는 창구로 삼았다. 이런 새로운

---

* 羅靑. 본명은 뤄칭저(羅靑哲)로 1948년 산둥성 칭다오에서 출생해 곧 타이완으로 이주했다. 푸런대학(輔仁大學) 영문과를 졸업한 후 1972년에 미국으로 유학해 워싱턴주립대학교에서 비교문학을 연구했다. 현재 타이완사범대학 영문과 교수로 재직 중이다. 1976년에 월간 잡지 『초근』(草根)을 창간했다. 1970년대 타이완 문단의 대표적인 시인이며 화가이다.

발전은 오히려 5·4*의 오랜 전통을 다른 형태로 계승하게 했다. 멀게는 왕두칭**, 리진파***로부터 지셴****, 탄쯔하오*****에 이르기까지 예외가 없다.

『1960년대시선』六十年代詩選에 실린 수많은 명시는 대부분 중국어로 번역된 소설과 극본을 읽고 영감을 받아서 창작된 시다. 그래서 좋은 구절을 베껴서 순서를 이리저리 바꾸고 내용을 모호하게 만들며 분위기를 짜깁기했고, 갑자기 런던과 파리가 나왔다가 또 갑자기 피렌체나 나폴리가 나오는 시으로 안개 속 환상과도 같은 온갖 상상력을 빌휘했다. 그러니 사정을 아는 사람이 나서서 '해설서'라도 써 주지 않으면 이 시들 속의 수수께끼와 암호는 오독되고 과장되어 해답을 찾기가 매우 어려울 것이다. (……)

그러나 1970년대에 타이완의 대외무역이 개방되면서 햇빛이 비치고 안개가 스스로 흩어지자 이런 풍조도 사라져

---

* 1919년의 5·4운동 전후로 일어난 5·4 신문화운동을 말하는 것으로, '낡은 것을 파괴하고 새로운 것을 건설한다'라는 정신에 근거해 문학의 근본적인 변혁을 꾀한 운동이다.
** 王獨清(1898~1940). 1921년에 혁명 문학 단체 창조사(創造社)를 발족한 시인으로 퇴폐적이고 애상적인 시를 창작하였다.
*** 李金發(1900~1976). 프랑스에서 유학하면서 상징주의의 영향을 받은 시를 창작한 초기 상징파 시인이다.
**** 紀弦(1913~2013). 타이완의 대표적인 현대시인. 중국 상하이에서 출생해 1948년 타이완으로 이주하였다. 1949년 현대시사(現代詩社)를 설립해 현대시 운동을 활발히 전개하였다.
***** 覃子豪(1912~1963). 시인이자 평론가. 중국 쓰촨성 출신으로 이후에 타이완으로 이주하였다.

버렸고 다시 돌아오지 않았다. 이런 유의 시도 당연히 명맥이 끊겨, 많은 이들이 안타까워 탄식하며 여전히 그리워하고 있다.

바로 이런 풍조가 내게 그런 분위기를 연상하게 한 것이다. 그리고 릴케가 바로 그런 시인들이 특히나 즐겨 인용하던 '수수께끼와 암호'로, 그들에 의해 작품 속에서 무수히도 '오독되고 과장'되었다.

그래서 릴케는 아주 자연스럽게 보들레르, 키츠, 예이츠, 엘리엇 등 일련의 이름과 함께 타이완 시인들이 인용하는 수많은 이야기에서 내 삶의 더없이 익숙한 일부분으로 변했다. 너무나 익숙한 나머지 일부러 그들의 작품을 찾아 읽지 않아도 될 정도였다. 그들이 바로 시인의 원형이고, 시의 근원이며, 가장 신뢰할 만한 시의 순수 정신이었다.

이런 선입견에 가까운 신뢰가 생기자, 그 후로는 어떤 경로를 통해 이 시인들의 시를 읽든 간에, 시의 부분이든 전문이든 가장 유명한 걸작이든 아니면 알려지지 않은 생소한 작품이든 간에, 그 내용이 어떤 강력하고 직접적인 힘을 갖추고 있다고 느껴졌다. 그 힘은 언어와 문자의 매개를 초월해 나의 몸을 때려 감정 혹은 경험의 구멍을 선명하게 뚫었고, 그 구멍으로 빛이 스며들었다. 아, 아니다. 그보다는 폭풍우가 들이쳐 흔들리고, 동요하고, 비명을 지르는 때가 더욱 많아서 내가 일상에서 깨어나 몸을 부르르 떨며 원래는 알 수 없었던 것을 깨닫게 했다.

이것이 내가 경험한 '시의 가르침'이었다. 시는, 현대시는 고전시처럼 사람들에게 온유돈후溫柔敦厚*를 가르치지 않는다. 그와 반대로 사람들이 현실에서 벗어나 어떠한 초현실적인 풍경으로 들어가게 해, 미처 몰랐던 내면의 자신을 이해하게 한다.

나는 서서히 서로 다른 시인들이 만들어 낸 초현실 세계를 구별하는 법을 배우게 되었다. 그들의 공통점은 현실을 경멸하거나 희롱하는 태도에 있었다. 하지만 그것을 제외하면 그들이 각자의 목소리로 그려 내는 영혼의 경지는 너무나도 달랐다! 「백조」를 통해 보들레르를 알았고, 「나이팅게일에게 바치는 송가」로 키츠를 알았으며, 「비잔티움으로의 항해」로 예이츠를, 『4개의 4중주』로 엘리엇을 알았다.

그러면 릴케는? 릴케를 알게 되는 과정은 가장 우여곡

---

* 기교를 부리거나 노골적인 표현이 없는, 한시에서 풍기는 독실한 정취.

절이 많았고, 극적이기까지 했다. 나는 우선 『젊은 시인에게 보내는 편지』를 읽고, 이 책을 읽은 모든 젊은이가 그러하듯이 곧바로 매료되어 릴케의 편지 속에 밑줄을 그을 만한 모든 문장이 전부 나를 위해 쓰인 것이고, 나만이 이해할 수 있는 비밀스러운 정보를 전달하고 있다고 믿었다! 이런 말들을 어떻게 나 말고 다른 사람이 이해하고 깨달을 수 있단 말인가?

그런데 뒤이어 『말테의 수기』를 읽자 『젊은 시인에게 보내는 편지』에 관한 독서 경험이 한순간에 강제로 뒤집혀 버렸다. 『말테의 수기』에 비하면 『젊은 시인에게 보내는 편지』는 얼마나 쉽고 평범한가! 『젊은 시인에게 보내는 편지』가 나를 위해 쓴 것이라면, 『말테의 수기』는 나보다 백 배, 천 배는 더 심오하고 광대하고 예민한 영혼을 위해 쓴 작품이란 말인가? 나와 『말테의 수기』 내용 사이에 1광년이나 되는 영혼의 거리가 있다는 것을 달갑게 받아들일 수 있을까?

『젊은 시인에게 보내는 편지』를 버리고 부나방처럼 『말테의 수기』 속으로 뛰어들어야 했다. 『말테의 수기』를 다 읽기도 전에(누가 감히 이 책을 다 읽었다고 말할 수 있을까?) 또 릴케의 시집에서 「벗을 위한 레퀴엠」을 읽게 되었다. 감정이 더욱 미친 듯이 술렁거렸다. 나는 종일 모차르트와 브람스, 포레의 레퀴엠을 들으며 이 작품의 독일어 원문과 영어 번역본을 한 단어씩, 한 줄씩 대조해 보면서 흥분과 절망이 뒤섞인 심정으로 이 시의 우주 속으로 거듭 파고들려 했다.

그렇다. 그 시는 인간 세상에서 죽은 자들의 영역으로 던져졌다가 다시 고요한 밤하늘로 던져져 어느 우주를 항해하는 밝은 빛으로 반짝이고 있었다. 나는 그 우주의 존재를 분명히 느꼈지만, 동시에 내가 그 시를 읽을 때 우주가 그 안으로 들어가려는 나를 피해 멀리 달아나는 것 또한 분명히 느꼈다. 내가 열심히 읽을수록 우주가 멀어지는 속도는 그만큼 빨라졌다.

나는 다시 『말테의 수기』를 포기했다. 『말테의 수기』는 그저 생의 기록일 뿐, 「벗을 위한 레퀴엠」과는 달랐다. 「벗을 위한 레퀴엠」은 삶과 죽음 사이를 오가는 UFO였다. 하나는 지상에, 하나는 아스라한 공중에 있었다.

마침내 『기도 시집』과 『신시집』을 거친 후, 나는 「벗을 위한 레퀴엠」 읽기를 끝냈다. 극도로 기진맥진한 정적

속에서 『말테의 수기』와 『젊은 시인에게 보내는 편지』를 다시 펼쳐 본 나는 원래부터 이 작품들이 모두 날 위해 쓰인 것임을, 내가 이 세계의 '사물'과 새로운 관계를 맺게 하려고 쓰인 것임을 깨달았다. 나는 예전에 받은 모든 인상을 내려놓고 이 작품들을 다시 읽어야 했다.

이런 방식으로 읽은 것들은 잊어버릴 수는 있지만 사라지지는 않는다. 문장이 질서정연하게 배열된 방식으로 머릿속에 남아 있는 것이 아니다. 뭐라 형용할 수 없는 작은 감정 덩어리가 되어 연상, 환상, 은유, 알 수 없는 흥분과 억압, 불현듯 까닭 없이 나 자신이 이 세상에서 살아가는 데에 분명히 지금의 현실을 초월하는 의미가 있다고 믿게 되는 감정……. 그런 것들로 흩어져 몸속에 남아 있다.

3년 전, 나는 '청핀 강좌–현대 고전 정독하기' 강좌에서 1년 내내 현대시를 강의하기로 했다. 그런 충동은 애초에 타이완의 1950~1960년대 현대시 작품을 정리하다가 생겨난 것이었다. 오랫동안 '난해함을 위한 난해함', '현실성과 사회성의 결핍'이라고 오해받아 온 그 작품들을 잘 정리해 보면 사실은 너무나 깊이 있게 그 시대의 타이완을 반영하고 또한 기록하고 있다. 그 시기 작품들을 체계적으로 다시 읽으면 자연히 몸속에 남아 있는 시에 관한 인상을 소환해, 이 인상들이 서로를 밀쳐 내고 튀어나오면서 시를 읽고 이해하려는 가장 강렬한 욕망을 자극하게 된다.

누구의 시를 읽고, 어떤 시를 강의할 것인가? 곧바로 맨 첫 번째로 떠오른 이름이 바로 릴케였다. 그래서 내가 상상한 것보다 훨씬 더 복잡하고 어려운 과정이 펼쳐졌다. 릴케의 시를 들춰 본 나는, 그의 시들은 단순히 중국어로 읽고 이해할 수 없다는 것을 확인했다. 반드시 대조하면서 설명하는 방식으로, 중국어로 번역해 낼 수 없는 독일어의 맥락을 제시해야 했다. 이것은 결국 부각해야 하는 독일어의 맥락에 따라 중국어로 번역하는 방식을 결정해야 한다는 뜻이다. 현존하는 번역본들은 모두 이런 생각에 따라 번역을 완성한 것이 아닐 터이므로, 나의 해설을 위해서 특별히 번역본을 따로 준비해야 했다.

내 마음속에는 해결할 수 없지만 해결해야만 하는 모순 하나가 분명히 존재했다. 예전에 릴케를 읽은 경험을 통해 나는 반드시 「벗을 위한 레퀴엠」을 해설할 작품 속에 포함하려 했다. 하지만 나는 또한 이 장시가 릴케의 모든 작품 가운데 중국어로 표현하기에 최고로 어려운 작품이라는 것을 누구보다도 잘 알고 있었다!

　온 힘을 다해 강의를 준비하면서 독일어 원문과 내가 찾을 수 있었던 각종 영어 번역본을 자세히 대조했다. 「벗을 위한 레퀴엠」을 중심으로 그에 관련된 릴케의 다른 작품을 찾아보았다. 「벗을 위한 레퀴엠」을 릴케가 이 세상에 내놓은 궁극적인 해답으로, 그가 자신의 모든 생명과 기쁨과 슬픔, 즐거움과 고통을 농축해 얻어서 층층이 뒤섞인 감정 속에 숨겨 둔 한마디 마지막 탄식으로 보고, 다시 돌아가 찾아보려 했다. 만약 이것이 궁극적인 해답이라면 애초의 문제는 무엇이었을까? 이것이 탄식이라면 릴케가 마주한 현상은 직접 이해하거나 설명할 수 없고 그저 탄식으로써 답해야 하는 것이었다는 뜻인데, 그것은 또 무엇이었을까?

　이런 방식으로 릴케를 다시 읽은 끝에 이 책이 나왔다. 형용할 수 없어 억지로라도 묘사할 수밖에 없는 시의 초심으로 돌아갔고, 곳곳에 억지로 묘사한 흔적이 남았다. 결국, 만약 모든 것을 알 수 있고 명확하게 말할 수 있다면 삶에 시는 필요치 않을 것이다. 시는 알 수 있는 것과 알 수 없는 것 사이를 오가며 존재한다. 하지만 인생에서 가장 중요하고 결정적인 경험도 모두 그렇게 알 수 있는 것과 알 수

없는 것 사이에 낀, 아스라하지만 그렇기에 영혼 속 깊숙이
심어진 것이 아닐까?

01

일반적으로 문학작품을 대할 때 우리는 아주 자연스럽게 문자와 형식은 도구이고, 문자와 형식을 통해 표현하고 전달하는 경험과 감정, 의미가 목적이라고 믿는다. 2천여 년 전에 장자는 이것을 '득어망전'得魚忘筌, 즉 "물고기를 잡고 나면 물고기 잡던 통발은 잊는다"라는 말로 비유했다. 언어와 문자는 고기를 잡는 데 쓰는 '통발'이고, 경험과 감정, 의미는 '물고기'다. 우리는 통발로 물고기를 잡고 나면 도구와 수단은 한쪽으로 치워 버려야 하며, 수단과 목적을 헷갈리지 말고 수단을 목적으로 착각하지도 말아야 한다. 중요한 것은 '물고기'이지 '통발'이 아니므로, 문자에 구애되어 오히려 문자가 전달하고 소통하려는 것을 잊어서는 안 된다.

그러나 20세기 서양 현대시의 특징 가운데 하나는 이러한 관념과는 정반대다. 문자와 의미, 형식과 내용은 떼어 놓을 수 없고, 문자는 단순히 의미를 표현하는 도구가 아니며 문자를 통해 의미를 얻은 후에 문자를 함부로 내버려서는 안 된다고 주장한다.

시가 추구해야 하는 목표 중 하나가 이와 맞닿아 있다. 바로 문자는 그저 도구일 뿐이라고 믿는 본래의 관념으로는 영원히 다다를 수 없는 곳까지 가는 것이다. 20세기의 현대시는 형식과 내용의 조화를 극도로 중시하면서 전통적인 시와는 매우 다른, 형식과 내용이 조화를 이루는 방법을 발전시켰다. 그것은 20세기 현대시가 표현하고자 하는 경험과 감정 가운데 큰 부분이 1914년에 발발한 제1차 세계대전이 남긴 감정, 즉 파괴와 공허 그리고 형용할 수 없는 상실감 같은 것의 영향을 받았기 때문이다.

현대시는 한 가지 모순 속에서 성립되었다. 언어와 문자는 'be', 즉 존재하는 것이며, 집단적인 소통을 위해 존재하므로 필연적으로 그 문법이 규정한 일련의 체계를 가진다. 그런데 시는 이런 언어와 문자로 견고하고 명확한 경험이나 감정을 전달하고 표현하는 것이 아니라 오히려 부서지고 상실된 파악하기 힘든 감정, 심지어 공허와 결핍, 부재, 존재하지 않음not to be 혹은 비존재non-being까지도 전달하고 표현하고자 한다.

그리하여 시는 부재absence를 깊이 탐구하려 한다. 그것은 그저 '부재'가 아니라 우리에 의해 지각되고, 우리를 방해하고, 우리를 습격하는 '부재'이다. 그냥 비어 있는 것이 아니라, 교실에서 다들 수업을 듣고 있는데 한 자리가 비어 있는 것이다. 평소에는 그 자리에 있었고, 있어야 하는 학생이 없는 것이다. 그는 전학했거나 병이 깊어 오지 못했거나 혹은 어제 하교 후에 갑자기 투신자살한 것이다. 우리는 그 빈자리를 무시할 수 없다. 빈자리의 비어 있는 상태는 그가 자리에 앉아 있을 때보다 훨씬 더 눈에 띄고, 더 눈길을 끈다. 달리 말하면, 그의 '부재'는 그의 '존재'보다 더욱 거대하고 깊다. 지금 그는 자신의 '부재'로서, 빈자리로서 존재한다.

'존재'인 언어와 문자로 어떻게 '부재'absence를 쓸 것인가? 이것이 20세기 현대시가 중점적으로 추구한 내용이다. 이러한 추구 속에서 현대시의 성격이 형성되었다.

02

현대시를 읽을 때는 언어와 문자가 무엇을 말하는지만 보아서는 안 되며, 어떤 언어와 문자를 사용해 어떤 방식으로 말했는지까지 따져 보아야 한다. 그리고 우리는 시의 언어와 문자 속으로 들어가서 말해지지 않은 것이 무엇인지도 따져 보아야 한다. 침묵과 빈자리, 삭제, 생략, 빈틈 또한 시의 일부분이며 형태를 가진, 말해진 부분과 똑같이 중요하다.

인류의 문명은 단순함을 벗어나 부단히 복잡함을 탐지하고 개발하고 '비정상'을 시험하면서 축적된 것이다.

'정상'적인 상태에서의 '득어망전' 식의 독서 경험 속에서는 우리가 문자를 읽는 것은 문자가 말한 것을 흡수하기 위함으로, 읽은 것을 이해하고 문자가 무엇을 말했는지만 알면 되었다. 그러나 우리는 이런 방법으로 현대시를 읽을 수는 없다. 우리는 같은 경험과 의미를 특별히 어떤 형식을 써서 말하지는 않았는지, 어째서 다른 형식이 아니라 바로 이 형식을 썼는지 관심을 가져야 한다. 더 중요한 것은 이런 문자들이 조합된 후에 말하지 않는 것, 말하지 않은 것, 내지는 감춰진 부분에 관심을 가져야 한다는 것이다.

문자와 경험, 의미의 사이는 더 이상 당연하게 힌쪽이 다른 한쪽을 내포하고 드러내고 표현하는 관계가 아니다. 때때로, 아니 자주 문자와 경험, 의미는 숨기고 위장하고 오도하고 왜곡하는 관계로 변화하거나 또한 뒤바뀌기도 한다.

어째서 이래야 할까? 그냥 솔직히 있는 그대로 말하면 안 되는 걸까? 어째서 숨기고, 위장하고, 오도하고, 왜곡하려 애써야 하는 걸까? 여기에 현대시의 또 다른 대체될 수 없는 가치가 있다. 현대시는 인간이 언어와 문자가 말할 수 없는 경험이나 감정을 받아들이고 이해하는 능력을 갖추고 있다고 굳게 믿는다. 다른 식으로 말하면, 인간이 하게 되는 경험과 감각기관이 받아들이는 범위는 언어와 문자가 기록하고 표현할 수 있는 범위를 크게 넘어선다는 것이다.

'형언할 수 없는', '형용할 수 없는', '이루 말할 수 없는'unspeakable, '설명할 수 없는'can't be described……. 눈치챘는가? 중국어든 영어든 간에, 이 어휘들은 표면적으로는 '할 수 없다', '없다'고 부정하고 있지만, 실제로 사용할 때는 모두 의문의 여지 없이 최상급의 의미를 지니고 있다는 것을. '형용할 수 없을' 정도로 좋다는 것은 가장 좋은 것보다도 더 좋은 것이다. '이루 말할 수 없을' 정도로 비참하다는 것은 가장 비참한 것보다도 더욱 비참한 처지라는 뜻이다.

현존하는 언어 체계는 모두 어떤 경험과 감정은 언어와 문자로 표현할 수 없을 뿐만 아니라, 표현할 수 없는 것이 오히려 가장 깊고 강렬하고 중요한 것이라 인정한다. 그러니 우리가 어떻게 그 가장 깊고 강렬하고 중요한 것에 가닿고 기록하고 이해할 생각을 하지 않고, 그저 언어와 문자의 무능함을 좌시하며 그 한계를 그저 받아들이기만 할 수 있겠는가?

현대시는 우리가 '형언할 수 없는' 것이 그저 '이루 말할 수 없는' 상태를 유지하게 해서 우리 삶의 집단적인 의식

소통의 바깥에 있도록 놔두는 것을 달가워하지 않고, 받아들이지 않는다. 그 때문에 갖가지 비정상적인 이야기 방법을 이리저리 바꿔 끝내 이야기해 냈다. 현대시는 19세기 말에서 20세기 사이에 수많은 좌절과 시험을 거쳐 이러한 정신을 통해 당당히 성립되었다.

—『말테의 수기』

03

릴케의 『말테의 수기』에는 시를 어떻게 쓰는지에 관해 직
접적으로 말한 부분이 있다. 여기서 그는 시가 무엇인지,
그리고 시를 쓰려면 어떤 조건을 갖춰야 하는지에 관한 자
신의 생각을 설명하였다.

아, 만약 당신이 너무 어린 나이에 시를 쓴다면 시는 아마
도 당신의 삶에서 그리 큰 의미를 지니지 못할 것이다. 당
신은 인내심을 가지고 기다려야 한다. 평생을 두고, 가능
하면 아주 오랫동안 의미와 달콤함을 모아야 한다. 그러

면 마지막 순간, 생의 끝에서 어쩌면 그럴듯한 열 줄의 시를 쓸 수 있을지도 모른다.

의미와 달콤함. 릴케가 쓴 독일어 원문은 'Sinn und Süßigkeit'이다. 두 단어는 같은 자음으로 시작해 특별한 리듬감을 자아낸다. 그리고 원문에서는 'Süßigkeit'(달콤함) 뒤에 바로 'sammeln', 즉 '모으다', '채집하다'라는 의미의 단어가 이어져 읽는 이가 자연히 꿀을 모으는 부지런한 꿀벌을 연상하게 한다. 그는 시 쓰기란 어렵고 고된 것이며, 시는 어린 나이에 준비 없이 쓸 수 있는 것이 아니라 반드시 평생 꿀벌처럼 쉬지 않고 부지런히 노력해야, 또한 꿀벌이 모든 꽃에 들어가 꿀을 찾듯 이 세상에서, 삶에서 의미와 감동을 찾아 모아야 한다고 강조하고 있다.

왜냐하면 시란 사람들이 생각하는 것처럼 단순히 정서나 감정이 아니기 때문이다(사실 정서와 감정은 아주 일찍부터 가질 수 있다). 시는 체험이다. 한 줄의 시를 쓰기 위해 당신은 수많은 도시와 사람, 수많은 사물을 보아야 한다. 당신은 동물을 이해해야 하고, 새가 어떻게 나는지를 느껴야 하며, 작은 꽃이 새벽녘에 자신을 피워낼 때의 모습이 어떤지 알아야 한다.

감정에 의지해서는 시를 쓰기에 부족하다고, 릴케는 우리를 일깨운다. 시는 풍부한 경험과 체험 위에 수립되는 것이므로 오랜 시간을 들여 가능한 한 계속해서 축적해야 한다. 시인은 처음에는 시 쓰기에 경험이 필요하다고 추상적으로 말한 다음, 경험과 체험을 갖춘 사람이 어떻게 묘사할 수 있는지 시범을 보인다. 그 뒤로는 앞서 나왔던 꿀벌에 대한 비유에 이어서, 시라는 꿀을 만들고자 하는 사람은 반드시 부지런히 꽃을 들락거리며 그 속에서 꿀을 만들 재료를 수집해야 한다고 길게 묘사한다.

릴케는 독일어로 "Um eines Verses willen muß man ……"(한 줄의 시를 쓰기 위해 모든 이는 반드시 ~해야 한다)이라고 말했다. 그는 일반명사인 'man'을 써서 모든, 그러니까 시를 쓰고자 하는 사람이라면 누구든 반드시 이런 체험을 해야 한다고 절대적으로 선언한다. "수많은 도시와 사람, 수많은 사물을 보아야 한다"는 말은 그저 견문이 넓어야 한다는 뜻으로 보이지만, 릴케는 원문에 견문이 넓다는 의미보다 더욱 심오한 뜻을 숨겨 두었다.

"viele Städte sehen, Menschen und Dinge."(많은 도

시를 보고, 사람들과 사물들을 보게 된다) 시인이자 번역가인 스티븐 미첼Stephen Mitchell은 이 문장을 영어로 "many cities, many people and Things"(많은 도시, 많은 사람 그리고 사물들)라고 옮겼다. 대문자로 쓴 Things라니, 이상하지 않은가? 릴케의 원문에는 "Menshen und Dinge"(사람들과 사물들)가 나란히 배열되어 있는데, 스티븐 미첼은 이를 두 개의 집합명사라고 이해한 것이 분명하다. 사람들과 사물들. 릴케는 사람 한 명, 한 명, 사물 하나하나를 보라고 하는 것이 아니다. 많을수록 좋다. 우리가 보고 체험해야 하는 것은 무한에 가까운 사람과 사물들이고, 그들이 가진 어떤 신비한 내재적 특성이다. 좀 억지 해석하면 사람이 사람인 이유, 사물이 사물인 이유를 보아야 한다는 뜻이라고 말할 수도 있다. 혹은 사람과 사물의 어떠한 본성, 복수 複數 속에 감춰져 있는, 복수를 통해 표현되는 집단적 본성을 보아야 한다는 뜻이라고 말해야 할 것이다.

릴케가 말한 '사물을 보게 된다'란 그저 다양한 것들을 보는 데 그치지 않고 사물과 자아의 주관 사이의 어떤 특수하고 기묘한 관계를 이해하고 파악할 수 있어야 함을 뜻한다. 이것이 '사물시'Dinggedichte의 내재적 정신이다. 그 어떤 '사물'도 순수하게 객관적인 형식으로 우리의 삶에 존재하지 않는다. '사물'은 필연적으로 우리의 주관적 감정과 감상에 접촉해 독특하며 우리에게만 속한, 주관과 객관이 뒤섞인 '사물'로 개조된다. '사물시'는 바로 이렇게 주관과 객관이 뒤섞이는 과정을 기록하고 탐구하며, 주관과 객관이 뒤섞이면서 생겨나는 독특한 성질을 분명히 드러내고자 한다. 다시 말해 당신은 반드시 수많은 사람을 관찰한 후에야 무엇이 '사람'인지 알게 될 것이다. 무수한 사물을 본 후에야 '사물'에 대해 집단적이며 주관적으로 파악하고 이해할 수 있을 것이다.

릴케가 간단한 몇 개의 단어로 표현하려 한 것이 중국의 송, 명나라 때의 이학理學에서 몇백만 자를 써서 토론한 '격물'格物과 아주 비슷한 느낌이 든다. 『대학』大學에서는 '성의誠意, 정심正心, 격물格物, 치지致知, 수신修身, 제가齊家, 치국治國, 평천하平天下'라는 중요한 순서를 제시하였다. 이 가운데 '격물'은 무엇이며, 어째서 우선 '격물'을 한 후에 지식을 넓히는 '치지'를 해야 하는 것일까? '격물'과 '치지' 사이에는 어떤 관계가 있을까?

이학의 정주학파程朱學派에서는 '격물'을 사물의 도리를 연구한다는 뜻으로 이해했다. '물'物을 복수로 보면 바로 things인데, 이를 하나하나 연구하고 도리를 하나하나 쌓는 것이다. 반면에 육왕학파陸王學派에서는 이런 방식으로 '격물'을 하면 근본적인 학문을 얻을 수 없고 그저 계속해서 외재적인 지식이 더해질 뿐, 사람이 '수신(자신의 몸과 마음을 다스리는 것)'하는 데는 도움이 되지 않는다는 의문을 제기하였다. 만약 '격물'을 통해 얻은 지식이 시종일관 외재적인 것이라면 아무리 많이 쌓아도 '수신'과는 상관이 없기에 '격물'에서 '치지'를 거쳐 '수신'까지 통할 수 없다고 보았다.

육왕학파에서, 특히 왕양명王陽明은 다음과 같이 주장하고 또한 강조하였다. '격물'은 사물 하나하나를 연구하는 것도, 만물을 연구하는 것도 아니고, 수많은 사물에 대한 인식을 통해 만물의 배후에 있는 통일된 도리에 닿는 것이다. 이것은 곧 사람이 살아가면서 반드시 따라야 하는 도리이고, 사물과 사람을 관통하는 일종의 보편적인 규범이다. 그래야만 '격물'을 통해 사람의 자아 수양과 자아 완성과 관련이 있는 '앎'을 얻을 수 있고, '격물-치지-수신'이라는 순서도 비로소 성립할 수 있다.

왕양명 마음속의 '사물'은 릴케가 상상한 것과 마찬가지로 집단적이며 본성을 가진 것이었음이 분명하다.

사람은 동물을 이해해야 하고, 사람은 새가 어떻게 나는
지를 느껴야 하며, 사람은 작은 꽃이 새벽녘에 자신을 피
워 낼 때의 모습이 어떤지 알아야 한다.

man muß Tiere kennen, man muß fühlen, wie die Vögel
fliegen, und die Gebärde wissen, mit welcher die klein-
en Blumen sich auftun am Morgen.

원문에서 'man'이라는 단어를 연달아 두 번 배치한 것
이 눈에 띈다. 여기에는 이중적인 의미가 있다. 하나는 모
든 사람, 혹은 시를 쓰고자 하는 모든 사람을 가리키며, 다
른 하나는 '사람'이라는 뜻을 부각해 그저 한 명의 사람으로
서, 사람의 위치에서 사람의 시선으로 이 세상을 봐서는 부
족하다는 뜻을 담고 있다. 사람은 인간의 위치에서 벗어나
동물을 이해하고, 새가 하늘에서 나는 것을 상상하고 느껴
야 한다. 이걸로도 부족하다. 사람은 동물의 감각에서도 벗
어나 더욱 낯선 식물의 존재를 상상해야 한다. 꽃이 새벽녘
에 막 피어나려 할 때는 어떠한 상태로 존재할까?

루차오*의 『사람의 아들』을 읽어 보았는가? 그 책에

는 들판에서 자라는 작은 꽃을 묘사한 우화와도 같은 짧은 소설이 있다. 꽃은 밤에 봉오리를 맺은 채 피기를 기다린다. 다음 날이 밝을 때 피어날 것을 알기에, 꽃은 흥분에 차서 기다리는 동시에 긴장하며 준비한다. 어떻게 꽃잎을 열어 어떻게 피어나야 할까? 일생에 유일하게 가장 아름다운 그 순간을 어떻게 통제해야 할까? 꽃은 생각하고 또 생각한다. 날이 밝자 들판 가득 작은 꽃이 피었지만, 그중에 단 한 송이만이 벌써 마르기 시작한 봉오리를 맺은 채 피지 않았다.

당신은 이런 방식으로 자연을 대하고 상상해 본 적 있는가?

이 한 문장이 어떻게 '격물'을 해야 하는지, 어떻게 복수의 수많은 사물을 넘어서 '사물이 사물인 이유'에 도달할지, 단수의 '사물'의 핵심이 무엇인지를 설명하고 있지 않은가? 릴케는 우리에게, 그 방법은 '사물'로 변하려 노력하는 것이라고 알려 준다. '사물'을 객체로 두고 당신 자신이 주체로서 '사물'을 인식하는 것이 아니라, 주관과 객관이 뒤섞인 상태로 진입하려고 노력해야 한다. 당신이 바로 동물이 되고, 하늘을 나는 새가 되며, 새벽녘에 피어나기를

---

* 鹿橋. 1919~2002. 본명은 우나쑨(吳訥孫)으로 저명한 화교 작가이자 학자이다. 시난 연합대학교를 졸업한 후 예일대학교에서 미술사를 전공해 박사학위를 취득하고 미국의 몇몇 대학에서 교수로 근무하였다. 저서로 장편소설 『끝나지 않는 노래』(未央歌), 단편소설집 『사람의 아들』(人子) 등이 있다.

기다리면서 특별한 모습을 선택해 피어나는 작은 꽃이 되어야 한다.

당신은 낯선 길에 들어선 것을, 예상치 못한 만남을, 필연적으로 올 것을 오래전부터 알았던 이별을, 회상할 수 있어야만 한다.

여기서 릴케는 "회상할 수 있어야만 한다"Man muß zu-rückdenken können는 말 뒤에 긴 내용을 나열하면서 모든 문장에서 반드시 회상할 수 있어야 하는 인생의 경험을 서술한다. 체험해야 할 뿐만 아니라 기억해야 하고, 기억해야 할 뿐만 아니라 기억하고 있는 체험을 수시로 소환해 자신을 짧은 현재에만 사는 것이 아니라 층층이 쌓인 시간 속에 살도록 해야 한다는 것이다.

뜻하지 않게 낯선 거리에 들어서서 길을 잃고, 익숙한 방향과 좌표를 찾을 수 없는 느낌을 상상해 보라. 길에서 우연히 오래전에 헤어진 전 여자 친구와 마주치거나, 길목에서 교통사고가 나서 큰 소리가 들려온 그런 느낌을 회상해 보라. 시인이 되려면 당신은 길을 잃었을 때 그저 다급하게 길을 찾아 익숙한 길을 찾아내 원래의 생활로 돌아가고는 길을 잃었던 때의 느낌과 그때 보았던 낯선 거리를 까맣게 잊어버려서는 안 된다. 아니, 그것은 인생에서 중요한 체험이다. 예상치 못한 것일수록, 대비하지 못한 것일수록 더 중요하다. 당신은 반드시 그런 체험을 자세하게 남겨 두고, 그 체험들을 들춰 볼 수 있는 힘을 갖춰야 한다.

예상치 못한 만남, 계획에 없던 사람과 사건이 당신에게 중요한가? 당신은 어떤 태도로 이것들을 대하는가? 어쩌면 당신은 릴케가 누구인지 전혀 몰랐을 수도 있고, 릴케나 혹은 나와 같은 사람이 이런 방식으로 시를 형용할 거라는 생각을 전혀 해 보지 못했을 수도 있다. 이것이 바로 예상치 못한 만남이다. 당신은 이 순간 마음속의 미혹이 풀리는 두근거리는 느낌을 기억했다가 내일 다시 회상하고, 내년에도 회상하고, 생의 마지막 순간에도 회상할 수 있을까? 아니면 당신은 마음속 미혹이 풀리는 이 두근거리는 느낌을 재빨리 던져 버리고는 원래의 익숙하고, 안전하고, 반복되는 삶의 규칙 속으로 숨어 버리게 될까?

필연적으로 올 것을 오래전부터 알았던 이별을…… (당신은 회상할 수 있어야만 한다.)

3월부터 이미, 6월에 졸업하면 몇 년 동안 가장 친하게 지냈던 친구들과 결국 뿔뿔이 흩어지게 될 것을 알고 있었다. 5월에 남자 친구가 입영통지서를 받아서 7월에 입대해야 한다는 것을 알았고, 그러고 나면 두 사람 사이의 감정과 관계는 더는 전과 같지 않을 것도 알았다. 당신은 이런 것들을 회상할 수 있는가?

　　앞에서 회상한 것은 예상치 못했던 일, 당신의 계획에 없던 일, 당신이 원래 알지 못하던 일이다. 여기에서 대비되는 것은 당신이 줄곧 알고 있었지만 바꿀 수 없어 그저 수동적으로 기다리고 받아들여야 하는 일이다. 이런 일들을 당신은 어떻게 체험하는가?

　　예상한 것이지만 예상한 대로 잃어버린다. 달리 말하면, 당신이 얻으려 한 것이 아니지만 그것은 당신의 주관적인 의지와는 상관없이 그저 계속 다가오고 또 다가온다. 피할 수 없기에 당신은 고통스럽게 자신이 어쩔 도리가 없고 무력하다고 느낀다. 당신은 회상할 능력이 있는가? 어쩌면 더욱 직접적으로 물어야 할지도 모른다. 당신은 그런 어쩔 수 없고 무력한 느낌 속을 다시금 헤치며 회상할 용기가, 그런 자학에 가까운 용기가 있는가?

05

신비하고, 여전히 풀리지 않는 어린 시절을…… (당신은 회상할 수 있어야만 한다.)

어렸을 때는 눈앞의 분유통조차 신비하다. 당신은 그것이 뭔지 알 수 없고, 어째서 통 안에서 퍼낸 담황색의 뭔가가 당신이 마시는 따뜻하고 맛있는 액체로 변하는지는 더더욱 알 수 없다. 이 두 사물 사이의 연관성은 당신에게 여전히 마술이다. 나중에 당신이 그게 바로 분유라는 걸 알게 되고, '분유를 타는' 방법을 알게 되면 신비와 마술은 사라져 버린다. 성장하는 과정은 사실상 삶의 주위에 있는 마술이 하나하나 사라지는 과정이기도 하다. 사물이 하나하나 모두 해석되면 더 이상 신비하지 않게 된다. 성장하는 동시에 이런 '이미 해석된' 상태를 당연하게 여기게 되고, 이전에 '미해석'된 상태를 마주했을 때의 의문과 흥분을 잃어 버리게 된다. 당신은 성장한 후의 모든 '이미 해석된' 상태를 넘어서 '미해석' 상태에서의 의문과 흥분을 회상하고 기억할 수 있는가?

릴케는 우리가 이런 일들을 경험해야 할 뿐만 아니라,

이런 기억들을 몸속에 저장해 두었다가 필요할 때 소환할 수 있는 능력을 갖춰야 한다고 말한다. 말하자면 저장과 소환을 준비해야 한다는 것이다. 어릴 때의 무지 속에서 사물에 대해 생겨난 이해할 수 없을 만큼 신비롭던 느낌은 자라며 지식과 경험을 얻게 되면 더는 신비롭지 않게 된다. 당신은 주변이 모두 '환상이 깨진' 상황에서, 그 환상적인 혹은 미혹에 빠진 느낌을 불러올 수 있는가?

당신이 필연적으로 상처 입혔던 어른들, 그들이 기뻐하며 당신을 즐겁게 해 주려 했지만 당신은 그들이 기대한 대로 즐거워할 수 없었던 것을—그것은 다른 이를 위한 즐거움이었기에—(당신은 회상할 수 있어야만 한다.)

당신은 기억하는가? 생일날 아버지와 어머니가 눈가에 웃음기를 띤 채 특별히 준비한 선물을 당신에게 건네주며 당신이 기뻐서 폴짝폴짝 뛸 거라 기대하던 것을. 하지만 그 선물은 전혀 당신이 원하는 것이 아니다. 당신의 반응과 표정은 그들을 실망하게 하고, 그들에게 상처를 준다. 그들이 함박웃음을 지으며 당신에게 곰 인형을 안겨 주지만, 당신은 입을 꾹 다물고서 당신이 원한 것은 성냥갑 크기의 조그만 자동차 모형이라는 걸 그들이 몰라준 것에 화를 낸다. 그들은 당신이 더는 곰 인형을 좋아하지 않을 만큼 컸다는 걸 몰랐던 것이다! 당신은 그때 자신의 느낌을 기억하는가? 그리고 당신에게 상처받은 부모님의 표정과 반응을 기억하는가?

그건 모두 어릴 때의 일이다. 당신이 한편으로는 너무나 천진해서 이 세상이 당신에게 여전히 그렇게나 새롭고 신비하지만, 다른 한편으로 당신은 어떤 예상치 못한 순간에 불현듯 자신이 부모님이 생각하는 것보다 세상 물정을 잘 알고, 그다지 천진하지 않다는 걸 깨닫게 된다. 당신은 그들이 당신을 위해 준비한 즐거움에 호응할 수 없었기에 자신에 대해 조금 더 알게 되고, 동시에 조금 당혹해하며, 원래는 없었던 신비함과 의문이 더해진다. 그들은 왜 당신이 그걸 좋아할 거라 생각했을까? 알고 보니 부모님과 당신 사이에 그렇게 큰 차이가 존재했던 걸까?

유년 시절의 전반부에 우리는 해석할 능력이 없어 안개 속에서 살아간다. 그것은 중요한 경험이다. 시인이 되려면, 많은 것을 알고 당신이 쓰고자 하는 사물들을 분명히 파악하기만 해서는 안 된다. 모두 알게 된 뒤에도 '모르던 원초적인 상태'로 스스로 다시 돌아갈 수 있는 능력을 갖춰야

48

한다. 그래야만 시를 쓸 수 있다.

유년 시절의 후반부에 당신은, 당신과 가장 가까운 부모님이라 해도 그들이 아는 것, 특히 당신에 대한 그들의 인식과 이해가 당신과는 다르다는 것을 서서히 깨닫기 시작한다. 원래는 부모가 바라보는 '나의 모습'이 곧 '나 자신'이고, 그들이 대하고 보살펴 주는 내가 '진짜 나'라고 여겨졌지만 갑자기 이 단순한, 무의식적인 진리가 깨져 버리는 것이다. 결정적인 충격은 이로부터 도래한다. 어째서 그들은 내가 원하지 않는 방식으로 나를 대하고 보살피는가? 그건 그들이 보고 있는 나, 그들이 생각하는 내가 사실은 '진짜 나'가 아니라는 뜻일까?

어릴 때 영문도 모르게 병이 난 후에 여러 가지 심각하고 힘겨운 변화를 겪었던 것을…… (당신은 회상할 수 있어야만 한다.)

아이가 병에 걸리는 건 어른이 병에 걸리는 것과는 다르다. 어른은 자신이 병에 걸렸다는 것을 '알고', 자신이 어떻게 불편하고 어디가 아픈지를 '안'다. 병에 걸린 동시에 자신이 어떤 병에 걸렸는지, 몸에 어떤 문제가 생겼는지 알거나 혹은 추측한다. 반면 아이는 이런 식으로 병에 걸리지 않는다. 아이들은 '아는' 것이 아니라 '느끼는' 것이다. 혹은, 그들의 '느낌'은 '앎'을 수반하지 않는다. 그래서 병에 걸리는 건 이상하게 여겨지는 일이다.

아이에게 병은 이중의 습격이다. 몸이 아픈 것뿐만 아니라 마음도 막막해져서 앞으로 어떻게 될지 알지 못한다. 병은 영문 모르게 찾아온다. 아픔, 발열, 갈증, 피로, 관자놀이에서 맥박이 거세게 뛰는 느낌, 꿈속에서 괴상하게 번쩍거리는 광경 그리고 콧속과 입속에서 느껴지는 전과는 다른 후각과 미각도 전부 영문을 알 수 없이 찾아온다. 당신은 더는 당신이 아니고, 이전의 당신도 아니며, 끊임없이 변한다. 병은 당신의 모습을 계속해서 끊임없이 변하게 만들고, 자신이 지금 어떤지 나중에는 어떻게 변할지 알 수 없게 한다.

아이는 병에 걸리면 어떤 단계를 거치는지 전혀 모르기 때문에 모든 경험 하나하나에 적응해야 하고, 모든 경험이 심각하고 힘겹다. 릴케의 독일어 원문 'tief und schwer'는 '가라앉고 무겁다'라고 이해할 수도 있으니, 모든 변화가 아이의 작은 몸 속으로 아주 무겁게 가라앉는 듯하다.

이런 것들을, 당신은 회상할 수 있는가?

06

조용하지만 답답한 방 안에서의 나날을 (당신은 회상할 수 있어야만 한다), 해변에서의 이른 아침을 (당신은 회상할 수 있어야만 한다), 바다 그 자체를 (당신은 회상할 수 있어야만 한다), 수많은 바다를 (당신은 회상할 수 있어야만 한다.)

"조용하지만 답답한"in stillen, verhaltenen Stuben 방 안은 소리 없이 조용하기만 한 것이 아니라 모든 것이 정지한 채 움직이지 않는다. 이런 움직임 없는 고요는 사람을 포위해 사람도 그와 마찬가지로 움직이지 않고 싶게, 심지어 감히 움직일 수 없게 만든다. 우리가 삶에서 경험할 수 있는 가장 고요한 상태다.

뒤이어 바깥에 있었던 때를, 마찬가지로 고요하면서 움직임이 거의 없던 이른 아침을 회상한다. 하지만 그때는 앞선 풍경과 대비되어 해변에서 한순간도 멈추지 않는 자연의 흐름을, 바다의 호흡과 파도의 쉼 없는 움직임을 마주하고 있다. 그러면 사람이, 사람의 주관적인 지각이 사라지고, 바다만을 기억할 수 있다.

해변에서 잠이 깨어 바다를 보고 있으면 갑자기 내가 보고 있는 것이 이 특정하고 구체적인 바다가 아니라, 신비롭게 현실에서 벗어나 어느 순간 바다의 본체(릴케의 독일어 원문은 '바다 자체'das Meer überhaupt이다)에, 추상적이고 유일한 바다에 닿은 듯하지만, 뒤이어 이 바다가 순간 또 산산이 부서지고, 우리가 보고 듣는 것은 여전히 이 시간과 공간 속의 바다가 아니라 여러 다른 시공 속의 바다들이 기묘하게 뒤섞이고 한데 쌓인 바다(릴케의 원문은 아주 단순한데 바로 Meere, 바다의 복수형, 복수의 바다이다)처럼 느껴지는 그런 순간이 있다.

그리고 중국어로 번역해 낼 수 없는 릴케의 독일어 원문이 가진 운율이 있다. 형식은 산문이지만 이 몇 문장은 시의 운율을 가지고 있다. "an Morgen am Meer, an das Meer überhaupt, an Meere" 내용은 이렇다.

들썩였던 여행의 밤, 마치 당신이 하늘로 들어 올려져 하늘의 별들과 함께 나는 듯한 느낌을…… (당신은 회상할 수 있어야만 한다.)

『말테의 수기』는 1910년에 완성되었다. 그 당시 릴케는 당연히 비행기를 타고 공중을 여행할 기회가 없었다. 그가 형용한 것은 현실을 변형해 생겨난 상상 속의 느낌이다. 밤에 여행하면 바깥이 칠흑같이 어두워 당신은 구체적인 좌표를 잃어버리게 되고, 거리와 속도가 모두 주관적인 느낌으로 변한다. 밤에 이동하면 낮에 이동하는 것보다 더 빠르게, 미지를 향해 빠르고 무모하게 돌진하는 것처럼 느끼기 쉽다. 그래서 릴케는 원문에서 '돌진하다'dahinrauschten 라는 표현을 써서, 마치 지면을 떠나 날아올라 하늘 위의 별들에 아주 가까워진 듯하다고 표현하였다.

현대인인 우리는 비행기를 타 본 적이 있다. 밤 비행은 정말로 우리가 구름을 뚫고 나가 하늘 위의 별들과 매우 가까워지게 해 준다. 릴케는 적어도 그저 오늘날 우리의 경험을 예언하고 예지한 것만은 아니다. 그의 묘사의 중점은, 원래는 평범했던 사물이 아주 조금 조건이 바뀐 것만으로도 갑자기 일반적이고 정상적인 궤도에서 벗어나 이렇게나 신기하게 변하는 것을 당신은 체험하고, 또한 능동적으로 회상할 수 있는가 하는 데 있다. 일반적인 것에서 신기한 것으로의 변화는 때로는 한순간에 일어난다.

07

하지만 이 모든 것을 회상할 수 있다고 해도 아직 부족하다. 당신은 반드시 수많은 사랑의 밤의 기억을 가지고 있어야 한다. 모든 사랑의 밤은 다른 밤들과 다르다.

"당신은 회상할 수 있어야만 한다"라는 항목들의 나열을 끝낸 후 릴케는 그것만으로는 부족하고 또 다른 것이 필요하다고, 수많은 서로 다른 기억이 필요하다고 말한다. 앞에서는 "회상할 수 있어야만 한다"Man muß zurückdenken können였는데, 여기는 "기억을 가져야만 한다"Man muß Erinnerungen haben이다. 경험을 소환하는 것과 기억을 가지는 것은 릴케처럼 인간의 감정을 민감하게 관찰하는 시인에게는 같은 것이 아니다.

아주 많은 사랑의 밤을 기억해야 한다. 중요한 것은 '아주 많'다는 것이 아니라, 그 밤들이 남긴 기억 하나하나가 모두 다르다는 것이다. 당신은 사랑을, 수많은 서로 다른 사랑을 체험해야 한다. 다른 연인을 여러 명 만나라는 말이 아니다. 난봉꾼 돈 후안은 밤마다 다른 여인과 함께하지만, 오늘 밤의 여인과 어젯밤의 여인이 어떻게 다른지 전혀 알지 못했다. 그것은 더는 사랑이 아니고, 또한 더 이상 기억도 아니다. 기억의 중요한 점은 경험 속의 작지만 절대적인 차이를 구분할 수 있다는 것이다.

출산의 진통을 겪을 때의 절규에 대한 기억을, 그리고 창백하고 가냘프고 무게가 없는, 졸음에 겨운 여인이 지금 막 이 세상을 향해 열어 내보였다가 자신을 다시 감싸안으려 애쓰는 기억을…… (당신은 가져야만 한다.)

당신은 사랑의 기억뿐만 아니라 생의 기억도 가져야 한다. 한 생명이 이 세상에 오려 할 때의 극적인 놀라움을, 어머니의 몸을 찢으면서 생겨나는 절규 소리를 기억해야 한다. 그런 다음에 당신은 생명을 준 여인의 모습을 기억해야 한다. 가냘프고, 나긋나긋하고, 피를 흘려서 창백한 모습을. 더 중요한 것은, 아이를 낳기 위해 그녀는 자신의 내면을, 본래 가장 사적이고 가장 자기 자신의 것인 내면을 열어 이렇게나 무방비의 상태로 세상을 향해 자신을 열어 젖혔다가, 아이가 태어나고 나면 힘겹게 다시 자기 자신을 감싸안아 본래의 내면적인 안전감을 되찾으려 한다는 것이다.

시인에게 있어 여인이 출산할 때 울부짖는 것은 아픔 때문만이 아니라 더 깊은 찢김, 바깥을 향해 자기 자신을 찢어 열어젖히는 공포와 불안 때문이기도 하다. 생명의 탄생을 위해 그녀는 그와 같은 대가를 지불한다.

하지만 당신은 죽어 가는 이와 함께 있는 일도 반드시 경험해야 한다. 죽은 이 옆에, 같은 방 안에 앉아 있어 보아야 한다. 창문이 열려 있고, 거리의 소리가 흩어져 들어오는 방 안에.

그런 다음에 당신은 죽음에 관한 기억도 가져야 한다. 죽음은 우리가 경험할 수 있는 것이 아닌데, 죽음의 기억을 어떻게 가져야 할까? 비교적 간단한 방법은 죽어 가는 사람과 함께 있으면서 생명이 어떻게 구체적인 한 사람을 흘러 지나가는지를, 어떻게 삶에서 죽음으로 나아가는지를 가까이서 느껴 보는 것이다. 비교적 어렵고 까다로운 방법은 이미 죽은 사람과 같은 방 안에, 창문이 열려 있고 바깥의 갖가지 삶의 소리가 계속 전해져 오는 방 안에 함께 있는 것이다.

죽음과 삶의 강렬한 대비에 관한 기억. 한 사람이 죽어도 다른 사람들은 계속 살아가고, 세상은 계속 돌아간다. 죽음의 정적과 삶의 소란스러움. 그런 경계에서만이 당신은 아직 죽지 않았음에도 죽음에 가장 가까이 다가가 체험할 수 있다.

경험을 소환할 수 있는 능력을 갖추고, 사랑과 삶과 죽음에 대한 기억까지 가져도 아직 시인이 될 수 없다. 앞의 이 모든 조건을 통합하는 마지막 한 가지가 더 있다. 릴케는 이렇게 말한다.

이 모든 기억을 가져도 여전히 부족하다. 당신은 반드시 수많은 기억이 쌓였을 때 그것들을 잊어버릴 수 있어야 하고, 그 기억들이 당신을 찾아오기를 기다리고 또 기다릴 수 있는 무한히 큰 인내심을 갖춰야 한다.

당신이 기억할 수 있을 때 당신은 직접 경험하고 그 경험을 남기는 주체이고, 기억 속의 사물은 외부 세계의 자극이며 당신의 몸에 남은 반응, 즉 객체이다. 당신이 잊어버리고, 기억이 사라지고, 기억하는 능동적인 능력을 당신이 잃었을 때, 경험 일부는 당신이 통제할 수 없는 방식으로 당신이 계획한 적 없는 시간과 상황 속에서 돌아온다. 알 수 없이, 해석할 수 없이, 갑자기 돌아와서 주관과 객관을 초월하는 내면적인 진실로 변한다. 느끼는 주체와 느껴지는 객체, 이 양자가 철저히 하나로 합쳐진다.

왜냐하면 기억 그 자체는 중요하지 않기 때문이다. 기억들이 변화해 당신의 핏속으로 흘러들어 당신의 눈빛, 당신의 모습이 되고, 뭐라 형용할 수 없게 변해 더 이상 우리와 구분되지 않을 때야―비로소 그때가 되어야만 어느 신비한 순간에, 한 편의 시의 첫 글자가 그 기억 사이에서 떠올라 그 속에서 걸어 나올 것이다.

계속 재촉하면서 이래도 부족하고 저래도 부족하다고 강조하던 릴케가 마침내 이제 되었다고 말한다. 하지만 당신에게 시를 쓸 자격이 생겼다는 것이 아니라 이렇게 해야만 시가 생겨난다는 것이다. 여전히 시는 당신이 쓰는 것이 아니라 소화되고 몸속에 녹아든 그 갖가지 기억과 체험들 속에서 떠올라 걸어 나오는 것이다.

릴케는 그렇게 주장한다.

08

20세기에 이르자 시를 쓰는 이들은 자신의 신분에 대해 점점 더 뚜렷하게 자각하게 되었다. 그들은 시란 기예가 아니고, 외부에서 배울 수 있는 능력이 아니라고 믿었다. 릴케는 시와 생명 그 자체와의 사이에 너무나 복잡하고 어려운 관계가 있다고 분명히 밝혔다. 엄숙한 말투와 과장에 가까운 수사는 바로 과거의 전통시와의 사이에 분명한 선을 긋기 위한 것이었다.

시의 시작은 소리를 배열하는 규칙이 아니고, 더더욱 시의 완성은 결코 정교한 기술적 통제가 아니다. 압운을 활용해 아름다운 문장을 써내고, 가지런한 구조를 짜내고, 소네트의 어려운 규율을 통제하고…… 이런 것들은 전통시에서는 요구하고 중시하는 것이었지만, 현대시에서는 서둘러 버리려 했던 것들이다.

현대시는 이렇게 만들어 내는 것이 아니다. 현대시는 만들어 낼 수 없고, 어쩌면 배울 수도 없다. 현대시는 삶의 체험의 심연 속에서 떠오르는 것이다. 그런 심연이 없다면, 그 연못이 충분히 깊고 고요하지 않다면, 우연히 마주칠 수는 있어도 찾아낼 수는 없는 물속의 정령처럼, 시는 나타나지 않을 것이다.

릴케는 얼마나 시를 진지하게 보았던가! 릴케의 글을 통해 우리가 무엇을 써야 하는지, 시에 어떤 내용이 있어야 하는지는 알 수 없을지도 모르지만, 시가 무엇을 쓰지 않는지, 시의 빛 속에 떠오르는 것들의 범위에 어떤 것들이 속하지 않는지는 분명히 알 수 있다.

이렇게 층층이 쌓는 과정을 거치지 않고도 써낼 수 있는 것은 시가 아니다. 시는 감정을 기록하는 것도, 경험을 정리하는 것도 아니며, 단순히 삶의 어떤 깨달음을 쓰기만 하는 것도 아니다. 시가 추구하는 것, 시가 대면해야 하는 도전은 이 수많은 소화된 체험을 통해 당신이라는 사람과 세상 사이의 다른 관계를 표현하는 것이다. 당신이란 사람의 가장 독특한 부분을, 당신이 당신인 이유를 표현하는 것이다.

릴케의 말에 따르면 시는 우리와 세상 사이의 그렇게 고정되지 않고 일반적이지 않은 관계를, 다른 사람과는 다른 관계를 찾도록 돕는다. 『말테의 수기』 속의 한 단락을 예로 들 수 있을 듯하다. 고정되고 일반적이지 않은 방식으로 세상과의 관계를 수립하려는 사람이 있다면, 그는 어떻게 볼 것인가? 무엇을 보게 될 것인가?

내가 말했던가? 나는 지금 보기를 배운다. 그래, 나는 이제 막 시작했다. 지금까지는 아주 서툴렀다. 하지만 나는 내 시간을 충분히 활용해 배우려 한다.

릴케는 독일어 원문에서 "ich lerne sehen"이라고 말했다. 더없이 간단한 세 단어이고, 진행형이 없는 독일어의 특징을 충분히 활용해 마치 시제까지도 생략된 것처럼 보인다. 바로 '나는 보기를 배운다'라는 뜻이다. 이 이상 간단할 수 없을 정도로 간단한 이 문장이 기이한 진리성을 가지게 되어, 설명도 의심도 허용하지 않는 듯하지만, 그 내용은 우리 중 대다수가 생각해 본 적 없는 것이다. '보기'를 '배울' 필요가 있는가? 우리는 모두 태어나자마자 볼 수 있지 않았는가? 배우지 않았어도, 배울 필요가 없었어도 다들 잘 보고 있지 않은가?

그는 보기를 배운다. 그것도 빠르게 배울 수 있는 것도 아니다. 이제 막 배우기 시작했다. 또한 그리 쉽게 배울 수 있는 것도 아니고, 반드시 대부분의 시간을 쓸 결심을 해서 배워야 한다.

예를 들면, 나는 예전에는 그렇게 많은 얼굴이 있다는 걸 알지 못했다. 사람은 아주 많지만, 얼굴은 그보다 더 많다. 한 사람에게 여러 개의 얼굴이 있기 때문이다.

만약 당신이 보기를 열심히 배우려 한다면 당신은 무엇을 보게 될까? 보기를 배우기 전과는 무엇이 다를까? 또 보기를 배우지 않은 사람이 보는 것과는 무엇이 다를까? 그는 예를 들어서, 보기를 배운 후에 자신이 수많은 얼굴에 둘러싸여 있는 걸 깨달았다고 말한다. 사람과 얼굴의 관계는 그리 단순하고 고정적인 것이 아니다. 시적 관점poetic vision이 그가 사람과 얼굴 사이의 여러 가지 서로 다른 관계를 볼 수 있게 해 준 것이다.

어떤 사람들은 오랫동안 같은 얼굴을 쓰고 있다. 그러면 그 얼굴은 자연히 오래되고 더러워지고, 이음매에 금이 가고, 긴 여행 동안 끼고 있던 장갑처럼 늘어난다. 그들은 검소하고 단순한 사람들이라 얼굴을 바꾸지도 않고, 한번 씻지도 않는다. 그들은 이걸로 충분하다고 말한다. 누가 그들을 설득해 마음을 바꾸게 할 수 있을까?

그가 말하려는 것은 우리가 상상하는 것과는 꽤 다르

62

다. 그가 "한 사람에게 여러 개의 얼굴이 있다"라고 말한 것은 모든 사람이 기분이나 상태에 따라 다른 안색을 하고 다른 표정을 짓는다는 뜻이 아니다. 그가 말하려는 것은 상식에서 말하는 '안색을 바꾼다'거나 '여러 개의 얼굴을 가지고 있다'라는 것보다 더 복잡하고 또한 신비로운 것이다.

어떤 사람들은 계속 같은 얼굴만 쓰고 있다. 그래서 그 얼굴은 오랫동안 사용해서 낡고, 더러워지고, 부서지고, 비틀린다. 이런 사람들은 언제나 변하지 않는 같은 모습이라 우리에게 낯선 느낌을 주지 않는다. 하지만 이런 이유로 그들은 얼굴을 오래 써서 망가뜨린다. 또한, 그들은 자신의 얼굴에 그다지 신경을 쓰지 않고 얼굴에 시간과 노력을 들이려 하지 않아 얼굴이 낡고 변형되도록 내버려둔다.

그들의 얼굴은 어느 시점이 지나면 이미 충실하고 효과적으로 얼굴의 책임을 다할 수 없다. 그들의 표정은 늘 굼뜨거나 뭔가가 부족해 보여서 잘 갖춰지지 않은, 제대로 된 표정이 아니라는 느낌이 든다. 우리는 주위에서 이런 사람을 본 적 있지 않은가?

물론 그들에게도 다른 얼굴이 여러 개 있다. 당신은 그들이 그 얼굴들을 어떻게 했는지 궁금할지도 모른다. 그 얼굴들은 창고에 보관해 두었다가 자기 아이들에게 줄 것이다. 하지만 때로는 그들의 개가 그들이 보관해 둔 얼굴을 쓰고 집을 나서기도 한다. 안 될 게 뭐가 있는가? 어차피 얼굴은 얼굴일 뿐이다.

얼굴을 하나만 사용하는 사람이라고 얼굴이 하나만 있을 리는 없다. 그들이 다른 얼굴을 사용하는 데 인색하다면, 다른 얼굴들은 어디에 있을까? 릴케는 반쯤은 농담조로 블랙 유머를 섞어서 이런 사람들이 다른 얼굴들을 보관해 두고는, 수전노가 자식에게 재산을 물려주려 하듯이 그들 또한 쓰지 않고 아껴 둔 얼굴을 자기 아이들에게 물려줄 것이라고 상상한다. 그래서 우리는 그들의 아이가 그들과 닮았지만, 표정은 매우 다른 것을 보게 된다. 아이가 그들이 쓰지 않고 아껴 둔, 우리가 보통 그들에게서는 보지 못했던 얼굴을 사용하기 때문이다.

릴케는 농담조로 한 마디를 덧붙인다. 때로 우리는 놀랍게도 그들이 기르는 개도 그들의 아이처럼, 생김새는 그들과 비슷하지만 완전히 다른 표정을 하는 것을 발견하게 된다고. 아무튼 얼굴은 안 쓰면 손해다. 개에게도 얼굴이 있고, 개에게도 얼굴이 필요하다.

릴케는 말한다. 당신이 이 세상을 진지하고 꼼꼼하게 본다면, 사실 얼굴과 사람은 종종 분리될 수도 있다는 걸 깨닫게 될 거라고. 어떤 얼굴이 반드시 어떤 사람의 몸에 붙어 있어야 한다는 필연도 없고, 사람의 얼굴이 개의 머리에 걸려 있을 수도 있다고 말이다.

09

또 다른 어떤 사람들은 불가사의한 속도로 얼굴을 바꾼다. 계속해서 얼굴을 바꾸면서 계속해서 망가뜨린다. 처음에 그들은 자기에게 얼굴이 잔뜩 있어 무한히 공급할 수 있다고 생각하지만, 마흔 살도 채 되기 전에 마지막 얼굴을 써 버렸다는 걸 깨닫게 된다. 그렇다, 여기엔 약간의 슬픔이 어려 있고, 비극성을 띤다.

앞서 말한 사람들과 반대로 얼굴을 전혀 아끼지 않고 낭비하는 사람들이 있다. 그들은 일찍부터 자신에게 얼굴이 아주 많다는 걸 깨닫고 얼굴을 자기가 쓰고 싶은 대로 써도 된다고 생각해, 얼굴을 많이 사용할 뿐만 아니라 사납고 거칠게 사용한다. 그들이 틀렸다. 얼굴은 가지고 싶은 만큼 가질 수 있는 것이 아니다. 마흔 살도 되기 전에 그들은 사용할 얼굴이 다 떨어져 버린다. 이건 정말로 비극이다. 이때부터 그들은 줄곧 괴상한 마흔 살의 얼굴을 단조롭고, 무료하고, 궁색하게 쓰며 살아야 한다. 어찌해야 할지 자신도 알 수 없다. 아마 그들 자신도 견딜 수 없지 않을까?

우리는 주변에서 이런 사람도 본 적 있지 않은가?

그들은 얼굴을 보살피는 데 익숙하지 않다. 그들의 마지막 얼굴은 1주일 만에 망가져 버린다. 얼굴에 구멍이 생기고, 곳곳이 종잇장처럼 얇아지고 나면, 안쪽에서 조금씩 그 '얼굴이 아닌 얼굴'이 드러난다. 그들은 그런 것을 쓰고 거리를 걸어 다닌다.

그들은 인색한 사람들보다 더 낭패스럽다. 그들은 얼굴을 아끼면서 쓰는 습관을 기른 적이 없다. 그들에게 얼굴이란 쓰고 나면 바로 버리는 것이다. 인색한 사람들이 같은 얼굴을 정말로 너무 오래 써서 망가뜨린 것이라면, 이 사람들은 얼굴을 소중히 하지 않고 함부로 여겨서 얼굴을 망가뜨린 것이다. 바꿀 얼굴이 남아 있지 않고 마지막 얼굴도 보살피지 않았다. 그래서 얼굴은 금세 망가지고, 부서지고,

닳아서 얇디얇아지지만, 그래도 바꿀 얼굴이 없어 계속 쓰다 보면 안쪽의 '얼굴이 아닌 얼굴'이 가려지지 않아 드러나게 된다. 이런 사람들은 나중에는 정상적으로 떳떳하게 거리를 걸을 수가 없다. 그들의 모습에는 갖가지 구멍이 뚫려 남들에게 보여서는 안 되는 형편없는 내면이 드러나고, 그런 그들 대신 오히려 그것을 본 사람이 더 난처해진다.

이렇게 두 부류의 사람에 관해 얘기한 후, 다음 단락에서는 뜻밖으로 내용이 확 바뀐다.

하지만 그 여인, 그 여인은 완전히 자기 자신에 빠져 얼굴을 양손에 묻고 있었다. 노트르담 드 샹 거리의 모퉁이였다. 그녀를 본 순간 나는 곧바로 발소리를 죽여 조용히 걸었다. 가련한 사람이 생각에 깊이 잠겨 있을 때, 그들은 방해받아서는 안 된다. 어쩌면 그들은 생각이 떠오르기를 기다리고 있을지도 모르니까.

그는 파리의 거리에서 본 한 여인에 대해 묘사한다. 그녀는 생각에 빠진 나머지 주변을 잊어버린 듯하고, 생각에 빠져 있느라 상반신을 앞으로 숙여 얼굴을 양손에 묻고 있다. 이런 여인을 본 시인의 반응은 곧바로 자신을 숨겨 가능한 한 그녀를 방해하지 않고, 그토록 무아지경에 빠지게 한 그 일에 관해 그녀가 계속 생각할 수 있도록 해 주는 것이다.

하지만 그 거리는 너무나도 텅 비어, 거리도 자신의 텅 빈 상태에 이미 싫증이 나 있었다. 그래서 내 발밑에서 걸음을 끌고 나와 내 발걸음을 따라 울려 퍼지게 해서, 마치 내가 나막신을 신은 양 그 소리가 거리 전체를 뒤덮게 했다.

일상적인 언어로 표현하자면 이렇다. 시인은 자기가 이미 가능한 최대한 발소리를 죽였다고 생각했지만, 그 거리는 너무 텅 비어 그렇게나 조용히 걸었음에도 마치 누가 네덜란드식 나막신을 신고 의기양양하게 걷는 것처럼 거리 전체에 메아리치는 커다란 소리가 났다는 것이다.

하지만 시인은 그렇게 말하지 않았다. 그는 거리를 의인화하여 주어로 삼았다. 텅 비어 고요한 것에 싫증이 난 거리는 모처럼 누군가 근처를 지나가자 곧바로 그를 조종해 이 거리를 걷게 만들고 그의 발소리를 키워서 메아리치게 해 무료했던 거리를 바꿨다고 묘사했다.

이런 묘사는 길을 걷는 이의 어쩔 수 없는 심정을 부각한다. 그는 정말로 그렇게 커다란 발소리를 내려 했던 것이 아니다. 그는 정말로 이미 배려심을 가지고 최대한 발소리를 죽였다. 그러나 마치 악마가 짓궂은 장난을 친 것처럼 발소리는 억지로 과장되게 커져 버렸다.

이것은 뒤이어 일어난 일이 정말로 그가 보고 싶었던 장면이 아니고, 그가 일부러 만든 상황은 더더욱 아니라고 강조하려 했기 때문이다.

그 여인은 깜짝 놀라 몸을 일으켰다. 그녀가 자기 자신을 너무 빨리, 너무 힘껏 빼냈기 때문에 그녀의 얼굴은 여전히 손안에 남아 있었다. 나는 그 텅 빈 얼굴의 틀이 여전히 거기 누워 있는 걸 볼 수 있었다. 나는 형언할 수 없는 노력을 기울여 그 손만을 주시하며 손에서 떨어져 나온 것을 보지 않으려 했다. 반대편인 안쪽에서 얼굴을 보니 몸이 덜덜 떨렸지만, 가죽이 벗겨진 채 얼굴 없이 달려 있는 머리통을 보는 건 더 두려웠다.

텅 빈 거리에서 갑자기 들려오는 큰 발소리에 깜짝 놀라, 내면의 감정 혹은 생각 속으로 침잠해 외부 세계의 존재를 잊고 있던 여인은 순식간에 현실 세계로 돌아온다. 그녀는 돌아올 준비가 되지 않은 채로 힘껏 몸을 빼낸다. 릴케는 그 모습을 그녀의 얼굴과 내면적인 자아가 찢어져 떨어졌다고 형상화해 묘사한다. 그녀의 얼굴은 바로 직전의 순간처럼 손안에 깊이 묻혀 있다. 그 얼굴은 벗겨진 가면처럼 안쪽이 위를 향한 채로 그녀의 손 위에 놓여 있다. 그러면, 갑자기 얼굴이 뽑혀 나온 그 머리는?

이런 상황을 깨달은 '나'는 있는 힘을 다해 시선이 그녀의 손에, 손안에 엎어져 놓인, 안쪽이 위를 향해 있는 얼굴에 고정되도록 한다. 사람의 얼굴을 반대쪽에서 보는 것은 아주 두려운 일이다. 그쪽 면은 원래 우리에게 보여 줄 것이 아니기 때문에 반드시 참혹한 진실, 혹은 진실의 참혹함을 담고 있을 것이다. 하지만 분명히 얼굴 없는 머리를 보는 것보다 두렵지는 않을 것이다. 그 두려운 '반대쪽 얼굴'을 주시하는 것은, 더더욱 두려운 그 얼굴 없는 사람을 보는 일을 피하기 위해서이다.

10

이것은 비유이고 상징이다. 상징을 통해 시인은 우리가 예전에는 상상해 본 적 없는, 세상을 보는 관점과 우리와 세상 사이의 관계를 드러낸다. 나아가 우리가 원래 익숙하다고 여겼던 사물과 현상, 경험을 다시 생각하고 새롭게 인식하게 한다.

우리는 누군가의 외모를 어떻게 인식하고, 그의 얼굴을 어떻게 인지perceive할까? 우리는 어떻게 누군가의 얼굴을, 지금 본 얼굴과 기억 속의 얼굴을 '그'라는 사람과 연결할까? 외표의 얼굴을 제거하고 나면 그 사람이 어떤 사람인지를, 우리는 어떻게 상상할까? 혹은, 이전에 어떻게 상상했을까? 여전히 본래의 그 사람일까? 우리는 얼굴을 떠나서 어떤 사람을 인식하고 인지할 수 있을까? 아니면 같거나 다른 얼굴을 통해서만 인식하고 인지할 수 있는 것일까? 지극히 뜻밖이고 우연한 상태에서만 어떤 틈새를 통해 얼굴 뒤쪽의 '얼굴 아닌 얼굴'을 언뜻 엿볼 수 있다. 우리는 이 '얼굴 아닌 얼굴'을 어떻게 대하게 될까? 놀라고 풍자하고 비웃거나 아니면 도망치거나 감히 보지도 못하고, '얼굴 아닌 얼굴'의 존재를 인정하지 않으려고 하며 차라리 얼굴들 사이에 숨어서 그냥 얼굴만 바라보는 편을 택할까?

시는 우리가 길든 짧든 일정한 시간 속에서 이런 형상과 관념을 통해 소름이 돋고 전율하도록 자극한다. 1초, 한 시간, 혹은 하루, 이틀 동안이라도 이 시로 인해 우리는 갑자기 눈앞의 모든 얼굴을 인식하지 못하고, 기존의 당연하던 시선으로 다른 이의 얼굴을 볼 수 없게 된다. 그 얼굴은 어떤 사물 위에 떠 있는 양, 얼굴과 사람 사이에 당신이 전에는 발견하지 못했던 미묘한 거리가 있는 것처럼 느껴진다. 다른 사람을 볼 때 당신은 때때로 거울 속의 자신을 보는 것처럼 멍하니 얼굴에 존재할지도 모르는 이음매를 찾고, 얼굴이 낡은 상태와 관리된 정도를 점검하며 걱정과 기대가 뒤섞인 채로 찢어진 그 구멍을 통해 드러날지도 모르는 '얼굴 아닌 얼굴'을 상상하게 될 것이다.

이런 시는 어떤 관점을 수립하거나 어떤 경험을 기록하려는 것이 아니다. 그 의도는 오히려 파괴하는 데 있다. 기존의 세상과의 관계를 부숴서, 우리가 안전하고 고정된 가설에서 벗어나 표류하고, 표류자의 관점으로 좌표를 찾으며, 자신의 방향을 찾을 수 있는 새로운 항해 지도를 그리도록 하는 데 그 의도가 있다.

4장   바라보기 — 어떻게 아름다운

사물과 관계를 맺을 것인가

—「고대 아폴로의 토르소」

.

11

이제 「고대 아폴로의 토르소」Archaischer Torso Apollos를 읽어
보자.

　　제목에서 말하는 것은 고대 그리스의 유물인 조각상
으로, 아주 오래되어 온전하지 않다. 머리와 팔다리가 없고
그저 몸통뿐이다.

　　우리는 전설 속 그의 머리에
　　무르익은 과실 같은 두 눈이 있었던 것을 알지 못한다. 그
　　러나

그의 몸은 여전히 등불처럼 빛난다
그의 응시하는 시선이, 지금 아래를 향해

조각상의 머리는 사라져서 우리가 볼 수 없다. 머리 전체가 없으니 당연히 이목구비도 없다. 하지만 시인은 머리 없는 아폴로에게 눈이 없다고 우리에게 굳이 알려 준다. 조각상의 중요한 부분일 터인, 전설 속의 그 살아 있는 듯 생생한 눈은 인공적으로 만들어 낼 수 있을 법하지 않고, 무르익은 과실처럼 자연스럽고 아름답다.

눈 없는 조각상이 눈이 있는 조각상과 가장 크게 다른 점은 조각상 앞에 섰을 때 순전히 우리의 눈으로만 조각상을 보게 된다는 것이다. 반대로 조각상도 우리를 보는 것 같은 느낌은 주지 않는다. 하지만 이 조각상은 머리도 눈도 없고 몸통만 있을 뿐인데도, 마치 반짝이는 눈과 같은 빛을 안에서 밖으로 뿜어낼 수 있는 듯하다.

이 조각상은 눈이 없는 몸통인데도 여전히 볼 수 있다. 우리는 이 아폴로 앞에서는 구경꾼으로서 거드름 피우며 자신이 어떻게 볼지, 무엇을 볼지를 결정할 권력을 가졌다고 느낄 수 없다. 어찌 된 일인지 우리는 이 몸통이 우리를 보는 것을, 혹은 시선을 내리깔아 우리를 보려 하는 것을 느낀다.

> 머문 채 바라보고 있다. 그렇지 않다면 그 가슴의 윤곽이
> 이토록 네 눈을 부시게 하지 못하리라. 그리고 그 매끈한
> 엉덩이에서
> 허벅지까지 이어지며 번진 미소가
> 그 중심으로, 생명이 번식하는 곳에 바로 이르지도 못하
> 리라

눈이 없는 조각상이 도대체 어떻게 우리를 응시할 수 있을까? 혹은, 어째서 조각상 앞에 서면 우리는 머리도 눈도 없는 온전치 못한 몸체가 우리를 응시한다고 느끼게 되는 것일까? 시에서는 이것을 부정의 방식으로 해석했다. 만약 보이지 않는 한 쌍의 눈이 응시하는 것을 느낀 게 아니라면, 조각상 몸통의 가슴 윤곽이 우리 눈을 제대로 뜨지 못하게 하고, 눈부신 빛 속에서 현기증을 느끼게 하지는 않을 것이라고.

달리 말하면, 그 윤곽은 그토록 아름다워서 빛과 어둠과는 상관없이, 추상적이지만 강렬한 빛을 뿜어낼 정도로 지극히 아름답다. 그 아름다움이 발산한 찬란한 빛에 눈이

부신 우리는 현기증 속에서 착각하게 된다. 이 조각상이, 이 몸체가 분명히 생명을 지니고 있고, 죽어 있는 수동적인 대상이 아니며, 그 자신의 생명으로써 오히려 우리를 그가 인지perceive하는 객체로 바꾸었다고. 그 아름다움은 본래는 분명했던 우리의 주체성에 의문을 던지고 심지어 주체로서 우리가 가진 오만함을 제거한다. 그 아름다움 앞에서 우리는 왜소해 온전치 못한 조각상과 우리가 평등해지고, 조각상은 우리에 의해 단순히 객체화해 관람 되기를 거부한다. 조각상도 우리를 관람하며, 관람할 권리가 있다.

그 조각상은 자체적인 빛을 지니고 있으며 더 나아가 자기 의지도 갖추고 있는 듯하다. 우리가 조각상을 보는 것이 아니라 조각상이 우리가 어떻게 볼지를 결정한다. 관람의 주도권은 우리가 아니라 조각상에 있다. 빛과 생명을 가진 그 아름다움을 통해 우리가 그의 가슴을 보게 하고, 이어 엉덩이와 허벅지를 보도록 이끌고, 다시 허벅지가 맞닿은 곳, 생식기가 있는 곳, 번식 활동과 활력의 중심을 보도록 우리를 이끈다.

12

그렇지 않았다면 이 돌은 불완전하게 보였을 테다
투명한 유선형 어깨 아래에서
맹수의 가죽처럼 윤기나지도 않았으리라

자신의 모든 가장자리에서
별처럼 터져 나오는 빛도 없었으리라; 여기엔 너를 바라
보지 않는 부분이
단 하나도 없기에.

조각상은 실제로 눈을 가지고 있지는 않지만, 너무나
아름다워 그 아름다움이 다른 종류의 완전함을 형성했다.
사람의 형상을 모방하고 본떠서 생겨난 아름다움이 아니라
이 돌, 이 모습 자체가 기준이 된 아름다움이다. 이 조각상
은 우리의 예상에 따라 어느 특별한 위치에 눈이 있어야 할
필요가 없다. 그의 모든 부분이 우리를 바라보는 듯한 힘과
효과를 생겨나게 할 수 있기 때문이다.

이 시의 마지막 행의 전반부까지, 릴케는 키츠의 걸
작 「그리스 항아리에 부치는 노래」Ode on a Grecian Urn의 전

통에 따라 훌륭한 낭만주의 영물시詠物詩*를 쓴 것처럼 보인
다. 그러나 이 시는 아직 끝나지 않았다. 마지막 행의 후반
부가 더 있다.

어디에도 없기에. 너는 너의 삶을 바꿔야 한다.

시는 "너는 너의 삶을 바꿔야 한다"라는, 마치 하늘에
서 뚝 떨어진 듯한 명령으로 끝난다. 이 결말이 릴케의 이
시가 낭만주의 영물시가 아니라 '현대시'가 되게 한다.

"너는 너의 삶을 바꿔야 한다." 이 부분은 앞의 시구들
과 직접적이고 뚜렷한 관계가 없어 보인다. 아폴로의 몸체
에 관한 묘사와도 상관이 없다. 앞선 시 전체에서 이런 어
조의 문장이 등장한 적도 없다. 이것은 묘사도 비유도 아니
고 명령이다. 그것도 의심을 허용하지 않고 의논의 여지도
없는 방식으로 나타난 명령이다. 독일어 원문은 "Du mußt
dein Leben ändern"이다. 애매하거나 다른 뜻을 가진 부분
도 없고, 어떠한 다른 해석을 할 수도 없고, 다른 방식으로
독해할 수도 없다. 이것은 확실한 명령이며, 그것도 위에서
아래로 내려진 것으로, 비교적 예의를 차린 당신Sie이 아니
라 가차 없는 말투로 너du라고 말했다. "너의 삶을 바꾸도

---

* 자연이나 현실 생활 속의 구체적인 사물을 대상으로 삼아 묘사
한 시.

록 해라!" 혹은 심지어 "당장 너의 삶을 바꿔라!"인 것이다.

　　이 이상한 결말을 릴케는 일부러 마지막 행의 후반부에 배치했고, 행을 바꾸지도 않았다. 한편으로는 물론 시가 앞의 두 연은 각각 4행, 뒤의 두 연은 3행이라는 정연한 구조를 가지게 하기 위한 것이지만, 다른 한편으로 더욱 중요한 것은 이런 형식을 통해 경이감을 강화하기 위한 것이다. 숨 돌릴 공간을 주지 않고 여기에서 곧바로 저기로 가게 해서, 갑작스럽게 우리를 이름을 알 수 없는 낯선 의미의 영역으로 데려간다.

　　릴케는 그가 시인으로서 가장 신경 쓰고 관심을 두는 것을 극적으로 표현했다. 그것은 바로 우리가 어떻게 아름다운 사물과 관계를 맺는가 하는 것이다. 다른 이들과 가장 다른 릴케의 태도는, 아름다움을 받아들이는 것이 우리 자신을 풍부하게 하기 위해서가 아니라는 것이다.

　　고대의 아폴로 조각상처럼 아름다운 사물은 너무나 아름다운 나머지 세상 사람들이 생각하는 불완전함 속에서도 자신의 완전성을, 즉 새로운 완전성의 개념과 기준을 창조해 낼 수 있다. 이 조각상은 그 아름다움으로, 그가 창조해 낸 기준으로 그와 우리 사이의 관계를 역전시킨다. 우리가 그를 보는 것이 아니라, 반대로 그가 자신의 '눈이 아닌 눈'으로 날카롭게 우리를 주시한다.

조각상은 우리가 저도 모르게 당황하게끔 우리를 바라본다. 누군가 당신을 보고 있는 것을 깨달았을 때 당신은 어떻게 반응하는가? '저 사람이 왜 날 쳐다보지? 내 몸에 뭔가 특별한, 이상한 부분이 있나?' '저 사람은 뭘 보는 거지? 나한테서 뭘 본 걸까?' 그렇다. 누군가 자기를 바라보는 것을, 특히 응시하고 있는 것을 느꼈을 때, 우리의 자연스러운 반응은 자신에게 그렇게 쳐다볼 만한 게 무엇이 있는지를 의식하고, 반사적으로 그 응시하는 시선 속에서 자신이 어떤 모습일지를 상상하는 것이다.

우리는 바라볼 만한 대상인가? 그 완전하고 완벽한 아폴로의 신체 앞에서 원래 구경꾼이었다가 구경거리로 역전된 우리는 그로 인해 자각하게 되고 무엇보다 불가피하게 자신을 의심하게 된다.

'세상에! 저 사람이 날 저렇게 쳐다보네!' 거리에서 어느 낯선 행인이, 혹은 젊고 예쁜 여자나 영화배우 금성무처럼 생긴 남자가 갑자기 당신에게 눈길을 던지면 당신은 가슴이 철렁하여 곧바로 이렇게 생각할 것이다. 혹시 내 머리가 헝클어졌나? 내가 좀 꾀죄죄해 보이나? 달리 말하면, 당신은 곧바로 '내가 저 사람이 쳐다볼 만한가?'라고 자신을 돌이켜보게 된다.

우리는 그 아름다운 조각상이 이렇게 응시하는 시선을 감당할 수 없다는 걸 깨닫는다. 아름다운 사물에 다가가고 이를 받아들이는 것은, 다시 말하지만, 우리 자신을 풍요롭게 하기 위해서가 아니다. 우리가 깜짝 놀라 온몸에 식은땀이 나게 하기 위해서다. 아름다운 사물을 마주할 때야 우리는 자신의 공허함과 형편없음을, 자신의 초라함을 느낀다.

조각상 앞에서 우리는 우리 자신이 주체가 되어 보고 감상한다고 생각한다. 조각상을 볼 때 우리는 이 조각상의 객관적인 사실을 받아들인다. 이 조각상은 머리가 없고, 팔다리가 없다. 그러나 이 조각상은 유구한 역사가 있다. 남아 있는 몸으로 미루어 보아 이 조각상은 분명히 기술이 정교한 숙련공의 손에서 탄생했을 것이다. 그런 다음 우리는 생각하고 비평한다. 이렇게 아름다운 조각상에 만약 머리와 사지가 전부 남아 있었다면 분명히 더욱 아름다웠을 거라고.

릴케는, 혹은 시인은, 이런 태도로 이 조각상을 보지 않는다. 조각상 앞에서 그의 가장 주된 경험은 주체와 객체가 뒤바뀌는 것이다. 문득 깜짝 놀라며, 내가 조각상을 보는 것이 아니라 조각상이 나를 보고 있다는 걸 깨닫는다. 주체와 객체가 뒤바뀌는 순간 사실이 사라지고, 원래의 가설도 사라진다. 그 조각상은 스스로 완전무결한 아름다움을 이루었고, 반드시 머리와 사지가 있어야만 하는 것이 아니다. 머리와 사지가 있는 것은 우리가 예상한 기준이다. 하지만 이 조각상의 아름다움은 우리가 예상한 이런 기준을 넘어서는 것으로, 우리에게 직접 충격을 주고 우리가 예상한 기준을 부숴 버린다.

내가 조각상을 주시할 때 조각상의 아름다움은 나와 직접적인 관계가 없다. 반대로 내가 조각상에 주시당할 때 나는 온몸에 소름이 돋을 정도로 열등감을 느낄 수밖에 없다. 조각상의 아름다움을 기준으로 삼으면 나의 신체는, 나의 삶은, 나의 인생은 이 얼마나 추한가! 내게 응시당할 만한, 응시를 감당할 만한 부분이 무엇이라도 있는가?

이것은 다른 종류의 투사이다. 우리는 자신을 아름다운 사물 앞에 던지도록 강요받아 자신의 완전하지 못한, 결핍된 모습을 드러낸다. 조각상이 불완전하지 않고 마치 생명을 지닌 듯한 자족의 빛을 발산한다는 것을 깨달았을 때 당신은 조각상과 비교하면 당신 자신이야말로 불완전하다는 것을 필연적으로 느끼게 된다. 이런 두 가지 감정이 동시에 존재한다.

그러므로 '너는 너의 삶을 바꿔야 한다'는 것 말고, 당신은 다른 결론을 낼 수 있는가? 그 추함을, 형편없음을, 비열함과 초라함을 바꾸고, 버리고, 자신의 삶이 응시를 감당할 수 있도록 삶을 바꾸는 일에서 당신은 도망칠 수 있는가?

13

시의 도입부에서 시인의 역할과 시련은 바로 부단히 용감하게 자신의 공허함을 발견하는 것이다. 내면의 공허함을 발견해야만 당신은 진정으로 '자신을 충실하게' 할 기회를 얻게 된다.

릴케가 말한 '자신을 충실하게' 한다는 것은 우리가 일반적으로 생각하는 것과는 다르다. 우리는 박물관에 가서 고대 그리스의 유물을 보고, 유물에 관한 해설을 읽는 경험이 '자신을 충실하게' 하는 것이라고 믿는다. 우리는 그림을 보고, 음악을 듣고, 혹은 대자연에 가까이 다가가 이것들을 '흡수'하는 것이 '자신을 충실하게' 하는 것이라고 여긴다.

릴케는 이런 '충실'함을 믿지 않는다. 중요한 것은, 그렇게 '충실'해진 것이 정말로 '자신'인가 하는 것이다. 그는 다른 종류의, 더 명확하고 효과적인 '자신을 충실하게' 하는 방식을 체험해 보았다. 그것은 주체적으로 '음, 이것은 아름답고, 이것은 나쁘지 않고, 나는 이것을 좋아하고……' 이런 것들을 선택하는 게 아니라 아름다움에 의해 뒤흔들리고 소스라치게 놀라 아름다움 앞에서의 절대적인 열등감을 느끼는 것이다. 자신에게 뭔가를 선택할 자격이 어디에 있는가, 자신은 애초에 남이 볼만하지 않으면서 어째서 볼 자격이 있다고 생각하는가, 하는 것을 의식하는 것이다.

일상생활 속에서 우리가 겪었을 유사한 경험을 찾자면, 아마도 당신이 무척 신경 쓰는 사람을 만났을 때와 비슷할 것이다. 당신이 사랑하는 사람, 존경하거나 혹은 숭배하는 사람을. 당신은 자신이 그 사람을 신경 쓴다는 것을, 그리고 그 사람이 당신에게 다른 의미를 지닌다는 것을 어떻게 알고, 또한 느꼈는가? 이를 판단하는 쉬운 방법은 당신이 의식적이든 무의식적이든 그 사람의 시선으로 자신을 보고 있는지를 알아보는 것이다. 그가 보는 나는 어떤 모습일까? 큰일 났다, 그가 내게서 뭘 본 거지? 그는 분명히 내게서 그다지 아름답지 않고, 그다지 완벽하지 않은 부분을 봤을 것이다.

만약 당신이 그를 정말로 신경 쓴다면 '하하, 그는 분명히 내가 아주 멋지다고 생각할 거야! 내 가장 매력적인 부분을 봤을 거야!' 하는 식으로 기쁘고 자신만만한 생각은 들지 않을 것이다. 오히려 당신은 분명히 몇 번이고 마음을 졸이며 '큰일 났다, 큰일 났어!'라고 한탄할 것이다.

릴케는 시를 통해 세상의 수많은 다른 현상과 사물을 모두 이처럼 우리를 응시하는 한 쌍, 또 한 쌍의 눈들로 변화시키려 한다. 시를 통해 그는 부단히 우리가 응시당하는 상황을 돌아보며 상상하는 상태에 처하도록 해서 '큰일 났다, 큰일 났어! 내가 또 좋지 않은 모습을 보였구나!' 하는 초조한 기분을 계속해서 체험하게 한다.

당신은 숨길 수 없다. 언제나 당신을 보는 눈이 있다. 그 모든 눈은 자신의 고귀함, 아름다움, 순결함, 깨끗함, 신성함을 통해 언제든 당신의 공허함과 초라함, 저속함을 꿰뚫어 본다. 당신은 당황하며 자신의 외모에, 내면에, 삶에 이런 신화적인 눈들mythical eyes이 들여다볼 만한 것이 있는지를, 그리고 어떻게 무너지지 않고, 부끄러움에 시들지 않고, 이 신화적인 눈들이 응시하는 것을 감당할 수 있는지를 찾아보고, 발굴하지 않을 수 없다.

14

여러분은 다들 사자와 사슴을 본 적이 있을 것이다. 사자와 사슴은 모두 두 개의 눈을 가지고 있지만 그들의 눈은 아주 다르다. 양쪽 모두 눈이고, 똑같이 두 개가 있지만, 사자와 사슴의 눈의 위치는 매우 다르다.

동물의 세계에서는 진화의 규칙에 따라 포식자와 피식자의 눈을 사용하는 방식이 달라진다. 사슴과 같은 피식자는 눈이 얼굴의 옆쪽에 달려 있고, 사자와 같은 포식자는 눈이 얼굴 앞쪽에 달려 있다.

사슴에게 필요한 것은 포식자의 존재를 발견하기에 편리한 넓은 시야이다. 시야에 사각이 적을수록 사슴이 사냥을 피해 살아남을 확률이 높아진다. 사슴의 눈은 거의 270도로 시야를 확보할 수 있어 포식자가 사각에서 다가오는 것을 눈치채지 못할 위험을 크게 낮춰 준다.

사자에게 필요한 것은 정확하고 입체적으로 사냥감을 파악하고 따라잡는 능력으로, 상대적으로 사자는 시야를 그리 넓게 볼 필요가 없다. 사냥할 때 사냥감이 빠른 속도로 도망치며 방향을 바꿀 수도 있어서 사자의 눈은 수시로 거리를 측정하고 방향을 관측해, 빈틈없이 사냥감의 동작을 주시하면서 추격 속도를 조정해야 한다. 따라서 사자는 두 눈 사이의 거리가 아주 가깝고 양쪽 눈의 시야가 겹치는 영역이 넓어 전체 시야의 범위가 희생되지만, 두 눈의 시야가 겹치는 영역 내에서는 형상이 입체적이고 선명하게 보여서 사자가 즉각적으로 거리를 정확하게 파악하기 쉽도록 해 준다.

이러한 동물계의 진화 규칙에 비추어 보면, 인간의 눈은 확연히 사자에 가깝고 사슴이나 말과는 거리가 멀다. 인간은 온순한 사냥감이 아니라 사나운 포식자임이 분명하다. 따라서 사자와 마찬가지로, 우리 눈의 주된 기능 역시 우리가 효과적으로 입체적인 시각을 가지도록 해 주는 것이다.

우리 눈은 두 눈 사이의 거리가 짧아 서로 약간 다른 각도에서 같은 시야를 보게 되는데, 그 안의 물체를 보면 두 눈은 그 상을 각자 망막에 투사해 시신경을 통해 대뇌로 전달한다. 대뇌에는 두 개의 상을 조합하는 일을 전담하는 특별한 신경세포가 있어서 이 세포를 통해야만 입체감이 생겨나고 우리가 공간을 볼 수 있다.

자연계에서 시력이 가장 좋은 동물로는 또 다른 중요한 포식자인 매를 꼽을 수 있다. 매는 아주 높은 공중에서, 대단히 먼 거리에서, 땅 위의 쥐나 개구리 한 마리, 혹은 물속 물고기 한 마리까지도 볼 수 있다. 그리고 빠른 속도로 급강하하면서도 사냥감의 움직임에 따라 조정해서 아주 정확하게 내려앉으며 발톱으로 사냥감을 붙잡을 수 있다.

매의 사냥 능력은 좋은 시력에만 의지하는 것이 아니다. 물론 매의 시력은 무척 좋아서 아주 멀리까지 볼 수 있다. 하지만 더욱 중요한 것은 서로 차이가 나는 두 눈의 시야가 결합해 만들어 내는 거리감을 통해 급속하게 변화하는 공간적인 관계를 수시로 살피고 계산하기 때문에, 매가 이처럼 놀라운 사냥 능력을 갖추게 되었다는 것이다.

당신은 원래 두 개였던 눈이 하나만 남는다면 어떤 느낌일지 상상해 본 적 있는가? 구체적인 의학적 기록에 따르면 사람이 한쪽 눈을 잃는다고 해도 거리를 파악하는 능력을 완전히 잃지는 않는다고 한다. 사람이 한쪽 눈만 남으면 사실상 공간 감각을 형성할 수 없지만, 사람의 신경계통이 조정 작용을 하기 때문이다. 당신은 실제로는 거리를 볼 수 없지만 거리로 인해 생겨나는 사물의 크기 변화와 그 비례를 기억해서, 가까운 사물은 비교적 커 보이고 멀어지면 작아지는 것을 알고 있다. 그래서 당신은 투시perspective된 인상에 관한 기억에 의지해 사물의 거리를 판단하게 될 것이다. 당신은 투시 속에서 직선이 어떠한 각도를 따라 앞쪽으로 모인다는 것을 기억하고 또한 알고 있기 때문에 각도가 모이는 정도를 판단해 상대적인 거리를 느낄 수 있다.

그러나 이런 기억은 빠른 속도로 이동하는 변화에 대응할 수는 없다. 당신과 함께 탁구나 테니스를 치는 상대에게 부탁해서 시험 삼아 그 사람의 한쪽 눈을 가리고 게임을 해 보아도 좋을 것이다. 아주 재미있다. 당신이 보기에 평소에 아주 대단해서 언제나 당신을 이겼던 사람, 심지어 당신의 코치조차도 한쪽 눈을 가리면 공이 아직 한참 먼 곳에 있는데도 라켓을 휘두르거나, 아니면 공이 벌써 그를 지나치려 할 때야 뒤늦게 라켓을 휘두른다. 그가 이동하는 방향은 크게 틀리지 않지만, 공이 자신에게 도달하는 시간을 정확하게 파악할 수 없다.

15

미국의 저명한 신경과 의사이자 대중 과학 작가인 올리버 색스Oliver Sacks는 자신의 책에서 온전한 두 눈을 가지고 있고 양쪽 눈의 시력과 기능도 모두 정상적이지만, 양쪽 눈의 시각을 통합하는 대뇌 속 신경의 기능이 결핍된 사람의 예를 기록한 적이 있다. 이런 사람은 서로 약간 다른 두 장의 평면도가 겹쳐 있는 것처럼 보게 되어, 정상적인 입체감이 생겨나지 않고 모호하게 보이게 된다.

따라서 이런 사람이 사물을 보려면 그의 대뇌는 반드시 남들과는 다른 절차 하나를 거쳐야 한다. 우선 두 형상 중 하나를 억압해 무시하고 나머지 하나만 남기는 것이다. 한쪽 눈이 본 하나의 평면적인 형상은 최소한 뚜렷하므로 두 눈이 본 두 형상이 한데 엉키는 것보다는 낫다.

이런 사람들 사이에도 미세한 차이가 있다. 어떤 사람은 태어날 때부터 두 눈의 시각을 통합하는 기능이 없는 사람이다. 반면에 또 어떤 사람은 아주 어렸을 때는 정상적인 시력이어서 두 눈이 협력해 만들어 낸 입체적인 형상의 기억이 남아 있지만, 조금 더 자라 유전적인 요인 때문에 두 눈을 연결하는 신경의 기능이 정지된 경우다.

의학의 발전은 후자인 사람들을 도울 방법을 찾아냈다. 훈련을 통해 과거의 기억을 불러내 의식적으로 대뇌가 두 눈이 본 형상을 정확하게 맞추는 방법을 찾아내게 해서 다시 입체적인 형상을 보는 법을 천천히 배우게 하는 것이다. 그들은 단번에 모든 거리와 공간을 볼 수는 없다. 가까운 거리에서 먼 거리로, 조금씩 연습하면서 볼 수밖에 없다.

색스는 자신의 책에서 시신경 전공 여성 신경과 의사

에 관해 서술했는데, 이 의사가 바로 이렇게 양쪽 눈의 시각을 통합하는 기능을 갖추고 있었다가 나중에 잃어버린 사람이었다. 어느 학회에서 그녀를 알게 된 색스는 호기심을 가지고 "당신은 이러한 전문적인 지식을 갖추고 있으니, 그 지식이 양쪽 눈의 시각이 통합되어 초점이 맞춰지면 어떤 세상을 보게 될지 상상하도록 도울 수 있습니까?"라고 물었다. 그러자 그 의사는 "저도 종종 저 자신에게 그런 질문을 합니다. 아주 오랫동안 연구를 하고 수많은 보고서와 임상 사례를 봤기 때문에 저는 입체적인 세상이 어떤 모습인지 볼 수는 없어도 알 수는 있습니다. 저는 상상력을 활용해 제가 한쪽 눈으로 본 평면적인 세계를 입체화할 수 있어요"라고 대답했다.

학회에서 그녀를 만나고 몇 년이나 지난 후, 색스는 뜻밖에 그 의사가 보낸 장문의 편지를 받았다. 그 편지의 요지는 그녀가 예전에 색스의 질문에 답했던 내용이 틀렸다고 증명됐다는 것이었다.

그 당시에 그녀는 자신에게 입체적인 공간을 이해하고 상상할 능력이 있다고 생각했지만, 아니었다. 그녀가 틀렸다. 몇 년 전에 그녀는 다행히 훈련을 통해 마침내 정말로 입체적인 세상을 보게 되었다고 했다. 편지에서 그녀는 맨 처음 훈련을 받았을 때는 단순히 훈련사의 지시에 따라 훈련을 하면서 그 훈련이 어떤 변화를 불러오는지 느끼지 못했다고 말했다. 그런데 훈련을 마치고 나와서 차 운전석에 앉았을 때, 세상에, 그녀는 눈앞에 그녀가 지금껏 한 번도 본 적 없는 입체적인 핸들이 놓여 있는 것을 보고 깜짝 놀랐다. 핸들이 배경 위로 떠올라 있었다. 핸들은 그녀와 아주 가까이 있었기에 배경에서 분리되어 튀어나와 있었던 것이다.

계속 쉬지 않고 훈련받으며 부단히 노력한 덕분에 그녀가 볼 수 있는 거리 감각도 계속 넓어지고 깊어졌다. 어느 날, 오전 내내 바쁘게 보내다가 손목시계를 본 그녀는 오후의 첫 일정 전까지 남은 시간이 30분밖에 없고 그래서 샌드위치와 커피를 사러 카페테리아에 다녀올 시간 정도밖에 안 된다는 걸 알았다. 그녀는 원래 있던 건물을 나와서 카페테리아가 있는 건물을 향해 바쁘게 걸어갔다. 밖에는 눈이 오고 있었다. 몇 걸음 걷다가 그녀는 걸음을 멈췄다. 난생처음으로 입체적인 눈송이를 본 것이다. 달리 말하면, 난생처음으로 공간 속에서 눈송이가 앞에서, 혹은 뒤에서 날리며 떨어지는 모습을 확실히 보았다. 그녀는 가까이 있는 눈송이와 조금 멀리 있는 눈송이를 분명히 구분할 수 있었다. 층층이 날리는 이 눈송이와 저 눈송이 사이에 크거나 작은 공간이 있었다. 그녀는 처음으로 눈이 내린다는 것을 입체적으로 느꼈다. 그래서 그녀는 놀라고 감탄하며 흥분한 채 눈 속에 서 있었다. 그 광경을 아무리 봐도 충분하지 않은 것 같았다. 당연히 급히 점심을 먹으러 가려던 것도 잊어버렸다. 그녀는 점심 식사를 포기하고, 입체적인 눈이 오는 풍경 속에서 30분 동안 서 있었다.

그래서 그녀는 반드시 색스에게 편지를 보내 상상 속의 입체적인 세상과 정말로 보고 느낀 입체적인 세상은 다르다고 알려줘야만 했다. 아무리 상상해 봐야 그 입체적인 눈 내리는 풍경에 가까워질 수 없었다. 그녀가 잘못 말했다. 사실 그 당시의 그녀는 상상할 수 없었던 것이다. 그 얼마나 터무니없는 착각이었던가!

16

내게 이 이야기는 시와 관련된 상징으로 가득하다. 바꿔 말하면, 이 이야기를 통해 시가 무엇인지 상징적으로 해석할 수 있었다. 시, 특히 현대시에 관해서는 나는 대체로 상징의 언어를 활용하는 방법으로 접근할 수 있을 뿐 직접 해석할 수 없다.

시를 읽을 때 이 이야기를, 특히 갑자기 입체적으로 변한 그 눈 오는 풍경을 마음속으로 생각하며 읽어도 좋다. 시는 사람이 두 눈의 초점을 맞추게 하는 훈련과 아주 비슷하다. 원래 자신이 안다고, 상상할 수 있다고 생각했던 일이 시를 통해 보면 새롭게 보인다.

시인과 시는 당신을 아주 멀고 이질적인 시공 속으로 데려가 공룡을 보여 주거나, 빗자루를 타고 퀴디치 경기(해리 포터 시리즈에 등장하는 가상의 스포츠)를 하게 하거나, 혹은 외계인들 속에서 살게 하지 않는다. 시와 시인은 당신을 원래의 세상에, 당신이 잘 알고 있으며 익숙하다고 생각했던 세상에 새롭게 놓아두고 같은 요소와 같은 풍경, 같은 동작을 보여 준다. 하지만 신기하게도 당신은 익숙함 속의 낯섦을, 익숙했기에 더욱 낯설어지는 것을 보게 되고 체험하게 된다. 놀람과 감탄과 흥분 속에서 당신은 참지 못하고 누군가에게 편지를 써서 '아니, 아닙니다. 난 사실 이 세계를 알지 못하고 있었어요. 내가 틀렸어요!'라고 엄숙하고 진지하게 알려 주고 싶어질 것이다.

이것이 시의 가장 특별한 점이다. 시는 인간에 의해 창작되었고 인간의 경험과 체험, 상상에서 왔지만 이상한 힘을 가지고 있다. 시를 완성하고 나면 훌륭한 시는 그 창작자를 다시 변화시키기도 한다. 시인은 종종 자신이 시를 쓰는 과정과 경험을 통해 다른 사람이 된다. 시인은 시의 주인이 아니다. 많은 경우에 시가 시인의 주인인 듯하다. 창조된 시가 다시 시인을 개조해 그 시에 더욱 가까운 사람이 되게 한다. 좀 더 과장해서 말하면, 그가 그 시의 작자가 될 자격을 갖추도록 변화시킨다. 그의 시야가 더 넓어지고 체험이 더욱 깊어져 그와 이 세상의 관계가 더 직접적이고 긴밀해지도록 한다. 그래서 그가 다음 시를 창작하려는 시도의 첫걸음을 뗄 수 있게 한다. 다음 시에서는 더 넓은 시야와 더 깊은 체험을 펼치게 하고, 다음 시에서는 사람과 세상 사이에 떠 있는 불순물들을 더 많이 제거할 수 있게 한다. 창작자와 그 창작물 사이에는 서로 영향을 주고받는 회로가 형성된다.

시와 시인 사이의 이런 특수한 관계는 릴케에게 더없이 중요했다. 하지만 그는 이것을 시 쓰기를 통해 깨닫고 발견한 것이 아니다. 처음으로 깨닫게 된 것은 그가 살던 그 시대의 유럽 정세에 충격을 받아서였다. 1875년에 태어난 릴케는 유럽의 사상과 관념의 대폭풍을 경험했다. 폭풍의 근원이 된 힘 가운데 하나는 니체였다. 한 여자, 바로 루 살로메Lou Andreas-Salomé를 통해 릴케는 거의 직접적인 니체

세례를 받았다. 루 살로메는 한때 니체와 아주 가깝게 지낸 친구였고, 동시에 니체 철학의 중요한 해석자이자 확장자, 전파자이기도 했다. 릴케보다 15살이 더 많았던 루 살로메는 그의 인생 첫 연인이었다.

루 살로메와 연인 관계를 유지했던 몇 년 동안 니체의 신에 대한 관념은 릴케에게 강렬한 영향을 주었고, 나아가 우여곡절을 거쳐 시에 대한 릴케의 견해를 결정했다.

17

18세 때 릴케는 신앙의 거대한 위기를 경험했다. 그해에 릴케는 시집을 출판했는데 주제는 예수 그리스도에 관한 것이었다. 모든 시의 배경이 예수가 세상에 다시 나타난 때로 설정되어 있지만 그 시들의 내재적인 정신은 전부 예수 그리스도의 신성성에 의문을 가지고, 나아가 비판하는 것이었다.

예를 들어 시집의 첫 번째 시에서는 예수가 어느 장례식에 나타난다. 한 소녀가 어머니가 매장되는 것을 보고 있다. 장례식 과정 동안 다른 어른들은 절차에 따라 의식을 진행하고, 할 일을 다 하고 할 말을 다 한 다음 자리를 떠났다. 소녀 혼자만 공원묘지에 남았다. 소녀는 묘지에서 얼굴이 아주 초췌하고 비통한 표정을 지은 이상한 한 사람이 더 있는 것을 보고 동정하며 그에게 묻는다. "당신도 엄마가 죽었나요?" 그 사람은 "아니"라고 대답한다. 그는 어머니가 죽어서 그곳에 있는 것도, 어머니가 죽어서 그렇게 상심한 것도 아니다.

소녀는 눈앞의 사람이 예수라는 것을 모른다. 그녀는 자신이 품었던 곤혹스러운 의문을 이 사람에게 묻는다. "우리 엄마는 지금 땅 밑에 있을까요, 아니면 하늘 위에 있을까요?" 소녀는 사람들이 엄마는 분명히 하늘 위에 있을 거라고 말한 것을 믿었지만, 조금 전에 엄마가 땅 밑에 묻히는 것을 똑똑히 보았다. 사실 소녀에게 필요한 것은 그저 누군가가 그녀에게 '그래. 목사님과 다른 사람들이 장례식 때 한 말이 전부 맞아. 네 엄마는 지금 하늘 위에서 따스한 눈으로 너를 지켜보고 계실 거야. 걱정할 필요도, 의심할 필요도 없단다'라고 확실하게 말해 주는 것뿐이었다.

그러나 릴케의 시 속에 등장한 이 예수 그리스도는 이렇게 기본적인 위로의 말조차 할 수 없다. 그는 자신을 동정해 가엾게 여기는 소녀를 위로할 능력조차 없다.

두 번째 시의 제목은 「유대인 묘지」다. 예수는 14세기의 어느 유대인 마법사의 무덤 앞에 나타나 분노하며 저주한다. 그는 그의 이름으로 마법을 행하고 기적을 창조한 이들, 그를 '사람'의 자리에서 끌어내어 사람으로서 있을 수 없게 한 이들을 포함해 자신을 신성화한 모든 것을 저주한다. 그는 그가 자신의 무덤 속에서 죽지 못하게 한 이들을 원망한다. '자신의 무덤 속에서 죽지 못하게 했다'는 것은 곧 예수 그리스도가 죽은 지 사흘 후에 부활해 무덤에서 승천한다는 이야기를 창조한 것을 가리킨다.

예수는 무덤 속에서 편히 쉴 수 없었다. 그는 죽음 속에서 파내어져, 그 후로 천 년이 넘는 시간 동안 십자가가 있는 곳이면 어디서든 다시 십자가에 못 박히는 고통을 겪어야 했다.

예수는 마법사의 무덤 앞에서 분노하며 그를 부른다. "부활하라. 부활해야 하는 것은 너지, 내가 아니다! 너는 부활해 네 흑마법으로 이 세상을 파괴해야 한다!"

18세 때 릴케는 신, 즉 하느님에 대해 강렬한 의문을 품었고, 예수 그리스도를 신으로 보는 태도에 대해서는 더욱 큰 의문을 품었다. 그에게 있어서 예수가 지닌 가장 큰 의미는 바로 예수가 평범한 사람의 몸으로 고난을 받은 데 있었다. 그를 '신의 아들'이라 칭하고, 그에게 신성성을, 그리고 신과의 연결고리를 부여하는 것은 오히려 이런 의미를 없애는 일이었다.

그는 그 당시 세속적인 지식으로 새롭게 신을 해석하려는 사상적인 사조를 느꼈으며 인간이 신을 창조한 것이지, 신이 인간을 창조한 것은 아니라고 생각했다. 인간이 자신의 필요를 위해, 자신의 필요에 따라 신을 창조한 것이라고 보았다. 그는 이런 신을, 이런 신성성을 경멸했다.

그가 쓴 예수 그리스도에 관한 시들을 읽은 한 친구가 그에게 어떤 책을 읽어 보라고 권했다. 제목은 『유대인 예수』였고, 저자는 루 살로메였다. 권유에 따라 루 살로메의 책을 읽어 본 릴케는 큰 충격을 받았다. 책 속에서 그가 시에서 표현하려 했던 여러 견해를 발견했기 때문이다. 그는 흥분하여 루 살로메를 찾아갔다. 루 살로메에게는 남편이 있었지만, 그럼에도 두 사람은 첫눈에 반해 빠르게 연인 관계로 발전했다. 그러니까 이것은 예수 그리스도로부터 시작된 감정이라고 해야 할 것이다.

18

니체는 논의를 전혀 용납하지 않는 태도로 "신(하느님)은 죽었다"라고 선고했다. 그는 심리학적인 관점에서, 그것도 전혀 고상하지 않은 '범인 심리학'凡人心理學의 입장에서 신의 이야기를 고쳐 쓰고, 다시 썼다. 신은 자기 생존에 책임을 질 용기와 능력이 없는 사람들이 발명해 낸 것이고, 신의 가장 주된 용도는 바로 그들이 책임에서 도피할 수 있게 해 주는 것이며, 모든 것을 신에게 미루면 사람의 일은 없어진다는 것이다. 자신의 운명과 처지를 받아들일 능력이 없으면 어쨌든 이 모든 건 신의 의지고 신의 안배라고 말한다.

이는 니체의 사상이 가져온 거대한 충격이었다. 신에 대해 생각하고 분석하는 것은 18세기 계몽주의 이후의 큰 주제였지만, 니체는 가장 극단적이고 가장 직설적인 방식으로 이를 표현하여 전례 없는 극적인 효과를 만들어 냈다. 더 중요한 것은 니체가 신이 죽었다고 선고하는 동시에 평범한 사람, 평범한 대중을 향한 멸시도 함께 표현했다는 것이다. 즉 그는 당시 사람들이 신을 직면하는 것뿐 아니라 자기 자신과 속세도 직면하도록 강요했고, 신을 대하는 태도뿐만 아니라 자신과 속세를 대하는 태도도 결정하도록 강요했다.

릴케가 스스로 모색한 끝에 '니체식'에 가까운 가치 관념을 찾아냈을 때 루 살로메를 만나게 된 것은 행운이었다. 대단히 총명했던 루 살로메는 그때 이미 신에 관한 자신의 논리를 완성한 상태였다. 그녀는 니체의 견해를 더욱 발전시켰지만 니체를 완전히 모방하지는 않았다. 심리학의 관점으로 신을 해석한 후로 니체가 관심을 둔 중점은 신이 필요하지 않으며, 겁 많은 평범한 대중 속에 빠지지 않는 '초인', 즉 무엇에도 의지하지 않고 용감하게 살아가는 사람이 될 것을 제창하는 데 있었다. 인간이 도대체 어떤 심리로 신을 필요로 하고 신을 창조했는가, 하는 것은 니체가 중점을 둔 것이 아니었다.

그러나 루 살로메는 이 부분에 더욱 힘을 쏟았다. 그녀의 심리학 지식은 니체보다 훨씬 더 세밀하고 깊이가 있었다. 그녀는 "그렇다. 인간은 심리적인 필요에 따라 신을 창조했다. 그러나 반대로 신 역시도 다른 방식으로 인간을 창조했다. 니체를 통해 우리는 '인간이 신을 창조했다'와 '신이 인간을 창조했다'라는 두 명제가 결코 서로 모순되어 병존할 수 없는 것이 아니라, 전후 순서로 서로 연결되어 있다는 것을 분명히 알 수 있어야 한다"라고 주장했다.

확실히 니체가 말한 대로, 인간이 먼저 자신의 필요에 따라 신을 창조했다. 인간은 신에게 무엇을 투사했고 신에게 무엇을 부여했기에 신이 이런 능력을 발휘하게 한 것일까? 루 살로메는 그것이 '인간이 가지지 못했지만 가질 수 있기를 갈망하는 성질'이라고 보았다.

신은 인간이 이상화한 대상이다. 신은 인간이 현실에서는 불가능한 각종 이상을 투사하고 쌓아 올려 창조한 것이지만, 일단 이렇게 신이 형성되어 존재하게 되면 인간 또한 그에 따라 바뀌어 전과 같을 수 없게 된다. 모든 고귀하고 아름다운 성질로써 신을 창조하고 나면, 신을 믿는 사람도 이런 고귀하고 아름다운 성질을 믿는 사람으로 변한다. 그는 자신이 신이 될 수 있다고 생각하지 않지만 동시에 자신에게 신에 대해, 이런 고귀하고 아름다운 성질에 대해 의문을 품을 자격이 있다고 생각하지도 않는다.

신은 인간이 창조한 것이지만, 신이 존재하게 되면 신과 신에 대한 신앙도 인간을 변화시켜 전과 다른 새로운 인간을 창조하게 된다. 그 때문에 루 살로메는 결정적인 문제는 신이 아니라 교회에 있다고 주장했고, 이는 이후에 릴케에게 깊은 영향을 끼쳤다.

교회는 신의 권력을 분수에 넘치게 휘둘러 인간과 신사이의 직접적인 관계를 가로막았다. 16세기에 로마 가톨릭교회에 대한 비판과 반발에서 발생한 신교 개혁은 인간이 교회를 건너뛰어 성경을 독해함으로써 신이 주는 진리를 직접 얻을 수 있다고 주장했다. 하지만 시간이 흐르면서 신교 역시 각자의 교파를 하나하나 세웠고 그 교파들도 여전히 교회의 형태로 존재했다.

결국 교회는 신이 다시 인간에게 영향을 끼치고 인간을 변화시키기 위한 구조를 차단한다. 릴케가 성숙기로 접어든 중요한 시기에 그는 하느님과 예수 그리스도, 그리고 교회에 관한 새로운 답안을 찾았다. 여기서 한발 더 나아가 추론해 보자. 신의 의미를 분명히 알고 교회의 방해와 파괴에 관해서도 확실히 알았으니 이제 가장 근본적인 문제, 즉 신이 어떻게 인간을 더 나은 방향으로 이끄는가 하는 문제로 돌아가 보면, 우리는 신을 더 이상 필요로 하지 않을 수 있다는 결론에 이른다. 우리가 진정으로 필요한 것은 신이 아니라, 인간이 최초에 신에게 투사했던 그 아름다운 성질, 그 이상理想들이다.

19

릴케에게 있어 그의 시는 신을 대신하는 것, 즉 신의 대리였다. 신은 인류 이상의 핵심으로서 유지될 수 없지만, 그럼에도 시는 아직 존재한다. 인간은 시를, 그 창조자보다 더욱 고귀하고 아름다운 시를 창조해 낼 수 있다. 인간은 시를 창조하지만 시는 인간의 통제를 받지 않는다.

시가 창조되고 나면 옳은 시, 좋은 시는 마치 교회에

의해 단절되지 않은, 더없이 고귀하고 아름다운 이상이 투사된 하느님처럼 다시 사람을 변화시킬 수 있다. 시를 창조한 그 사람뿐만 아니라, 그 시를 읽고 믿는 다른 사람도 변화시키고 향상시킨다. 시는 시인의 소유물이 아니다. 시인은 시를 창조하는 일을 통해 자아의 재창조를 경험한다. 좀더 간결하게 말하면, 거꾸로 시인도 시에 의해 창조된다는 것이다. 이는 독자에게도 마찬가지다. 시가 시인에 의해 창조되면 우리는 현실 속에서 그 시인을 알 수도 있다. 그를 머리끝부터 발끝까지 살펴봐도 우리는 그 사람에게서 어떠한 존경할 만한 부분도 발견할 수 없을지도 모른다. 그는 자질구레하고 세속적이고 평범하다. 그러나 시는 시인과 같지 않다. 자질구레하고 세속적이고 평범한 시인이 완전하고 초월적이고 비범한 꿈과 이상을 자신의 시에 담을 수 있다. 우리는 그의 시를 읽고 시 속의 완전하고 초월적이고 비범한 꿈과 이상으로 말미암아 변화한다.

　이는 바로 니체가 멸시하고 질책했던 겁 많고 무능하고 회피하는 이들이 신을 창조해 낸 것과 비슷하다. 그들은 신과 비슷한 부분이 전혀 없다. 오히려 반대로, 겁 많고 무능하고 회피하기 때문에 전지전능하며 지극히 아름답고 선한 신을 창조해야만 했다. 신을 숭배하기에 그들은 원래보다 더 나아질 수 있다. 시는 시인의 손에서 창조되었지만 시인의 현실적인 한계를 벗어나 더욱 고귀한 성질을 드러낼 수 있다.

시를 쓰는 것은 왜 이렇게 어려울까? 어째서 반드시 꿀벌처럼 평생 노력해야만 시 몇 줄을 써낼까 말까 한 것일까? 중요한 것은 그 몇 줄의 글을 쓰는 것이 아니라, 그 정확한 몇 줄의 글을 찾아내는 과정을 통해 우리가 우리 자신을 재창조하는 것이기 때문이다. 고로 어려운 것은 글이 아니라 자기 자신이다. 글을 창조하는 것이 아니라 자신을 창조하는 것이기에. 자신을 재창조하지 않고, 반드시 변화해야하는 삶을 살면서도 계속 평범하게 살아가는 사람은 진정한 시를 쓸 수 없을 것이다.

이것은 얼마나 매혹적이고 또한 대담한 창작인가! 당신은 지금처럼 평범하고 일반적인 방식으로 계속 살아갈 것인가, 아니면 자기 자신을 새롭게 다시 창조할 기회를 찾으려 시도하고 탐색해 볼 것인가?

릴케가 시를 그토록 높이 평가했으니, 우리는 아마도 뜻에 도달할 수 없을지도 모른다. 하지만 우리는 그의 진정한 신앙을, 그의 모든 시의 배후에 관철되어 온 진정한 동기를 이해하려 거듭 시도할 수밖에 없다.

20

릴케는 1875년 프라하에서 태어나 그곳에서 자랐다. 하지만 그는 프라하는 물론, 체코라는 나라와는 깊은 관계가 없다. 프라하에 가면 우리는 카프카나 드보르자크, 스메타나, 야나체크를 떠올리며 관련된 장소를 찾아가지만, 릴케를 떠올리는 사람은 아주 적지 않은가?

그 이유 중 하나는, 릴케가 프라하에 있던 때는 체코라는 나라가 없었기 때문이다. 프라하는 오스트리아 헝가리 제국 관할인 보헤미아 지역에 속해 있었다. 보헤미아 인구 중 다수가 체코어를 사용했고 독일어는 소수가 사용했다. 독일어와 체코어는 크게 달라 서로 다른 어족에 속한다. 독일어를 사용하는 인구는 적은 편이었지만 그들은 비교적 큰 권력을 쥐고 있었다. 그리고 릴케는 독일어를 사용했다.

또 다른 이유는 릴케가 문학 및 문화적인 면에서 다른 동일시 대상을 선택했고, 보헤미아와 오스트리아 헝가리 제국에 대해서는 그다지 깊은 애정이 없었기 때문이다. 루 살로메는 러시아에서 태어나 10세 때야 가족들과 함께 오스트리아 헝가리 제국으로 이주했다. 릴케는 그녀를 통해 러시아를 발견하고, 또한 사랑하게 되었다.

릴케는 러시아가 자기 영혼의 고향이라고 공언한 바

있다. 그는 러시아어를 열심히 독학했고, 루 살로메와 함께 러시아를 두 번 방문했다. 그의 중요한 시집 중 하나인 『기도 시집』Das Stunden-Buch의 앞부분은 러시아 정교회 수도원 수사의 목소리를 빌려 창작한 시들로 구성되어 있다. 그 시들은 그가 러시아를 방문한 후 이 나라에 대한 고도의 동질감으로 충만한 상태에서 쓴 것이다.

그러나 오늘날 우리는 릴케를 러시아의 문학적 전통 속에서 이해하지 않는다. 우리는 릴케와 러시아를 당연히 함께 생각하지도 않는다. 릴케는 열광적으로 러시아를 끌어안고선 파리로 건너가 파리의 황금시대를 목격하고 참여했다.

우디 앨런의 영화 『미드나잇 인 파리』에서 남자 주인공은 신기하게도 1920년대의 파리로 보내져 그곳에서 헤밍웨이, 거트루드 스타인, 피카소, 달리 그리고 에스파냐 영화감독 루이스 부뉴엘 등의 인물들을 만난다. 그 얼마나 놀라운 문화적, 예술적 환경인가! 그러나 우디 앨런이 신묘하게 간파한 것이기도 하지만, 재미있게도 영화 속 1920년대의 파리에서 살아가는 사람들은 자신들의 삶이 '황금' 같다고 생각하지 않는다. 그들이 원하고 갈망하는 것은 '황금시대', 즉 드뷔시와 르누아르와 로댕이 활약했던 제1차 세계대전 이전의 파리로 돌아가는 것이다.

릴케는 바로 그 파리로 갔고, 그 시대의 핵심으로 진입해 로댕의 비서가 되었다. 릴케와 조형 예술, 특히 조소와의 관계는 예사롭지 않다. 그가 「고대 아폴로의 토르소」와 같은 시를 쓸 수 있었고, 그런 방식으로 아폴로 조각상을 다룰 수 있었던 것은 우연이 아니다. 그의 감각과 안목은 로댕에게서 온 것이다.

그럼에도 불구하고, 우리는 우디 앨런의 영화에 릴케가 나오리라고는 기대하지 않는다. 릴케는 파리에도 속하지 않았다. 릴케는 어디에도 속하지 않는 방랑자였다. 그의 시에도 고정된 지리적 연결성이 없다. 시간과 공간적인 면에서 그의 시는 모두 분명하고 명확하게 고정된 점이 없다. 릴케라는 인물과 그의 작품은 기묘한 방랑적 성격을 띠고 있다.

그는 어느 곳에도, 어느 시대에도 속하지 않았다. 나중에 그는 심지어 의식적으로 어느 언어에도 속하지 않으려 했다. 그는 계속 독일어로 창작했으나, 후기에 이르러 한동안 결연히 독일어를 버리고 프랑스어로 창작하기도 했다. 그의 프랑스어 작품을 그의 독일어 작품과 비견할 수는 없겠지만, 이러한 변화를 무시할 수는 없다.

어째서 모국어가 독일어이고 독일어로 평생 창작해 온 사람이 프랑스어로 바꿔서 창작하려 했던 것일까? 릴케가 분명히 밝혔던 이유는 어느 한 단어 때문에 더 이상 독일어를 견딜 수 없어졌다는 것이다. 그 단어는 바로 '압상스'absence다. 그는 아무리 찾고 노력해도 프랑스 시인 발레리Paul Valéry가 사용한 '압상스'라는 프랑스어 단어를 독일어로 표현할 수 없었다고 말했다.

'압상스'는 결석, 결핍, 빈자리를 뜻한다. 독일어에는 이런 의미를 표현할 단어가 없을까? 시에서 비롯된 릴케의 예민한 어감에 따르면, 없다. 이 의미에 가까운 그 어떤 독일어 단어도 프랑스어 단어와는, 특히 발레리가 시 속에서 사용한 용법과는 미세하지만 좌절할 만한 정도의 차이가 있다.

발레리의 시에 쓰인 '압상스'라는 단어는 완전히 부정적인 뜻이 아니라 어떠한 긍정적이고 적극적인 힘을 지니고 있다. 이것이 릴케가 가장 신경 쓰면서 샅샅이 뒤져 찾아내려 했던 점이다. 그는 '어째서 독일어로는 그런 긍정적이고 적극적인 부재를 표현할 방법이 없을까?' 하는 생각에 낙담했다.

우리는 반드시 릴케의 낙담을 이해하고 안타깝게 여

겨야 한다. 단연 진실하고 심각한 일이기 때문이다. 그렇지 않다면 그는 그렇게나 큰 대가를 치르며 자신이 수십 년 동안 믿고 창작해 온 근본적인 도구를 포기하고 철저히 프랑스어로 전향하려 하지 않았을 것이다. 그 낙담의 근원은 그의 시의 독특한 스타일 그리고 그의 시가 표현하려 한 것과 밀접한 관계가 있다. 다른 관점에서 보면, 우리가 만약 그를 동정하며 그의 낙담을 이해할 수 있다면 우리는 그의 시가 구축한 정경 속으로 진입할 더 큰 기회를 얻게 될 것이다.

릴케 시의 큰 성취 중 하나가 바로 이런 '압상스'를 탐색하고 드러낸 것이다. 중국어에도 기존의 단어 중에는 이를 번역할 수 있는 단어가 없다. 우리가 이 단어를 번역할 때 사용하는 단어들에는 거의 예외 없이 '불'不이나 '결'缺 자가 들어가는데, 이 단어들은 당연히 모두 부정적인 뜻을 지니고 있다. 이것이 바로 릴케가 원치 않았던 바로 그것이다. 릴케는 거듭 말을 돌리고 바꿔 가며, 우리에게 그 기묘하고 '역설적이며 긍정적인 부재'를 간절히 말하려 했다.

우리는 '부재'를 어떻게 마주 보고, 어떻게 대해야 할까? 이것은 우리가 늘 회피하려 하는 인생 과제이다. 부재, 없음, 결석, 이런 것들에 그리 많이 생각하고 말할 거리가 있는가? 그냥 없는 것이지 뭘 어떻게 많이 생각하고 말해야 하는가? 우리는 습관적으로 이렇게 쉽게 말하지만, 이런 태도 자체가 사실은 회피하는 것이거나 혹은 회피에서 비롯된 것이다.

원래 있던 것이 없어지고, 원래 있어야 하지만 없다. 이는 규칙과 예상을 깬다. 우리는 이를 마주보기를 원하지 않는다. 잃어버린 것을 후회하게 될 수 있기 때문이다. 그래서 우리는 대부분의 경우 이 일이 없어졌다, 이 사람이 곁에 있지 않다, 내가 얻었던 것을 잃어버렸다, 내가 얻을 수 있으리라 생각했던 것이 날아가 버렸다고 그저 인정한다.

릴케는 이런 단순하고 자연스러운 반응을 받아들이지 않는다. 그는 그저 '텅 빈 부재'만이 아니라 '꽉 찬 부재'을 느낀다. 그는 부단히 시를 통해 이 주제를 탐색했다. 그의 수많은 시의 제목에 '탄식'이 들어가지만, 그의 '탄식'은 우리가 평소에 느끼는 감상적인 느낌이 아니다. 릴케가 쓴 것은 무언가에 대한 탄식이 아니라 '탄식'이라는 일 자체이다. 그에게 있어 '탄식'은 '부재'의 한 형식으로, 진지하게 느껴 봐야 하는 것이다.

5장

사물을 통해 존재를 이해하기

—「벗을 위한 레퀴엠」,『기도 시집』

21

릴케 시의 제목 중에는「진혼곡」과「만가」輓歌도 있는데, 이역시 그가 늘 주목한 주제 중 하나다.「진혼곡」과「만가」는 모두 산 자가 죽은 자에 관해 써서 죽은 자에게 바치는 것이다. 그 핵심 관념은 필연적으로 죽음을 둘러싸고 있다. 수많은 철학가와 문학가가 죽음에 관해 사고하고 해석하고 기록했지만, 릴케의 특별한 점은 그가 다룬 것이 추상적인 죽음이 아니라 구체적인 망자였다는 것이다.

그에게 있어 죽음이란 예전에 있었다가 지금은 사라져 없어진 것, 바로 '부재'absence다. 우리의 일반적인 정서는 그리움, 상심, 부정 그리고 되돌려 바꾸지 못해 한스러운 마음이다. 릴케는 이런 방식으로 죽은 자가 만들어 낸 '부재'를 마주 보려 하지 않았다.

「벗을 위한 레퀴엠」에도 실제 대상이 있는데, 바로 여성 화가인 파울라 모더존-베커Paula Modersohn-Becker이다. 이 친구는 1907년에 죽었지만, 1년이 넘게 지난 1908년 가을이 되어서야 릴케는 이 진혼곡을 완성했다. 그러므로 이 시를 읽을 때는 먼저 이 시간의 간격을 염두에 두어야 한다.

그 외에도 「진혼곡」의 형식과 배경에 대해서도 조금 더 알아보아야 한다. '진혼'이란 죽음에 대한 인간의 뿌리 깊은 가정에서 온 것이다. 생명이 다하면, 우리는 대체로 죽은 자가 세상을 떠나기를 아쉬워할 거라 생각한다. 죽음이 덮쳐올 때 우리는 산 자에게 "슬퍼하지 마. 울지 말고 그 사람이 편하게 가게 해줘"라고 타이르기도 한다. 가야 하는, 이미 간 그 사람은 가고 싶지 않을 거라고 여긴다.

따라서 '진혼'을 해서 아쉬워하는 그의 영혼을 진정시켜 고인이 세상을 아쉬워하지 않고 기꺼이 떠날 수 있도록 해 준다. 죽은 자에게 떠나도록 설득하는 방식 중 하나는 바로 그에게 '당신이 갈 곳은 지금 떠나는 곳보다 훨씬 좋은 곳이다'라고 알려 주며 설득하는 것이다. 따라서 전통적인

'진혼곡'의 내용은 하느님에 대한 찬송이며, 그 의미는 죽은 자에게 '당신은 남아 있는 우리보다 더 운이 좋다. 당신은 이미 하느님의 나라로 갈 수 있게 되었으니 당연히 더는 인간 세상을 떠나는 것을 아쉬워할 필요가 없다'라고 알려주는 것이다.

하지만 릴케의 「벗을 위한 레퀴엠」에서 중시하는 것은 라틴어 원문인 'Requiem' 특히 접두사인 'Re-'의 뜻이다. 'Re-quiem은 '다시 평온해지게 하다', '다시 고요해지게 하다'라는 의미이다.

내게 죽은 이들이 있었고, 나는 그들을 떠나보냈다.
놀랍게도 그들은 이토록 평온하고
빠르게 죽음에 만족하고, 이토록 편안하며
이토록 그들의 평판과는 다르다.

시는 우리의 습관적인 가정을 타파하면서 시작한다. 죽은 자는 세상을 떠나기를 아쉬워할까? 시인은 이렇게 말한다. 내가 경험한 바에 따르면, 내가 느낀 것은 당신들의 생각과는 다르다. 죽은 자는 죽음에 그다지 저항하지 않고 아주 평온하고 또한 빠르게 살아 있는 상태에서 죽은 상태로 바뀌면서 그저 그렇게 죽음이라는 사실을 받아들인다. 나는 일반적인 산 자들처럼 그들이 떠나는 것을 아쉬워하고, 그들을 최대한 붙잡아 두려 하지 않는다. 아마도 이것이 바로 가장 큰 차이이고 놀라움의 이유일 것이다. 당신이 죽은 이가 자유롭게 떠나도록 해 준다면 그들도 그리 발버둥 치지 않고 평온하게, 빠르게, 순조롭게 죽음에 진입하는 것을 발견하게 될 것이다.

이런 도입부는 「벗을 위한 레퀴엠」이라는 제목을 모호한 물음표 속에 빠뜨린다. '진혼곡'은 죽은 자가 불안해할까 봐서, 방금 죽은 영혼이 소동을 일으킬까 봐서 걱정되기 때문에 그를 위로하기 위해 존재하는 것이 아니던가? '진혼곡'은 죽은 자가 불안해하고, 영혼이 소동을 일으킨다는 '평판' 위에서 성립된 것이다. 하지만 정말로 그럴까? 정말로 죽은 자는 떠나기 싫어하고 죽음을 잘 받아들이지 못할까?

시인이 본 바에 의하면 그렇지 않았다. 평온하게 죽음으로 진입할 수 없고, 그러기를 원하지 않는 이들은 소수이고 특수한 사례다.

이토록 그들의 평판과는 다르다. 그대만이

116

돌아왔다; 나와 스쳐 지나가고, 내 곁에서 맴돌며, 물건을
건드리려 하고, 그 소리가 그대의
존재를 드러내게 한다.

이 시는 한 층, 또 한 층의 놀라움으로 쌓아 올려져 있
다. 죽은 자들은 우리가 생각하는 것처럼 삶을 아쉬워하지
않고 훌쩍 가 버린다. 하지만 소수의 특별한 죽은 자들은,
내가 아는 이들 중 그대만은, 뜻밖에도 그대만은 그렇지 않
다. 죽은 지 1년이 넘게 지난 후에도 여전히 죽음에 만족하
지 않고, 그대는 돌아왔다. 돌아오기만 한 게 아니라 그대
가 돌아왔다는 사실을 내가 알아차리게 하려 한다. 내 곁을
쓸고 지나가며 (한바탕 음산한 바람으로?) 일부러, 애써서
원래는 가만히 있던 물건이 소리를 내게 만들어 내가 알게
하고 내 주의를 끈다.

존재를 드러내게 한다. 아, 부디 내가 천천히 배우고 있
는 것을
앗아가지 마라. 나는 그대가 틀렸다는 것을 안다.
그대가 그 어떤 물건이든 그리워해
향수를 느꼈을 때, 우리는 이 물건들을 바꿨다.

물건은 여기에 없다. 우리는 물건이 우리의 존재 위에 반사되게 해, 우리가 구별할 수 있게 한다.

그대가 돌아왔다. 하지만 시인의 반응은 '아, 그대 돌아오지 마라'이다. 이 태도는 우리를 놀라게 한다. 시인은 '나는 이제야 죽은 자들의 진상을 천천히 이해하고 있다. 그들은 죽음에 만족할 수 있다. 그런데 그대가 돌아와 내가 간신히 굳어진 이미지를 타파하고 얻게 된 새로운 깨달음을 파괴했다'라고 말한다.

그대는 왜 돌아오려 하는가? 가져가지 못한 물건들에 미련이 남아서인가? 만약 그렇다면 나는 그대가 틀렸음을 확실히 안다. 물건, 사물, 어떤 것인 'das Ding'은 원래의 모양을 유지할 수 없다. 사물에는 '자성'自性이 없다. 그것들은 사람에 따라서 존재한다. 혹은 반대로 말하면, 사람은 영원히 사물의 '자성'을, 사물의 실체를 파악할 수 없다. 우리는 그저 사물과 우리의 존재, 우리의 삶을 한데 묶어 둘 수밖에 없다. 우리의 삶에 들어와 우리의 존재 위에 반사되어야만 우리가 인지하는 사물이 된다.

따라서 사물은 당연히 공허하고 변화하는 것이다. 그대는 어째서 그대가 죽은 후에도 이 물건들이 원래의 모습을 유지한 채 여기서 그대가 돌아오기를 기다리고, 그대가 그것들을 보고 만져 주게 해 줄 거라 생각하는가? 아니다. 그대가 죽고 나면 이 물건들은 더 이상 그대가 살아 있을 때의 그 물건들이 아니다. 사물은 우리의 생명 위에 투사된 환영일 뿐이다. 그대의 생명이 사라졌으니, 그 위에 투사된 환영도 당연히 함께 사라졌다.

22

이「벗을 위한 레퀴엠」을 쓴 1908년에 릴케는 이미 '사물시'에 대한 사고와 시험을 완성했다. 'Ding'은 물건, 사물이란 뜻이고, 'Gedicht'는 시이므로, 'Dinggedicht'는 바로 '사물시'이다. 릴케의 중요한 시집인『신시집』에 수록된 많은 시의 제목이 어떤 물건의 이름으로 되어 있다.

릴케의 '사물시'는 중국 고전문학의 '영물시'와 다르고, 키츠의「그리스 항아리에 부치는 노래」같은 서양 낭만주의 전통에 속하는 시와도 다르다. 사물시의 배후에는 이 세상에 순수한 사물이 있다는 사실을 믿지 않고 받아들이지 않는다는 강렬한 신념이 있다. 사물은 사람에 따라서 존재하고 사람의 존재 위에 투사되어 반사된다. 우리가 사물을 관찰하고 연구하고 사물의 이치를 파고들 때, 그 대상은 사물 자체가 아니라 사물을 통해 그 사물이 투사하는 인간의 존재를 이해하는 것이다. 깨끗하게 닦인 자동차의 몸체에 가로등 불빛이 비치면, 빛줄기가 꺾이며 변화하는 모양을 관찰하는 것을 통해 자동차 표면의 곡선과 경도를 이해할 수 있는 것과 같다. 중요한 것은 가로등이 아니라 자동차다.

『신시집』에 수록된 시들이 훌륭한 이유는 릴케가 사물과 사람 사이 관계가 발생하는 그 찰나의 반짝이는 빛을 포착했기 때문이다. 어느 순간, 당신이 바로 사물이 된다. 달리 말하면, 사물이 갑자기 당신 안으로 들어온다. 사물을 통해, 사물에 대한 반응 그리고 사물과의 황홀한 동일화를 통해 당신은 자신을 발견하고 또한 발굴하게 된다.

사물시의 신념에 따르면, 시인은 옛 물건에 대한 그리움 때문에 죽은 자의 혼이 돌아오는 것에 찬성하지 않는다. 그대는 무엇 하러 돌아오는가? 이 사물이 사물다웠던 것은 과거에 그대가 존재했기 때문이다. 그것들은 그대의 존재 위에 투사된 환영일 뿐이다. 그대가 사라지면 그것들은 사람을 떠나거나 아니면 다른 사람의 존재 위에 투사되어 그대가 알던 예전의 그 물건들로 계속 있을 수 없게 된다. 그대가 기억하고 그리워하는 물건들은 이미 그대의 죽음과 함께 모두 사라졌으니, 그대는 아쉬워할 이유가 없다. 아쉬워해도 소용없다. 그것들은 이미 없어졌으니.

　　시의 첫 연에서 시인은 여전히 인간 세상을 그리워하는 죽은 자를, 자신의 친구를 이토록 매섭게 대한다. 제2연은 이렇다.

　　　나는 그대가 더욱 깊고, 멀어야 한다고 믿는다. 나는 그대가
　　길을 잃고 돌아온 것이 당혹스럽다, 그대는, 분명히
　　그 어느 여인보다도 많은 변화를 창조했기에.

　　제2연에서는 제1연에서의 매서운 태도에 보충 설명을 하는 동시에 의문을 표현하고 있다. 그토록 매서웠던 것은, 내가 지금껏 겪어 본 죽은 자들 가운데 가장 이런 잘못을 저지르면 안 되는 사람이 그대이기 때문이다! 그대는 그렇게 천박해서는 안 된다. 내가 이해하는 바에 따르면 그대는 더욱 깊고 더욱 심원해서 물건에 대해 오해하지 않고, 다시 돌아와 물건을 찾아내어 그 물건을 통해 자신을 위로할 수 있다고 생각하지 않을 터이다.

　　왜냐하면 그대는 창조자이기 때문이다. 죽은 파울라

모더존-베커는 여성 화가이다. 회화는, 창작은, 바로 사물을 바꾸는 것이고 인간의 의지를 발휘해 물건을 변화시키는 것이다. 특히 회화의 경우 화가가 그리는 것은 사물 그 자체가 아니라 인간의 눈을 통해 보고 인간의 감정을 통해 느껴 변화된 후의 사물이다. 이런 사람이라면 더더욱 사람을 떠난 사물에 대해 오해하고 집착하지 않아야 옳다!

그대의 죽음은 우리를 놀라고 두려워하게 했다…… 아니, 그보다는;
그대의 무거운 죽음이 우리를 어둠 속으로 데려가
'지금까지'를 '그때부터' 속에서 찢어 떼어 냈다 해야 옳다

이 부분의 독일어 원문은 'das Bisdahin abreißend vom Seither'이다. 결정적으로 대비되는 두 단어는 'Bisdahin'(지금까지)과 'Seither'(그때부터)이다. 'Seither'를 영어로 번역하면 'since then'인데, 독일어는 이 두 단어의 뜻을 한 단어로 합쳤다. 'Bisdahin'은 릴케가 'bis dahin'을 임의로 이어 만든 단어로, 'dahin'은 '여기'라는 뜻도 되고 '지금'이라는 뜻도 된다. 그러나 'Seither'와 대조 관계에 있으므로 우리는 이 단어가 장소를 의미하는 '여기'가 아니라

시간을 의미하는 '지금'을 가리킬 것으로 판단할 수 있다. 'bis'는 '~까지'라는 뜻이다.

따라서 단어를 하나씩 직역하면 이 구절은 "'지금까지'를 '그때부터' 속에서 찢어 떼어 냈다"라는 뜻이 된다. 릴케는 무엇을 말하려는 걸까? 그는 '그대의 죽음'이 우리가 본래 당연하게 보았던 시간의 흐름을 끊었다고 형용하려 한 것이다. 시간은 분명히 '칼을 뽑아 물을 갈라도 물은 더 세차게 흐르는' 종류의 것으로, 끊거나 벨 수 없는 것이다. 그러나 '그대의 죽음'으로 인해 우리가 놀랍게도 이런 상식 밖의 또 다른, 심지어 상반되는 체험을 하게 한다. '그때부터'의 정상적인 시간, 계속해서 흘러온 시간은 여기서 끝나고, '지금'을 뛰어넘어 계속해서 흘러갈 수 없다. '지금까지' 그대가 죽은 순간은 그대의 죽음으로 인해 정상적이고 필연적인 시간과 단절되었다. '그대의 죽음'을 통해 우리는 지금껏 없었던 이 어둠을 무겁게 경험했다.

그대는 이런 사람이다. 그대가 죽자 모든 물건이 원래의 자리에서 쓸려 나간 듯하다. 우리는 이런 죽음을 경험한 적이 없다. 그대의 죽음만이 우리가 사물에 자성이 없다는 것을, 그대와 관계가 있었던 모든 사물이 전부 그대의 영향 아래에 존재했다는 것을 느끼고 인정하지 않을 수 없게 한다. 그대는 이렇게나 강렬한 카리스마를 지닌 사람이다. 그대가 떠나고 사라지자 '지금까지'는 더 이상 같은 '그때부터'가 아니게 되었다.

이것은 우리와 관련이 있다: 모든 것을 제자리로 돌려 놓고, 질서를 다시 수립하는 것은
우리의 눈앞에서 계속되는 임무이다.

우리는 그대가 죽은 후의 세상에서 살아간다. 이 세상의 가장 큰 특징은 바로 그렇게나 많은 물건이 그대의 죽음에 의해 변했다는 것, 다시는 원래대로 돌아올 수 없도록 변했다는 것이다. 우리는 그대의 죽음에 의해 철저히 혼란스러워진 세상에서 살아간다. 그대의 죽음은 이런 방식으로 우리 모두의 일이 되어 우리와 관련된 일이 되었다. 단순한 부재가 아니다. 그대가 사라진 것에 우리는 익숙하지 않다. 우리는 그리워하고 상심한다. 아니, 그렇게 쉬운 것이 아니다. 그대가 사라진 세상은, 그대가 계속 영향을 끼쳐 바꾸지 않는 세상은 완전히 다르다. 본래 그대가 있었을 때의 궤도를 벗어나 떠돌고 흔들리고 무질서해졌다. 우리는 어떻게든 새로운, 그대가 없는 질서를 찾기 위해 발버둥 친다.

그대가 죽은 후로 지금까지 이 임무는 줄곧 우리를 괴롭히고 우리를 시험하고 있다. 끝나지 않으며 완성할 수는 더더욱 없다.

그런데 뜻밖에도 그대가 돌아왔다. 그대가 그대 주위의 사물에 이토록 큰 영향력을 가해 모든 것이 그대의 존재로 인해 바뀌었다. 그런데 그대는 어째서 그대가 죽어 떠나고 나면 이 물건들도 더 이상 '존재'하지 않게 된다는 것을, 그것들이 그대가 없는 다른 현상, 다른 물건으로 변한다는 것을 모를 수가 있는가? 그대는 어떻게 돌아와서 그 필연적으로 없는 것들을 찾으려 할 수 있는가?

'내'가 더욱 이해할 수 없는 것은 어째서 그대가 그런 대가를 치르면서까지 죽음의 상태를 포기하고 죽음에서 벗어나 산 자들의 시공간으로 돌아오려 했는가, 하는 것이다.

23

하지만 그대도 놀람과 두려움을 느낀다. 지금까지도 놀람과 두려움이
여전히 고동친다, 공포가 의미 없는 곳에서;
그대는 가장 작은 영생의 조각을 잃었다,

벗이여, 그대는 이리로 들어왔다,
그 어떤 물건도 존재하지 않았던 이곳에

보아하니 그대의 죽음은 우리뿐만 아니라 그대 자신도 놀라고 두려워하게 한 듯하다. 본래대로라면 그대는 죽으면 더는 두려움을 느끼지 않는 상태가 되어 "공포가 의미 없는 곳"으로 들어간다. 그렇기에 다른 죽은 자들은 그처럼 평온하게 죽음에 익숙해질 수 있는 것이다. 그곳에서 그대는 시간을 초월해 영원을 얻었다. 그럼에도 그대는 돌아왔다. 이미 평온하게 얻은 영원을 완전히 포기하고 이곳으로 돌아왔다. 그대가 이미 다다랐던 죽음의 상태와 비교하면 이곳은 변화가 끊이지 않고 모든 것이 계속해서 바뀐다. 그대는 분명히 시간이 더 이상 작용할 수 없는 고정되어 확고한 그곳으로 갔다. 그런데 어째서 그런 확고함을 포기하고 그 어떤 물건도 확고히 할 수 없는, 다시 말해 그 어떤 물건도 그대가 살아 있던 때와 같은 모습을 유지하지 못하는 이곳으로 돌아온 것인가?

그 어떤 물건도 존재하지 않았던 이곳에; 그곳에서,
처음으로 어찌할 바를 모르며, 그대는 집중할 수 없고

무한한 힘을 가진 광채를 파악할 수 없다,

그대가 지구상에서 모든 사물을 파악했던 것처럼은

그대가 돌아온 것은 설마 그곳, 즉 그대가 간 사후세계에서 그대가 가졌던 원래의 예민한 능력을 잃었기 때문인가? 이 세계에서는, 살아 있을 때 그대는 그 얼마나 모든 사물을 파악하고 바꾸는 데 능한 사람이었던가! 설마 그곳에서는 그대의 그 능력이 사라져서 그대가 그대 같지 않게 변한 것인가? 그래서 원래는 언제나 환경 속의 모든 현상과 모든 사물에 그토록 자신 있었던 그대가 어찌할 바를 모르게 되어 무한과 무한이 창조해 낸, 시간의 변화에 영향을 받지 않는 사물들을 마주하자 당황하고 막막해져서, 분명히 눈부시게 빛나는 영원임에도 오히려 어떻게 대응해야 할지 알 수 없어진 것인가?

그대를 이미 받아들인 그 영역에서

예전부터 불만에 차 있던 어떤 중력이

그대를 헤아릴 수 있는 시간 속으로 끌어당긴다ㅡ;

이것이 항상 나를 꿈 없는 잠 속에서 놀라 깨어나게 한다

밤중에, 도둑이 내 창문으로 기어오르듯이.

그게 아니라면 다른 하나의 가능성으로 그대는 그곳에 적응하지 못해서가 아니라 이곳에 끝맺지 못한 것이 있어서 돌아온 것인가? 그대는 누군가에게 원한을 품었거나, 혹은 어떤 일을 놓아 보낼 수 없었던 것인가? 그런 감정이 중력처럼 그대를 끌어당겨 이미 시간의 속박을 받지 않는 영원의 상태에서 시간 속으로, 유한하고 헤아릴 수 있는 시간 속으로 끌어당긴 것인가.

그대가 그 세계에서 막막하여 의지할 데가 없거나, 혹은 이 세계에 오랜 원한을 품고 있다는 생각을 하면 어느 쪽이든 나는 고통스럽다. 그 고통은 나를 깊고 고요한 잠에서 갑자기 놀라 깨어나게 하기에 충분하다. 그것은 밤중에 도둑이 창문으로 기어올라 와 그 움직임 혹은 직감 탓에 꿈속에서 현실로 끌려올 때와 같은 당황과 불안이다.

릴케의 감정은 복잡하고 심각하다. '나'는 이미 '그대'의 죽음이 가져다준 고통을 감당했다. 세상은 '그대'의 죽음으로 인해 질서에서 벗어나 혼란스러워졌고, '나'는 반드시 새로운 방식과 새로운 태도를 찾아야만 '그대'가 없는 변화하는 세상에서 계속 살아갈 수 있다. 그러나 '그대'는 뜻밖에도 죽음에 만족하지 않고 다시 돌아와 '나'에게 다른 층위의 두 번째 고통을 가져다주었다.

'나'는 '그대'가 어째서 돌아왔는지 관심을 가지고 추측하지 않을 수 없다. 그쪽에서 문제가 생겼든지, 아니면 이쪽에 아직 문제가 남아 있든지, 그 두 가지 원인 모두 '나'를 불안하게 하고 '나'에게 새로운 상실감을 가져다준다. '나'는 이미 '그대'를 한 번 잃었는데, 이제는 마치 도둑이 창문으로 기어오르는 것 같은 두려움을 느끼며 또 한 번의 상실을 마주해야 한다.

24

'나'는 이런 해답을 받아들이고 싶지 않다. 두 가지 가능성 모두 시인의 '그대'에 대한, 그 친구에 대한 인식과 어긋나기 때문이다. 따라서 뒤이어 시인은 억지로 다른 가능성을 생각해 낸다.

이렇게 말할 수 있다면, 순전히 선의 때문에,
그대의 웅대한 풍요로움 때문에 그대가 돌아온 것이라고,
왜냐하면 그대는 이토록 평온하고 자족하기에,
그대는 어린아이처럼 어디든 돌아다닐 수 있다고,
그대를 기다리는 상처를 전혀 두려워하지 않는다고

내가 이렇게 가정하게 해 달라. 그대가 돌아온 건 결핍 때문도, 풀리지 않는 원한 때문도 아니라 단순히 그대가 돌아올 수 있기 때문이라고. 당신은 두 세계를 드나들 수 있는 여유가 있어 그저 선의로 돌아와서 둘러보기로 했을 뿐이라고. 내가 앞서 걱정했던 것들은 너무 복잡하게 생각했던 것이다. 그대는 이 세상에서 뭔가를 구하기 위해 돌아온 것이 아니라 반대로 너무나 많은 것을 가져서 평온하고 자족하기에, 가고 싶으면 어디든 갈 수 있는 조건을 얻은 것이다. 그대는 어린 시절의 편안한 상태로 돌아가 무서울 것이 없고 조심할 필요도 없다. 죽음에서 돌아왔다 한들 그대는 걱정하고 근심할 필요가 없는 것이다. 나는 그대가 이렇게 돌아온 것이기를 얼마나 바랐던가!

하지만, 아니다: 그대는 애원하고 있다. 이것이 나를, 가장 깊은 뼛속까지 찌르고 꿰뚫어, 톱날처럼 나를 자르고 있다.

하지만 그렇게 생각할 수 없는 이유가 한 가지 있다. 그대의 태도는 전혀 편안하지 않다. 그것은 자유롭게 돌아다니는 자의 여유가 아니다. 명백하게, 그대는 애원하는 태도로 돌아왔다. "하지만, 아니다: 그대는 애원하고 있다"의 독일어 원문은 'doch nein: du bittest'이다. 이처럼 간결하고 재빠르게, 단번에 시인의 아름다운 환상을 끊어 버린다. 아니, 그럴 리가 없다. 그대는 애원하고 있다. 그것은 내가 못 본 척, 모른 척할 수 없는 사실이다. 그것은 나를 가장 마음 아프게 하는 사실이기에 도망치려 해도 도망칠 수 없다. 당신이 뜻밖에도 애원하는 것을 생각하면 나는 더할 수 없는 정도의 가장 깊은 고통을 느낀다. 나는 그대의 자존심을, 신념을, 그대의 강한 활력을, 알고 기억한다. 도대체 얼마나 어려운 처지에 있고 얼마나 강렬하고 만족시킬 수 없는 욕망을 지녔기에 그대가 애원하는 모습을 보이게 한 것인가?

그대의 유령이 가져다줄 수 있는 가장 날카로운 비난이,
그대의 유령이 내게 절규한다, 밤중에, 내가 이미
나의 폐 속으로, 나의 창자 속으로,
내 마지막 벌거벗은 심실心室 속으로 물러난다 해도,—
그런 날카로움도 내가 지금 같은 혹한을,
그대의 소리 없는 애원이 가져다준 혹한을 절반도 느끼게
하지는 않는다. 그대는 뭘 원하는가?

본래 내가 상상할 수 있었던 가장 두려운 일은 그대의 유령이 매서운 감정을, 특히 나에 대해 그런 감정을 가지고 돌아오는 것이었다. 그대의 유령이 절규하며 나를 질책해, 내가 한 발 한 발 후퇴한 끝에 버틸 수 없게 되는 것이었다. 밤중에, 어둠 속에 숨어도 모자라 나는 나의 오장육부 속에 숨어야 한다. 폐 속에 숨어 봐도 안 되고 창자 속에 숨어 봐도 안 되어 마지막으로 단 하나 남은 거점—내 벌거벗은, 아무것도 없는, 피조차 전부 흘려보낸 듯한 내 마지막 심실로 숨을 수밖에 없다.

　　그러나 정말로 이런 일이 일어났다 해도, 그대가 정말로 돌아와 나를 끔찍하게 욕해서 내가 숨으려야 숨을 곳이 없고 물러나려야 물러날 수 없게 만들었다 해도, 그 일이 가져다줄 고통은, 고통이 내 몸에 들이부은 추위는 지금 내가 느끼는 것만큼 심하지 않다. 지금 내가 느끼는 고통은 그대의 소리 없는 애원으로 인한 것이다. 나는 차라리 그대의 끔찍한 질책을, 가장 두려운 모진 비난을 마주할지언정, 그대가 이렇게 애원하는 것은 보고 싶지 않다!

　　말해 다오. 내가 여행을 떠나야 할까? 그대는 어떤 물건을, 어떤 장소를 잃었는가, 그것은 그대의 공

석을

견딜 수 없는가? 내가 어떤 나라로 여행을 떠나야 하

는가?

그대가 본 적 없는 곳으로, 비록 그곳이 분명히

그대와, 그대 자신의 감각처럼 그대와 가깝다 해도?

그대는 애원하고, 부탁한다. 하지만 문제는 그대가 무
엇을 원하는지 내가 모른다는 점이다. 그 때문에 시인은 또
다른 추측을 펼친다. 이번에는 돌아온 친구가 무엇을 원하
는가, '나'에게 그녀를 위해 뭔가 해 달라고 부탁하려는 것
인가 추측한다.

내게 그녀 대신 그녀가 가고 싶었지만 미처 갈 수 없었
던 곳에 가 봐 달라고 부탁하는 것일까? 그곳은 그녀에게
특별한 의미가 있는 곳으로 자기 몸의 일부분처럼, 자신의
감각기관으로 직접 만져서 느낄 수 있을 것처럼 너무나 가
깝지만, 일이 계속 틀어져서 죽기 전에는 가 볼 기회가 없었
던 곳일까? 그곳에 가 보기 전에 죽어서 이제는 갈 수 없게
된 것을 견딜 수 없다는, 그런 이유로 돌아와서 내게 대신
가 달라고 부탁하는 것일까?

25

만약 그렇다면,

    나는 그곳의 강물을 타고 가, 그곳의 산골을 탐색하고, 그곳의
가장 오래된 풍습을 알아보리라; 나는 오랫동안
서서, 문가의 부인들과 대화하고
그들이 아이들을 집으로 불러들이는 것을 유심히 지켜보
리라.

    시인인 나는 죽은 친구를 위해 그녀가 미처 갈 수 없었
던 곳에 가겠다고 약속한다. 그리고 그녀를 위해서 열과 성
을 다해 그곳을 깊이 체험하려는 자신을 상상한다. 그는 빠
르고 맹렬히 마음속에서 출발하며, 그곳에 도착해 강과 산
골을 보고 그곳의 사람들을 보고 그들의 삶으로 깊이 들어
가 오래된 풍습부터 오늘날의 일상생활까지 체험할 것이
다. 나는 참을성 있게 그곳에서 머무르며 문가에 서 있는 아
낙네와 해가 질 때까지, 그래서 그들이 저녁을 먹으라며 아
이들을 부를 때까지 대화를 나눌 것이다.
    나는 그대를 위해서 그대 감각기관을 대신하고 이어

주는 존재로, 그대가 갈 수 없어 아쉬워했던 그곳에서 살아 갈 것이다. 내 눈이 그대의 눈이 되게 하고, 내 귀가 그대의 귀가 되게 하고, 나의 이해와 기록이 그대의 이해와 기록이 되도록 할 것이다.

> 나는 그들이 어떻게 땅이 자신들을 둘러싸게 해서
> 들판과 풀밭 사이에서 옛날부터 내려온 일을 하는지 살펴
> 보리라; 나는 그들에게
> 국왕 앞으로 데려다 달라고 부탁하리라; 나는 그들의 제
> 사장에게 뇌물을 주어
> 나를 신전으로 안내하게 해, 그들이 소유한
> 신력이 가장 강력한 신상 앞으로 가서
> 나를 그곳에 두고, 신전의 문을 닫게 하리라.

나는 그대를 위해 열성적으로 그 나라의 풍경을 느낄 것이다. 들판을, 풀밭을, 그리고 들판과 풀밭에서 일하는 사람들을 볼 것이다. 수백 년, 수천 년 전부터 그들은 이렇게 일해 왔고 사람과 자연은, 땅이 사람을 감싸고 있는 이 모든 모습은 지금껏 단 한 번도 변한 적이 없는 듯하다.

나는 그대 대신 그들의 왕을 만날 것이다. 그대 대신

그들의 신전을, 신전 안에서 가장 숭고하고 가장 경외받는 신상을 볼 것이다. 목적을 달성하기 위해 나는 노력을 아끼지 않고, 간청해야 한다면 간청할 것이다. 간청으로도 모자라서 뇌물을 줘야 한다면 줄 것이다. 나는 그곳 사람이 아니지만, 그대를 위해서 어떻게든 방법을 찾아 그곳의 가장 신성하고 가장 핵심적인 공간으로 갈 것이다. 나는 그대를 위해, 그대를 대신해서 그곳에 머무르며 그곳을 느낄 것이고 그들에게 나(그대)를 위해 신전의 문을 닫아 달라고 부탁할 것이다.

    그때가 되면, 내가 충분히 익히고 나면
  나는 비로소 그곳의 동물을 보리라, 그리고
  그들 모습 속 어떤 특성이 내 사지 속으로 천천히
  흘러 들어오게 하리라; 나는 그들 눈 속 가장 깊은 곳에서
  나 자신의 존재를 보리라, 나는 한동안 붙잡혀 있다가
  놓여나리라, 침착하고 엄숙하게, 그 어떤 가치 판단도 하
  지 않고.

  그곳 사람들과 함께 지내면서 그들의 삶과 신앙을 느껴 충분한 감상을 쌓은 후에야, 나는 사람의 영역을 넘어 동

물의 영역으로 들어가서 그곳의 동물을 보고 이해할 것이다. 그대를 대신해 그대가 미처 갈 수 없었던 곳을 느껴 보겠다고 약속했기에, 가장 깊은 인내심을 가지고 그 동물들을 느껴 볼 것이다.

우리가 앞에서 읽어 본 『말테의 수기』와 마찬가지로 여기서 릴케가 강조하는 감상 방식도 주체와 객체를 뒤섞는 것이다. 그저 주체로서 객체를 관찰하는 것이 아니라 객체의 존재가 본래의 주체에 스며들어 침범할 정도로 느끼는 것이다. 내가 동물들을 느끼기 때문에 나의 일부분이 그 동물들에 의해 개조된다. 그들의 형상과 모습이 나의 사지 속으로 들어와 내 형상과 모습의 일부분으로 변한다.

뒤이어 본래의 주체와 객체가 뒤바뀌어 더 이상 내가 그들을 관찰하는 것이 아니라 그들이 나를 관찰한다는 것을 깨닫는다. 그들의 눈 속 깊은 곳에 좋고 나쁨에 관한 판단 없이 나를 있는 그대로 나타내게 한다. 나는 객체가 되어 그들의 주체 의식 속에 붙잡혀 있다가 다시 놓여난다. 자신의 주체에서 벗어나 동물들 눈 속의 객관적인 객체로 변함으로써, 나는 본래의 주체가 가진 편견을 피해 그들의 시선으로 나 자신을 대하고 더욱 명확하게 판단의 왜곡 없이 나 자신을 볼 수 있다.

나는 정원사들에게 내게로 와서 수많은 꽃 이름을
낭송하게 한 다음, 그 아름다운 이름들로 이루어진
진흙 화분 속에서, 백 가지 향기의 남은 부분을 가지고 돌
아오리라.

식물도 있다. 정원사로부터 그 세상 꽃들의 아름다운
이름을 알아내어 마치 선율을 지닌 듯한 그 이름, 너무나 아
름다워 실체를 갖추고 있는 듯한 그 이름으로 추상적이면
서도 서정적인 느낌으로 작은 진흙 화분을 하나하나 빚는
다. 그리고 추상적이고 서정적인 방식으로 그곳의 꽃향기
를 담아서 돌아올 것이다.

이는 곧 추출하는 과정이다. 그곳에는 너무나 많은 꽃
이 있어서 나는 그 꽃들을 전부 가져올 수 없고, 심지어 하
나하나 체험하고 감상할 수조차 없다. 그래도 상관없다. 나
는 시인이기에 어떻게 언어로써 그 꽃들의 정수를 추출하
고 거둬야 할지 안다. 언어란, 명명命名이란, 본래부터 일종
의 추출이고 응축이다. 어떤 종류의 꽃에 하나의 이름을 지
어 주면 우리는 그 이름으로 그 종류의 모든 꽃을 대체한다.
그 종류의 꽃을 전부 볼 필요 없이 그 꽃의 이름만 부르면,
꽃은 전부 그 이름 속에 있다.

그래서 나는 그 꽃들을 가지고 돌아올 수 있다. 꽃 자체가 아니라 꽃의 이름을, 이름이 대표하는 실체를, 실제로 맡아 봤던 꽃향기를, 꽃향기의 기억을, 기억 속에 남아 있는 꽃향기를 가지고 돌아오는 것이다.

그리고 과일들: 나는 과일을 사 올 것이다, 그것들의 단맛 속에서
그 나라의 땅과 하늘이 다시 살아날 수 있다.

꽃 외에 과일도 있다. 미각도 있으므로. 나는 식물에 열린 열매를, 과일을 가지고 돌아올 것이다. 미각을 통해서, 과일의 단맛을 맛보면 나는 그 나라의 하늘과 땅에 대한 느낌을 복원할 수 있다. 과일은 땅에서 양분을 얻고 하늘에서 빗물을 얻기에 하늘과 땅, 자연 풍토와 가장 밀접한 관계가 있다. 그러므로 나는 그런 방식으로 그대를 위해서 체험해 그 나라의 풍토에 관한 기억을 남겨 둘 것이다.

26
이 긴 대목은 시인 자신의 환상 속에 잠겨 있다. 시인은 자신이 '그대'를 대신해 그 나라로 갔다고 상상하면서 정말로

그곳에 있는 것처럼 사람과 삶을, 동물과 식물을 체험한다. 환상이 시인을 이끌어 꽃향기를 맡게 하고, 또 풍성하게 무르익은 과일을 맛보게 한다.

바로 여기서 과일이 시인을 환상에서 돌아오게 해 '그대'가 죽었다가 돌아온 상황을 다시 마주하게 한다.

> 그건 그대가 충분히 이해하는 것: 무르익은 과일이다.
> 그대는 과일을 캔버스 앞, 흰 그릇 안에 놓아두고,
> 그대의 색채로 그것들의 무게를 하나하나 헤아렸다.
> 여자들도, 그대가 알다시피, 모두 과일이다: 그리고 아이들도, 내면에서
> 빚어내어, 그들이 존재하는 모습을 이루었다.

과일을 통해 시인은 다시 '그대'가 화가라는 사실을 떠올리고, 눈앞에서 다시 그대가 그림 그리는 모습을 본 것처럼 느낀다. 과일은 그대의 정물이었다. 화면 구도의 필요에 따라 그대는 무르익은 과일을 세심하게 흰 그릇 안에 담고 전후좌우로 방향을 특별히 배치했다. 그대는 캔버스 위에 이 과일들을 그렸다. 캔버스에 그려진 과일은 분명히 형상밖에 없고 중량이 없지만, 뛰어난 화가로서 그대는 색을 칠

해서 과일이 무게를, 그것도 실물에 상응하는 알맞은 무게를 가지도록 했다. 그대는 색채로 중량을 헤아리고, 색채로 사물에 중량을 부여했다. 이것은 그대의 특기이고, 그대의 특별한 능력이다.

　　과일을 보고 과일을 그리는 그대를 생각하고, 더 나아가 시인은 과일과 여자들을 함께 연상한다. 여자들은 과일과 같이 그토록 풍성하고 완숙하다. 아이들도 마찬가지다. 아이들과 여자들은 모두 과일처럼 어떤 내재적인 힘을 지니고 있어서 작았다가 커지고, 설익었다가 무르익어 달콤해지고, 형태가 없었다가 형태를 갖출 뿐만 아니라 완벽에 가까운 형상을 얻게 된다.

　　결국, 그대는 자신을 과일로 보았다. 그대는
옷 속에서 걸어 나와, 벌거벗은 몸을
거울 앞에 데려가, 그대는 스스로를
그대의 응시하는 눈빛 속에 잠기게 했다; 그대의 모습은
그대 눈앞에서, 크고 거대했고,
이렇게 말하지 않았다: 이게 나야; 아니, 그대는 이렇게
말했다: 이것은.

그대는 화가의 눈으로 그대 자신을, 자신이 마치 과일처럼 풍성하고 완숙한 것을 본다. 거울 앞에 선 그대는 주체이기도 하고 객체이기도 하다. 그대는 자신을 느끼기에, 자신의 존재가 풍성하고 완숙할 뿐만 아니라 심지어 거대하기도 하다는 것을 이해한다. 자신을 볼 때 그대는 그대가 거대한 생명을, 아무도 막을 수 없는 왕성한 생명력을 지녔다는 것을 누구보다도 분명히 안다. 그 생명, 그 생명력은 이처럼 거대하고 놀라워 엄청난 기세로 거울 앞에 선 그대를 뒤덮는다. 그러니 자신을 보는 그대의 반응은 평범한 이들과는 다르다. 평범한 이들은 거울 속의 모습을 보면서 저도 모르게 떠오른 생각에 혼잣말로 '이게 나야'라고 중얼거린다. 그러나 그대는 그렇게 말하지 않았고, '이것은'이라고 중얼거린다.

그 말은, 그 생명의 규모가 이리저리 이동하는 거대한 힘이 그대를 넘어서서 그대 자신도 놀랄 정도라는 뜻이다. 그 모습을 본 그대는 이게 자신이라는 느낌을 먼저 받지 않고, '이건 대단해!'This is something!라고 느낀다. 그것은 어떠한 비범한 존재, 형용하기 어렵고 포착하기는 더욱 어려운 존재이므로 '이것은'이라고 말할 수밖에 없다. '이것은'이라는 말 뒤에 어떤 목적격을 더해도 적합하지 않고, 그저 명확한 '이것은'일 수밖에 없다. 그러나 'This is something!'이라는 영어 문장이 표현하고 나타내는 놀라움과 경외처럼, 무엇인지 확실하지 않다.

그대는 자신에게 경외감을 느낀다. 그대는 거울 속의 거대한 존재가 바로 자신이라고 확신할 수는 없지만, 그 존재의 풍성함, 완숙함, 거대함을 부정할 수는 없다. 따라서 거울 앞에 선 그대가 보고 추구하는 것은 다른 차원의 성질로 변했다.

그대의 시선에서 호기심이 완전히 사라지고,
소유하려는 충동도 사라져, 이렇게
진정으로 결핍되고, 심지어 자신에 대한
욕망마저 결핍된다; 아무것도 원하지 않는다: 신성하다.

이처럼 거대한 존재를 마주하고서, 그대는 그것이 과연 그대가 맞는지도 전혀 개의치 않는다. 중요한 것은 그대가 아니라 그 존재 자체다. 그대의 생명은 스스로 완전무결하기에 그대 자신을 찾아다니거나 탐지하는 눈빛으로 볼 필요가 없고, 그저 거울 속의 그 생명, 그 존재를 있는 그대로 받아들여야 하며, 또 받아들일 수밖에 없다. 순수한 '이

것'은 순수한 감상과 느낌만을 불러일으킬 뿐, 본래는 그것이 바로 그대이고, 그대의 것이었음에도 '나는 원한다'거나 또는 '저게 내 것이었으면'과 같은 욕망은 조금도 자극하지 않는다. 거울 속의 거대한 자아 앞에서 가장 순수하고 천진하고 깨끗하게 정화된 그대의 눈은, 다른 어떠한 감정도 없이 텅 비어 아무것도 부족하지 않고 따라서 아무것도 원하지 않는다.

그것은 신성함이다. 혹은 '신성함'의 정의가 바로 이러한 완전함이 아닐까? 가득 채우려는 욕구마저 없을 정도로 텅 빈 것. 따라서 '진정한 결핍'이란 결국 긍정적인, 숭고한 결핍이다. 이것이 바로 앞에서 언급했던, 릴케가 늘 생각했던 긍정적인 의미를 지닌 '압상스'absence, 부재다.

그대는 그렇게 살아왔다. 그대가 살아 있을 때 그렇게 자신이 있었고, 그렇게 거대했다. 시인은 그것을 정확히 회상하고 묘사해 이와 대비되어 그 의혹이 더욱 깊고 해석하기 어렵게 느껴지도록 한다.

27

그것이 바로 내가 언제나 가장 좋아했던 그대의 모습이

다— 거울 속에

깊이 빠져들어, 그대 자신을 그 안에 집어넣어, 세상과

멀리 떨어져 있었던 모습. 그대는 어째서 이렇게 돌아와서

이처럼 자신을 버리는가?

시인은 자신의 아름다운 상상 속에서 다시 정신을 차
릴 수밖에 없다. 아니, 아니다. 나는 스스로 완전무결해 신
성함에 가까운 그대의 생명을 분명히 알고 있고 깊이 흠모
하고 소중히 여겼다. 그대는 유감을 품고 "아, 이곳에 못 가
봤다니 너무 아쉽다!" "아, 저곳에 갈 수 있다면 좋을 텐데!"
라고 말하는 그런 사람이 아니다. 그대는 어디에도 가지 않
는다. 그대가 가장 진실한 순간은 바로 자신을 거울 속에
깊이 집어넣고 온 세상과의 사이에 결코 뛰어넘을 수 없는
거리를 유지할 때이다. 세상도, 그 어떤 현실도 거울 속으
로 들어갈 수 없다. 그대는 거울 속 깊은 곳에 다른 무엇도,
다른 누구도 도달할 수 없는 곳에 있다. 아니, 그럴 리 없다.
그대는 어떤 나라에 가 보고 싶어서 돌아온 것일 리 없다.
나는 여전히 해답을 찾지 못했다. 그대는 어째서 돌아와서
본래의 풍성하고 완전무결하고 거대한 자아를 버리고 부정
하는가? 어째서 돌아와서 애원하는가?

어째서 그대가 자화상 속에서
목에 건 호박 구슬 속에, 여전히
고요한 천국과 같은 그림의 영역에는 존재하지 않아야 할
무거움이 있다고, 내가 느끼게 하는가?

그대는 어째서 이런 방식으로 내가 그대에 대해 본래 가지고 있던 인상을 바꾸는가? 어째서 내가 그대를 재인식해서 전에는 발견하지 못했던 무거움을 보게 하는가? 그대가 남긴 자화상을 보니 그림 속의 그대가 목에 건 장신구, 호박 구슬 목걸이가 캔버스 위에서 내가 전에는 느끼지 못했던 무게를 가지고 있음이 이제는 느껴진다. 호박은 본래 가벼운 것이고 그림도 본래는 현실 밖의, 현실보다 아름다운 경쾌함을 나타냈다. 예술이란 현실을 걸러내어 순수하게 만들고, 현실과 비슷하지만 그 현실을 다른 이상의 경지로 바꾸려 노력하는 것이 아닌가? 그런데 어째서 그대가 이렇게 애원하며 돌아왔다는 이유로 내가 이 자화상을 보면서 그 호박 구슬의 무거움을 느끼게 되고 그 무거움이 자화상이 이룬 미적 성과와 그렇게나 어울리지 않는다고 느끼게 하는가?

어째서 그대는 내게
그대가 서 있는 방식이 불길함을 띤 것을 보여 주는가?
어떤 요소가 그대가 자기 몸의 윤곽을
손바닥에 새겨진 손금처럼 해석하게 만드는가, 지금
내가 그것들을 운명으로 볼 수밖에 없도록?

나는 그대의 자화상을 보면서, 본래 거울 앞에 벌거벗은 채로 서서 거울 속에 깊이 잠겨 세상과 멀리 떨어져 있던 그대의 태연한 모습이 사라진 것을 발견한다. 심지어 그대가 자화상 속에서 서 있는 방식조차 내게 불안하게 느껴진다. 어디가 잘못된 건지는 알 수 없지만 그저 어떤 재난을 예감한다. 나는 새롭게 인식하고는 놀라서 어리둥절해진다. 그대는 어째서 그림에서 몸의 윤곽을 이렇게 처리했는가. 그것은 절대 거울 속에 나타났던 원래의 모습이 아니다. 그대가 그린 윤곽은 나로 하여금 어쩔 수 없이 손금을 연상하게 해서 사람들이 손금에 운명이 새겨져 있다고 믿는 것을 떠올리게 한다.

그대는 본래 이미 운명을 초월해 죽음의 영역으로 들어갔는데, 어째서 다시 돌아와 운명을 감당하려 하는가? 그대는 돌아와서 이 자화상을 바꾸었다. 자화상 속에 그려진 것은 더는 거울 속에서 보았던 그 거대한 존재가 아니다. 자화상 속의 그대는 운명에 얽매여 있다. 그대의 온몸이 운명의 선으로 그려 낸 것이다.

28

루 안드레아스-살로메라는 이름에서 '안드레아스'는 그녀 남편의 성이다. 그녀는 결혼한 후에도 본래의 성인 '살로메'를 유지했고, 남편의 성을 그 앞에 붙여 '안드레아스-살로메'라고 연결해 썼다. 평범하지 않은 이름처럼, 그녀의 결혼생활도 평범하지만은 않았다. 그들의 결혼은 완전히 정신적인 결합이었고 육체관계는 거의 없다시피 했다.

종교적 신앙이 혼란스럽던 시기에, 릴케는 세속에 구애받지 않고 신념에 따라 행동하며 강렬한 개성을 지닌 이 여인을 만났다. 루 살로메는 일찍이 글로써 1897년에 릴케를 처음 만났을 때의 느낌을 형용한 바 있다.

나는 마치 오래전부터 줄곧 당신의 아내였던 기분이 듭니다. 당신은 내 인생에서 처음으로 만난 '진짜 사람'이기 때문입니다. 당신은 육체와 내면의 본성을 분리할 수 없는 사람이었어요. 이것은 당신의 인생에서 부정할 수 없는 확고한 사실입니다. 나는 당신이 내게 사랑을 고백할 때 썼던 그 말 그대로 사용해서 당신을 처음 만났을 때 이미 가지고 있던 감정을 조금도 틀림없이 고백할 수 있어요. "오직 당신만이 진짜예요."

우리는 친구가 되기 이전에 이미 연인이었어요. 우리가 친구가 된 것은 선택에 의한 것이라기보다는, 차라리 오래전부터 숨겨졌던 결혼이 필연적으로 실현된 것이라 해야 할 것입니다. 심지어 우리는 두 개의 '반쪽'으로서 각자 다른 반쪽을 찾은 것이 아니라, 원래 '하나'였다가 뜻밖에 사람들 속에서 본래의 완벽함과 완전무결함을 전율하며 찾아낸 것이지요.

그러므로 우리는 '배우자'가 아니라 '남매'입니다. 우리는 완전히 같은 혈통을 가지고 있지요. 더욱 순수했던 시대에, 같은 혈통 사이의 사랑은 근친상간이 아니라 신화입니다.

"오직 당신만이 진짜예요." 릴케는 루 살로메에게 이렇게 고백했다. 그보다 열 살 이상 연상이고 여러 사람과 일들을 훨씬 많이 겪어 온 루 살로메도 같은 말로 릴케에게 마음을 고백했다. "오직 당신만이 진짜예요." 두 사람은 이렇게 첫눈에 반해서 곧바로 연인이 되었다.

우리는 릴케의 시와 시학 속에서 "오직 당신만이 진실하다"라는 것이 얼마나 중요하고 핵심적인 감정인지 아주 쉽게 알 수 있다. 그의 시는 늘 '무엇이 진실인가?' '우리는 어떻게 진실을 판별해야 하는가?' 하는 것들에 관심을 두고 있기 때문이다.

시를 공부하는 학생이었다가 시의 길을 탐색하며 걸어가고, 결국 의심할 여지가 없는 걸출한 시인이라는 위치에 오르기까지의 과정에서 루 살로메는 릴케에게 가장 큰 영향과 도움을 주었다. 그들의 결합은 문학사와 예술사에서 극히 드문 경우였다. 여성이 남성보다 연상이고, 여성이 남성보다 이지적intellectual인 한 쌍의 연인이었다. 일반적인 상황과는 달리 그들의 관계는 루 살로메가 주도했다. 루 살로메가 지식과 이성적 사고의 방대한 자원을 제공해 과도하게 예민한 릴케의 직관과 감성을 억제하고 또한 보충했다.

루 살로메는 심리학자로 그 시대 유럽 철학의 새로운 동향에 있어 중요한 인물이었다. '현대성'의 약동과 변화 속에서 중요한 방향 중 하나는 자아에 대한 내면적인 발굴, 특히 내면 심리의 신비를 새롭게 살펴보고 질문하는 것이었다. 니체의 사상에서는 신조차 '심리화' 되었다. "신은 죽었다." 신은 어떻게 죽었는가? 니체의 논리에 따르면 신은 인간이 자신의 내면 심리를 파헤친 결과로 죽은 것이다. 즉, 신이란 사실 인간이 도피와 자기 위안을 위한 안전감을 얻으려 상상을 통해 창조해 낸 것이라는 걸 깨닫고 인정하게 되었기 때문이다. 인간이 심리를 분석해 인간이 신을 창조했다는 사실을 알아냈으니, 당연히 신이 인간을 창조했다는 것을 더 이상 믿을 수 없게 된 것이다.

절대적인 권위와 진리의 근원은 모두 니체에 의해 심리 활동으로 환원되었다. 이것이 19세기 말에서 20세기 초에 걸쳐 유럽 사상에 큰 동요를 일으킨 계기 중 하나였다. 루 살로메가 적극적으로 참여한 이 조류는 개인의 심리보다는 주로 집단의 심리에 관심을 두었다. 그 시대의 심리학은 철학에서 분리되어 나와서 다시 철학을 개조했다. 심리학은 인간이 어떻게 신앙을 만들어 냈는가, 어떻게 진리를 이해하는가, 어떻게 신을 상상하는가, 하는 것들을 해석하려 했다. 그 기본적인 방법과 전제는 이후의 20세기 심리학의 주류와는 매우 달랐다.

오늘날의 심리학은 20세기 초부터 발전해 왔다. 그 출발점은 개인의 심리이다. 사람이 어떻게 주위 환경을 지각하고 느끼는가, 어떻게 결정을 내리는가, 어떤 상황에서 어떤 요소의 영향을 받으면 어떤 행동으로 반응을 보이는가, 심리 상태는 어떻게 형성되고 어떻게 유지되며 어떻게 변화하는가, 하는 것들을 탐색한다. 또는 어떻게 사람의 행위와 선택을 관찰하는 것을 통해 사람 심리의 작동 원리와 원칙을 알아내고 귀납할 수 있는가를 탐색한다. 이처럼 점점 더 과학화되는 심리학 연구의 관찰 대상과 분석의 단위는 개인이다.

그러나 니체와 루 살로메의 시대에 그들이 다루고 분석했던 대상은 개별적인 사람이 아니라 사회 현상과 문화 그리고 역사였다. 그들은 심리학이라는 새로운 관점에서 인류의 문화와 역사가 무엇인지 재해석했다. 그들이 특히 가장 중점적으로 해석하려 했던 두 가지 문제는 '종교와 신은 무엇인가' 하는 것과 '예술은 무엇인가' 하는 것이었다.

과거의 관념에서는 '신'과 '예술'은 모두 인간의 집단 심리와는 상관이 없었다. 그 때문에 새롭게 일어난 심리 분석이라는 방법을 이 두 가지 영역에 적용하면 더욱 충격적인 효과를 얻을 수 있었다.

29

릴케가 태어나기 전에 그의 어머니는 유산으로 여자 아기를 잃었다. 있었어야 할 그의 누나는 태어나기 전에 죽어 버렸다. 유산의 충격을 이겨 내기 힘들었던 어머니는 그 후에 태어난 릴케를 그때 잃은 아이 대신으로 여기며 여자아이처럼 대했다. 성장 과정에서 릴케의 여성적인 면은 어머니의 격려를 받아 더욱 분명히 드러났다. 이 점이 유달리 발달한 릴케의 감성을 설명해 준다. 그는 다른 사람이, 특히 다른 여성이 그의 감정적인 면을 더욱 개발해 주거나 자극을 줄 필요가 없었다.

다행히도 그는 루 살로메를 만나 그녀와의 연인 관계 속에서 다른 여자에게서는 얻기 힘든 상호보완적인 부분, 즉 그의 범람하는 감성을 억제하며 이성적으로 사고하는 습관을 얻을 수 있었다. 그는 점차 예민한 감성이 받아들인 의문을 시적 문장으로 바꾸는 방법을 찾아냈다.

두 사람의 이런 드문 결합에서는 여자가 남자에게 주는 영향이 남자가 여자에게 주는 영향보다 훨씬 컸다. 그리고 여자가 남자에게 준 영향은 감성적이고 감정적인 것이 아니라 반대로 이지적이고 이성적인 것으로, 오히려 이 남자의 과도하게 팽창한 감성과 감정을 억제하고 그가 비교적 냉정하고 사고적이며 논리적인 태도로 세계를 대하도록 인도했다.

루 살로메를 만난 후, 너무 예민한 감성으로 방황하고 동요하며 미혹에 빠져 있던 릴케는 한 가지 길을, 방법을 찾아냈다. 바로 그를 괴롭히는 여러 가지 의문을 시 속에 담아내는 것이었다. 특히 중요한 것은 그가 자신과 하느님, 그리고 자신과 예수와의 관계를 정리하도록 루 살로메가 도와주었다는 것이다. 릴케가 초기에 쓴 연작시를 보면 모든 시에 예수가 등장하는데, 그는 모든 시에서 예수의 신성성을 하락시키고 심지어 제거하려 시도했다. 그는 예수를 인간이 아닌 하느님의 아들로 본다면 예수가 고난을 겪은 일의 의미를 완전히 훼손하는 것이라 생각했다. 예수가 인간에게 줄 수 있는 가장 큰 충격과 깨달음은 바로 그가 감당한 고통과 그가 폭력과 고난을 대하는 방식에서 온다. 그가 인간이 아니라 신이라면 이런 충격과 깨달음은 훨씬 약해지고, 심지어 의미가 없어질 것이었다.

루 살로메는 릴케가 이에 관해 재고하게끔 했다. 루 살로메가 쓴 책 속의 한 문장이 릴케를 뒤흔들었다. 그 문장은 어쩌면 오늘날까지도 우리에게 충격을 줄 힘을 가지고 있을지도 모른다. 루 살로메는 이름이 알려지지 않은 어느 선교사의 말을 인용해 이렇게 말했다. "세상의 모든 말 중에서 가장 강렬한 종교적 의미를 지닌 말은 사람들이 으레 생각하는 'God', 하느님이 아니라 'my God' 나의 하느님'이다."

'하느님'과 '나의 하느님'은 어떤 차이가 있는가? 더 나아가, 호기심과 의혹을 품고 이렇게 질문해야 한다. 어째서 '나의 하느님'이라는 말이 있는 것일까? 'my', '나의'는 어디서 온 것일까?

중국어에서도 사람이 곤란한 상황에 부닥쳐 하늘을 찾을 때면 종종 "내 하늘아"我的天 "신이시여"我的老天라고 말하곤 한다.* 어째서 '내'가 붙은 걸까? 어떤 의미적인 상황에서 하느님 혹은 하늘이 '나의' 것이 된 것일까?

루 살로메는 심리학적인 관점에서 '하느님'과 '나의 하느님'을 비교했다. '나의 하느님'이라고 말할 때 사람은 자신과 하느님 사이에 특별한 관계, 즉 외적인 조건이 규정한 관계가 아니라 자신에게만 속한 관계가 있다고 분명히 느낀다. 그것이 어떤 관계인지 형용하거나 설명할 수 없음에도 그렇다. 당신이 정말로 하느님을 필요로 하고 진정으로 하느님의 존재를 느낄 때 그 하느님은 남들이 묘사하고 정의한 외재적인 하느님이 아니고, 독립적이고 객관적인 정

---

* '세상에' '아뿔싸' '맙소사' 등의 의미로 상황에 따라 놀라움이나 절
망감, 감탄 등을 나타낼 때 사용하는 말이다.

신적 역량도 아니며 당신이 주관적으로 느끼는, 당신에게만 속한 '나의 하느님', 당신의 하느님일 수밖에 없다.

19세기에서 20세기로 접어들면서, 과거 교회와 신학이 제공하던 신에 대한 여러 가지 해답이 거의 전부 유지될 수 없자 유럽인들은 신의 의미를 새롭게 탐구해야만 했다. 특히, 전통적인 방식으로 신을 믿을 수 없으면서도 신에 대한 믿음에 의지하는 것을 완전히 떨쳐버릴 수 없던 사람들은 더욱 그랬다. 어쨌든 서구 사회에서는 개인에서 집단에 이르기까지 너무나 많은 것이 신과 관련되어 있었다. 신이 없어진다면 사람은 도대체 왜 사는가, 집단은 어떻게 평화로운 도덕적 삶을 살아가야 하는가, 사람과 사람 사이의 관계는 어떻게 안배해야 하는가, 등등이 전부 문제가 되었다.

신은 너무나 거대하고 전면적이라 삶의 많은 부분을 뒤덮고 있어서 필요 없다고 한다고 필요 없어지는 것도 아니고 버리려 한다고 쉽게 버릴 수 있는 것도 아니다. 이성적일 때, 온전한 정신일 때 신을 버렸다 해도 그런 온전한 정신을 유지하기 힘들 때 특히 가장 약해지고 고통스러울 때, 가장 무방비한 상태일 때면 신은 살그머니 돌아온다.

그러나 신은 원래 모습으로 돌아오지 않으며 그럴 수도 없다. 어릴 때 주일학교 문답 수업에서 배운 하느님은 너무 단순해서 현실과 지식의 시험을 감당할 수 없다. 당신에게 하느님이 필요할 때, 당신이 약함을 극복하고 고통을 인내하는 데 하느님의 도움이 필요할 때면 당신은 하느님을 다시 정의할 수밖에 없다. 달리 말하면, 당신은 자신의 현실과 지식을 배경으로 삼아 자신에게 맞춘 '나의 하느님'을 만들어 낼 수밖에 없다. 객관적이고 공식적인 하느님이 아니라 '나의 하느님'만이 당신을 도울 수 있고, 의미가 있다.

30

레비스트로스는 『슬픈 열대』라는 책의 거의 마지막 부분에 아주 흥미로운 경험을 기록했다. 낯설고 황량한 환경 속에서 상당히 긴 시간을 보낸 후로, 레비스트로스는 한동안 머릿속에서 어떤 음악이 계속 반복적으로 맴돌았다고 한다. 그 음악은 쇼팽의 유명한 에튀드(연습곡)로, 일반적으로 '이별의 곡'이라 불리는 작품번호 10의 3번 곡이었다.

이것은 레비스트로스에게 아주 불편하고, 이해하기 힘든 현상이었다. 그는 음악가 집안 출신이라 음악에 조예가 깊었다. 그의 시대에 유행했던 음악은 바그너의 성대하고 과장된 음악이었고, 그가 성장한 프랑스에는 완전히 새로운 음악 문법을 창조한 드뷔시와 인상파 음악도 있었다.

바그너 음악의 관점에서든, 드뷔시 음악의 관점에서든, 쇼 팽은 너무나 보수적이고 낡았고 심지어 속되기까지 했다.

그는 이해할 수 없었다. 어째서 쇼팽의 음악이, 그것도 쇼팽의 곡 중에서 가장 통속적인 곡이 이렇게 집요하게 맴 돌며 몰아내려 해도 몰아내지지 않는 것일까? 그는 반드시 원인을 밝혀내야 했다. 그런 환경 속에서, 점점 더 견디기 힘들어지는 낯선 상황 속에서 마음이 황량하고 약해졌을 때, 의식 속에서는 남아메리카를 떠나 유럽으로 파리로 돌 아가고 싶을 때, 어째서 마음속에 울려 퍼지는 것이 분명히 그가 좋아하지 않는, 심지어 그다지 인정하지도 않는 쇼팽 의 음악일까?

이렇게 비유해 보겠다. 내 세대의 타이완 사람들은 성 장 과정에서 비틀스의 음악을 듣고 엄청나게 놀라고 충격 을 받았다. 그러다가 나중에 대학생들이 다들 비틀스의 음 악을 듣게 되었을 때 우리는 비틀스를 떠나 더 도어스The Doors, 더 후The Who 그리고 핑크 플로이드Pink Floyd를 발견 했다. 유학 생활 5년째에 접어든 어느 날, 반쯤 쓴 박사학위 논문은 교착 상태에 빠져 있었고 보스턴의 겨울은 춥고도 길었다. 그렇게 지치고 고달픈 와중에 나도 모르는 사이에 내 귓속에 어떤 음악이 반복해서 계속 맴돌았다. 그 목소리

는 짐 모리슨도, 존 레논도 아니고, 놀랍게도 펑페이페이*
의 목소리였다!

어째서일까? 레비스트로스는 반드시 그 이유를 알아
내야 했다. 그는 이런 곤혹스러운 일에 관해 진지하게 숙고
한 결과로 얻은 깨달음을 책에 기록했다. 단순히 한 방향으
로 먼저 일어난 현상을 통해서 이후에 일어난 현상을 살펴
보는 것이 아니라 이후의 현상에서 출발해 이전의 현상을
돌아보고 새롭게 이해해야 한다고 설명했다. 그는 드뷔시
의 음악에서 쇼팽으로 다시 돌아가 들으며 쇼팽의 음악에
서도 드뷔시 식으로 변화할 징후를 발견했다.

여기서 첫 번째로 중요한 점은 레비스트로스처럼 강
인한 사람도 약해지고 미혹에 빠지는 때가 있어 그런 시기
를 보낼 수 있도록 익숙한 뭔가를 붙잡아야 했다는 것이다.
두 번째는 그가 쇼팽의 음악에 관해 다시 숙고하는 것 외에
도, 해야 할 현장조사를 잠깐 한쪽으로 미뤄둔 채 정신이 나
간 것처럼 일종의 창작 상태에 돌입해 엿새 동안 「신이 된
아우구스투스」라는 희곡을 썼다는 것이다. 엿새가 지나자
영감이 고갈되어 창작 상태가 끝났고, 그는 쓰기를 멈췄다.

「신이 된 아우구스투스」라는 희곡은, 로마의 집정관
옥타비아누스가 '아우구스투스'라는 새로운 칭호를 얻는

---

* 鳳飛飛(1953~2012). 본명은 린추롼林秋鸞으로 대만을 비롯해 중화
권에서 사랑을 받았던 1980년대의 전설적인 여가수이다.

데 이는 그가 이제 인간의 지도자일 뿐만 아니라 판테온의 여러 신과 동등한 새로운 지위를 얻는 것이라는 이야기를 담았다. 레비스트로스는 희곡에서 이 일이 그저 단순히 새로운 칭호를 얻는 일이 아니라 아우구스투스가 정말로 신이 되는 일이라고 표현했다. 신이 되기 전에 그는 매우 초조했다. 신으로 변하면 어떻게 될지 전혀 상상할 수 없었고, 신이 된다는 일을 어떻게 이해해야 할지 알 수 없었기 때문이다. 초조한 와중에 그는 야생 매 한 마리와 마주쳤다. 매는 로마 권력의 상징이기도 하지만, 레비스트로스는 그 매가 야생 매임을 특별히 강조한다. 그것은 그 매가 정말로 자연에서 사는 매로, 사람이 기르는 것도 아니고 로마인이 상징으로서 상상하는 동물은 더더욱 아니라는 뜻이다.

야생 매와 상징으로서 상상하는 매의 가장 큰 차이점은 야생 매의 몸에서는 불쾌한 냄새가 난다는 것이다. 야생 매는 아우구스투스에게 이렇게 말한다. "지금 네가 신이 아니고 아직 인간이기 때문에 신으로 사는 삶이 불안하고 초조하게 느껴지는 것이다. 너는 신이 무엇인지, 신이라는 것이 어떤 것인지 이해하지 못한다. 너는 네가 신이 되었다는 것을 어떻게 알 수 있을까? 그것은 결코 네가 인간의 관점에서 상상하는 그런 것이 아니다. 신으로 변했다고 몸에서 금빛 광채가 뿜어져 나오는 게 아니다. 신으로 변했다고 곧바로 '신탁'을 내리는 능력을 얻어 네가 하는 말이 전부 정확한 예언이 되는 것도 아니다. 그것은 인간의 상상일 뿐, 신의 실제 모습이 아니다."

야생 매는 그에게 이렇게 알려 준다. "신이 된다는 것의 가장 큰 특징은 인간의 상상에서 벗어난다는 것이다. 너는 인간의 한계에서도, 인간의 삶에서도 벗어나 자연이 될 것이다. 네가 신이 되었음을 느끼는 방식은 너와 자연 사이에 경계가 없어졌음을 깨닫는 것이다. 너는 더 이상 자연을 싫어하거나 두려워하지 않게 될 것이다. 신이 되었다는 확실한 증거는 너의 눈부신 겉모습이나 능력이 아니라 너의 인내심이다. 네가 인간일 때는 참을 수 없었던 것을 신이 되면 전부 인내할 수 있게 된다. 너는 야생 매의 몸에서 나는 고약한 냄새를 참을 수 있게 될 것이고, 더는 잠들기 위해 비와 바람을 막아 주는 지붕과 벽이 필요하지 않게 될 것이다. 나비들이 네 몸에 앉아 짝짓기해도 너는 그들을 방해하지 않을 것이고, 그들이 성가시다고 느끼지도 않을 것이다. 인간일 때 너는 살 수 있는 곳과 살 수 없는 곳 그리고 갈 수 있는 곳과 갈 수 없는 곳을 구분했다. 신이 되면 이런 구분은 사라질 것이다. 너는 어디서든 살 수 있고 어디로든 갈 수 있게 될 것이다."

31

지치고 약해져서 인류학 연구를 내려놓고 이 희곡 창작에 뛰어들었을 때, 레비스트로스는 당연히 인류학자가 아니라 시인이었다. 레비스트로스에 관한 거의 모든 책에서 시를 언급한다. 그중에 패트릭 윌켄patrick wilcken의 『클로드 레비스트로스: 실험실의 시인』Claude Lévi-Strauss: The Poet in the Laboratory이라는 책이 있다. 단순히 인류학적 관점에서 보면 이 책의 제목은 악의적인 도전 내지는 비방처럼 보인다. 인류학자가 현장으로 나가 관찰과 조사를 진행하지 않고 실험실에 틀어박혀 무엇을 하겠는가? 인류학이란 사회와 문화에 관한 객관적이고 과학적인 연구를 제공하려 힘쓰는 학문인데, 시나 시인과는 또 무슨 관계가 있겠는가?

하지만 어쩔 수 없다. 레비스트로스를 정말로 꼼꼼히 읽고 그의 저작을 정말로 좋아하는 사람이라면 거의 모두가 그의 문장에 담겨 있는 순수하게 기록하고 토론하는 기능을 초월한 독특한 매력에 이끌리는 것을 피할 수 없다. 그것은 우리에게 일반적으로 익숙한 학술적인 문장이 아니며, 그 문장이 전달하는 것은 더더욱 꾸밈없고 직설적인 지식과 내용이 아니다.

레비스트로스와 릴케를 같이 놓고 비교해 본다면, 우리는 레비스트로스가 시와 밀접한 관계가 있다는 것을 더 분명히 알 수 있다. 그가 「신이 된 아우구스투스」를 통해 신을 상상하고 탐색하고 표현한 방식은 기본적으로 릴케와 다르지 않다.

하느님을 잃어버린 인간은 어떻게 신을 다시 찾고 다시 정의해야 할까? 레비스트로스가 희곡에 제시한 해답은 릴케가 루 살로메의 자극을 받아 깨달음을 얻은 후 일련의 시 속에서 분명히 표현한 것과 같다. 그 핵심은 신은 더는 우리가 흠모해야 할 대상이 아니므로, 우리는 '나는 왜 신이 아니라 인간인가? 내가 신이라면 얼마나 좋을까!'라고 한탄할 필요가 없다는 것이다.

저 높은 곳에서 금빛으로 번쩍이며 인간이 그저 우러러보고 숭배할 수밖에 없었던 신은 이미 죽었다. 우리는 종교의 근본으로, 즉 루 살로메가 말한 '가장 종교적인' '가장 강렬한 종교적 의미를 지닌' 상태로 돌아가 기존의 신의 모습을 무너뜨리고, 다시 돌아가 '나의 하느님'을 찾아 '신은 무엇인가?'라는 물음에 대해 자신에게 답한다. 남이 만들어 준, 이제는 지탱할 수 없어 이미 무너진 '하느님'을 떠나

자기의 신을, 신에 대한 자기의 이해와 정의를 찾는다. 이런 방식으로 인간은 신이 없는 시대에 종교적 경험을 보존할 수 있으며 현실 밖에서 현실을 초월한 상상과 이해를 얻을 수 있다.

'나의 하느님'의 의미는 우리가 유한한 인간의 세계를 벗어나 또 다른 신의 세계로 들어가게 해 준다는 데 있다. 그러나 우리가 정말로 신에 압도되어 신 앞에 엎드리기 전에 우리는 이런 신이 사실은 결국 인간이 창조한 것임을 마음속으로 분명히 알고 있다. 하지만 그는 여전히 인간이 아니라 신이다. 이것은 인간이 현실에서 벗어나 현실에 만족하지 못하고 참을 수 없어서 현실을 초월하기 위해 상상 속에서 창조해 낸 것임을 의미한다. 신에 관해 사고하고 상상하지만 신은 궁극적인 목적이 아니다. 신은 그저 인간이 그를 통해 현실의 사람보다 더 강대하고, 더 숭고하고, 더욱 다른 존재를 상상하게 해 사람이 더 강대하고, 숭고하고, 달라질 기회를 얻게 하는 수단에 불과하다.

'나의 하느님'은 신에 대한 본래의 신앙이 했던 약속, 즉 인간의 생명과 삶이 단지 현실의 인간에 국한되지 않을 수 있다는 약속을 우리가 되찾게끔 해 준다. 그러면 일상적인 인간의 세계 바깥에서 우리는 더 큰 세계 혹은 다른 모습, 다른 차원의 세계와 관계를 맺을 기회를 얻는다.

32

한동안 루 살로메는 릴케의 연인이자 스승이었다. 루 살로메는 릴케에게 과제를 주곤 했는데, 릴케는 그녀가 낸 과제를 수행하는 데 거의 매번 실패했다. 그는 매번 스승의 요구대로 과제를 해내지는 못했지만 과제 수행에 실패할 때마다 그의 문학적인 탐구는 크게 도약했다.

두 사람이 알게 된 지 얼마 지나지 않아 루 살로메가 고향인 러시아에 방문할 일이 생겼다. 그러자 그녀는 자신이 없는 동안 릴케에게 이탈리아를 여행하면서 '이탈리아 여행기'를 쓰라는 과제를 냈다. 당시 루 살로메는 그녀의 중요한 저작인 『예술심리학』Die Psychologie der Kunst을 집필하는 중이었는데, 그녀는 르네상스 시대의 이탈리아 예술이 분명히 그 당시의 릴케에게 큰 도움을 줄 거라 믿었다. 그녀는 릴케가 그곳에 가서 보고 느끼고 그것들을 문자로 기록하기를 원했다.

릴케는 정말로 노트 한 권을 들고 이탈리아로 갔다. 그는 여행하면서 내내 노트에 많은 내용을 적었지만, 대부분은 이탈리아와 상관없는 것들이었다. 그중에 이런 대목이 있다. "내가 이탈리아에서 가져온 것은 조수潮水뿐이다. 이 밀물과 썰물의 변화는 대부분 이탈리아가 아니라 나 자신의 것이다. 그리고 조수가 가져다준 것은 좋은 소식이다."

이탈리아에 간 릴케에게 가장 큰 충격을 준 것은 르네상스 시대의 예술이 아니라 그가 그곳에서 확실히 깨달은 자기 생명의 어떤 특성이었다. 그것은 바로 외부 세계의 모든 감각적인 자극이 어떤 기묘한 경로를 거쳐 모두 굴절되어 반드시 자신에게로 되돌아온다는 것이었다. 그 어떤 외부의 사물도 계속 외부에 머무르지 않았다. 특히 그를 감동시킨 사물 혹은 현상들은 어느 일정한 단계에 이르면 그 사물 혹은 현상에 그치지 않고 반드시 돌아와 그 자신을 표현하는 방식이 되었다.

모든 사물과 현상에서 자신을 보게 되는 것은 당연히 자기애다. 그러나 릴케의 자기애는 특별했다. 아름다운 사물을 볼 때마다 그는 그 사물에 대한 호기심뿐만 아니라 자신에 대한 호기심도 함께 생겼다. 그의 말을 빌리자면, '자신에 대한 갈망'이 생겼다.

릴케는 모든 사물에 대해 자신과 그 사물 사이에 분명히 관계가 있을 거라 생각했다. 따라서 자신과 그 사물 사이의 관계를 분명히 알아내려는 충동, 다시 말해 호기심과

166

갈망을 가지고 자기 자신을 탐구해 "어째서 나는 이 사물과 관계가 있을까?"라는 질문에 답하려는 충동을 느꼈다. 그것은 단순히 사물을 탐구하는 것이 아니라 사물을 통해 자신을 탐색하고, 사물과 자신을 연결하는 특별한 경로를 찾아내는 것이다.

그가 탐구한 것은 그 예술 작품 혹은 미감 자체가 아니라 예술 작품과 미적 감각, 더 나아가 사물 자체의 어떤 내재적이고 신비한 요소가 불러일으킨 자극, 즉 "나는 이 사물과 무언가 관련이 있는 것이 분명하다"는 느낌이었다. 이런 신념에서 출발해 그는 자신을 탐구하고 그 사물과 자신의 내재적인 요소가 어떻게 연결되었는지를 찾으려고 했다.

릴케의 시를 통해 우리는 그의 이런 특별한 자기애, 즉 자신과 각종 사물을 연결하는 능력을 엿볼 수 있다. 그를 뒤따르고 모방할 수는 없더라도 우리는 최소한 그를 선망할 수는 있다. 그가 이런 방식으로 세상을 보면 세상의 모든 아름다운 사물은 이토록 자연스럽게 그에게 흡수되어 소유된다. 느낌을 통해서, 그다음에는 시를 통해서, 그는 모든 아름다운 사물이 자신의 일부가 되게 했다. 그는 우아한 성당을 보면 그 성당이 분명히 자신과 관계가 있을 거라 여겼다. 정교한 공예품을 보고도 분명히 자신과 관계가 있을 거라 생각했다. 그러나 이 관계의 자세한 사정을 알 수는 없었기 때문에 그 사물을 깊이 탐구했다.

모든 감동은 그에게서 같은 충동을, 바로 자신을 탐색하려는 충동을 느끼도록 이끌었다. 그가 이탈리아를 여행하면서 완성한 과제는 루 살로메가 그에게 지시한 것이 아니었다. 그 과제에는 이탈리아에 관한 내용은 별로 없고 오히려 릴케 자신에 관한 내용만 아주 많았다. 그러나 이 실패한 과제는 오늘날 읽어도 여전히 매혹적이고 사람을 매료시키는 매력을 드러낸다. 어떻게 그렇게 자기 자신에 대해 큰 호기심을 품고, 그렇게 여러 가지 방식으로 자신을 탐색할 수 있었을까?

33

다시 '나의 하느님'으로 돌아오자.

릴케는 이 두 단어의 순서를 역전시켰다. 보통 사람들은 나의 하느님, 혹은 '내 하늘아'라고 말하며, 다들 '나'가 높이 끌어올려져 신에게 가까이 다가가서 신 혹은 '하늘'을 상상하고, 그와 가까워질 수 있다고 생각한다. '나'는 신이 자신을 알아차려 주기를, 신의 동정을 얻기를 바란다. '나'

는 하느님이 '나'를 편애해 주고 '내 하느님'이 되기를 바란다.

　　이탈리아에 다녀온 후로 릴케는 '신'과 '나'의 관계를 고쳐 썼다. '신'은 모든 사물의 대표다. 그런데 모든 사물은, 아름다운 사물은 전부, 나와 관계가 있다. 따라서 '신'은 내 것이다. '신'의 가장 크고 의미 있는 특성은 바로 나와 관계가 있다는 것, 내게 속한다는 것이다.

　　여기서 '나의'는 진실하고 충분한 기술성記述性을 가진 소유격이다. 더 이상은 본래의 뜻을 담아 기도하고 애원하는 투로 말하는 '부디 신이 나의 것이었으면'이 아니라 그저 '신은 나의 것'이다. 그러나 이런 소유격이 표현하는 '소유'는 '나는 100위안을 가지고 있다'라고 말할 때처럼 일반적이고 단순한 '소유'가 아니다.

　　사람은 도대체 무엇을 '소유'할 수 있을까? 우선, 릴케가 말하는 '소유'는 정신적인 소유다. 만약 세상의 모든 사물이 나와 관계가 있고, 전부 확실하고 명백한 '몸 이외의 것'이 아니라면 어떤 의미에서 보면 나는 이 세상을 '소유'하는 것이다.

　　여기서 그의 '사물시'가 발전했다. 우리도 이 배경을 통해 그의 사물시를 이해해야 한다. 사물시는 영물시詠物詩

라고 번역할 수 없다. 전통적인 영물시는 '사물에 대해 말하는'speak of(about) things 반면에, 사물시는 '사물과 함께 말한다'speak with things. 영물시에서 사람은 사물 바깥에 서 있다. 사물은 사물이고 나는 나다. 내가 사물을 보고 느끼며 사물에 대해 말하고 묘사한다. 반면 사물시에서는 사물과 사람을 나눌 수 없다. 사물을 보고 발굴하는 것은 사물과 나의 관계를 통해 다시 나를 돌아보고 발굴하기 위해서이다. 사람이 사물을 묘사하는 것이 아니라 사물을 통해 자신을 묘사하고 사람을 묘사하는 것이다. 사람이 아닌 사물, 즉 사물 특유의 성질을 통해야만 역설적이게도 사람은 사람을 묘사하고 자신을 묘사할 수 있다.

사물에는 나에 관한, 나도 모르는 어떤 비밀이 숨겨져 있다. 사물 속으로 들어가 사물과 함께 서고 사람의 위치와 주체적인 입장을 내려놓아야만 나 자신의 비밀을 찾아낼 기회를 얻게 된다.

릴케는 이를 통해 예술가라는 신분에 대한 확실한 인식을 형성하기도 했다. 그는 종종 루 살로메의 「예술의 기본 형식: 심리학적 연구」Grundformen der Kunst: Eine psychologische Studie라는 논문에서 "예술가와 예술가가 아닌 사람의 가장 근본적인 차이는, 예술가의 감각의 배아는 완전히 성장해 정형화되지 않았다는 데 있다"라는 말을 인용했다. 예술가가 아닌 일반적인 사람은 나이가 들면서 본래 초기의 감각의 배아가 점차 성숙해 마침내 정형화된다. 그러나 예술가는 나이가 들어도 감각의 배아가 유동적이고 불확실한 상태를 여전히 유지하고 있다. 그는 이렇게 설명한다. "예술가는 평범한 일상적 경험의 자극으로 형성되지 않는다. 예술가는 기묘한 관계 안으로 들어가 새로운 세계, 자신만의 세계를 창조한다. 예술가는 개인의 가장 미미한 깨달음이나 계시를 통해서도 이러한 상상의 관계에 진입할 수 있다."

조금 더 극적으로 말하면, 예술가는 자기 세계의 신이다. 계속해서 자신의 세계를 창조하므로. 릴케는 이런 개념을 자신의 시와 삶에서 구체화했다.

그는 단순히 상상 속에서 현실과 다른 또 하나의 세계를 창조하는 것이 아니다. 그렇게 단순하지 않다. 현실 세계는 여전히 구체적으로 존재하지만, 그와 이 구체적인 세계 사이에는 우리에게는 없는 '나의 하느님'과 같은 관계가 존재한다. 그는 고독하고 개별적인 주체로서 이 세계들 사이에 존재하며 세계의 다른 사물들과의 사이에 주체와 객체 사이 뛰어넘을 수 없는 거리를 유지하고 있는 것이 아니다. 그는 현실 세계의 사물과의 융합 관계 속으로 민감하게 뛰어들어 현실과는 다른 자아의 세계를 창조할 수 있었다.

34

2000년대 초반 릴케의 시가 미국에서 큰 인기를 끌었다. 그 이유 중 하나는 그의 시 중에 신에 관한 시가 많기 때문이다. 그는 시 속에서 진지하게 신에 관해 새롭게 사고하고 새롭게 묘사해 정의했다. 그런 소재가 그즈음 종교적인 정서가 고조되는 미국의 사회 분위기와 호응을 이뤘다.

그러나 종교적 정서로 인해 릴케에 호기심을 가지게 된다면 릴케의 작품에 관해 단순하고 통속적인 해석을 초래하기 쉽다. 결정적으로 릴케가 일찍이 예수에 대해 가장 깊은 회의를 품었다가 루 살로메의 심리학의 도움을 통해 '나의 하느님'my God에 관한 토론을 거친 후에야 시학적인 해결을 얻었다는 점을 등한시하게 된다. 그것은 결코 일반적인 종교 신앙이 아니다.

그렇게 예수에 대해 깊은 회의를 품었고, 교회에는 더욱 호감이 없었던 릴케가 어째서 자신의 삶과 시 속에 하느님을 엄숙하게 남겨 둔 것일까?

그것은 신이 존재하기에 사람이 신 앞에서 철저한 겸

손을 느낄 수 있기 때문이다. 정의된 바에 따르면 신은 나보다 최소한 한 등급은 높은 존재이다. 신은 나보다 고귀하고 나보다 위대하고 나보다 위엄 있고 나보다 장엄하다. 중요한 것은 그런 고귀함과 위대함, 위엄, 장엄함을 깨닫고 그 앞에서 기꺼이 경배한다는 것이다. 겸손하게 경배한다는 것은 그처럼 고귀하고 위대하고 위엄 있고 장엄한 존재를 인정한다는 뜻이며, 또한 자신을 중심으로 기준을 삼는 폐쇄적인 위험을 피한다는 뜻이다. 신이 존재하기에 사람은 자신의 부족함을 인정하고, 자신의 부족함을 인정하기에 전과 다른 사람이 될 수 있다.

고귀함, 위대함, 위엄, 장엄함을 한 번도 느껴 보지 못하고 항상 우리보다 고귀하고 위대하고 위엄 있고 장엄한 상태의 존재를 우리와 같은 낮은 위치까지 끌어내릴 생각만 하는 삶은 높이 올라갈 수도, 깊어질 수도 없는 삶이다. 높이 올라가고 깊어지기 위해서는 반드시 자신의 부족을 겸허히 인정하는 것부터 시작해야 한다.

2천여 년 동안 기독교 교회는 사람이 하느님을 신봉하게 만드는 방법에 아주 능숙했다. 한편으로는 하느님의 절대성을 강조해 인간과 완전히 구별하고, 다른 한편으로는 반대로 인간이 하느님에게 더 가까이 다가갈 수 있다는 희망을 주어 사람이 반드시 늘 본래의 그 자리에 머물며 하느님의 은혜를 우러러봐야만 하는 것이 아니라 신앙을 쌓아 위로 올라가며 하느님과의 거리를 좁힐 수 있다고 한 것이다. 수학적인 관점에서 보면 무한에서 어떤 수를 빼더라도 여전히 무한이다. 그러나 종교적인 관점에서, 사람의 개인적인 감각에서 보면 나와 하느님 사이의 거리가 여전히 무한히 멀다 해도 내가 위로 올라갔다면 그 성취는 진실한 것이고, 하느님과 더 가까워진 그 느낌도 진실한 것이다.

이렇게 사람에게 상반되는 두 가지 힘을 주는 것이 신의 역할이다. 하나는 당신을 아래로 끌어내려 그 오만함을 없애고 당신과 신 사이의 무한한 거리를 강조하는 것이고, 다른 하나는 당신을 위로 끌어올려 신이 있는 방향으로 계속 올려 보내 신과의 거리가 아무리 멀더라도 최소한 옳은 방향으로 나아가게 하는 것이다.

사우나를 해 보면 아주 차갑고 아주 뜨거운 자극이 공존한다. 자해나 다름없지만 중독성이 있어서 차갑지도 뜨겁지도 않은 보통의 상태보다 더욱 분명하고 생생한 삶의 감각을 가져다준다. 신도 이와 마찬가지다. 사람의 영혼을 완전히 반대되는 방향으로 동시에 끌어올리거나 끌어내린다.

그에 비하면, 신이 없는 보통의 삶은 평탄하고 단조롭다. 당신은 다른 모든 사물과 존재들과 같은 평면 위에 존재해 누가 누구보다 더 높거나 낮지 않다. 아무도 당신을 현실보다 더 낮은 차원으로 내리누르지 않지만, 위로 올라가 현실보다 높은 차원에 오를 수 있다는 희망도 없다. 당신은 현실이라는 하나의 차원 위에 머무르며 배회할 수밖에 없다.

35

루 살로메의 심리학에서는 인간이 신을 창조한 것이라고 주장했다. 그러나 중요한 것은 인간이 신을 창조했다는 것이 인간이 신의 주인이라는 걸 의미하지는 않는다는 점이다.

인간은 신을 창조했지만 신이 인간의 주재자가 되게 했다. 인간은 신을 창조해 신이 인간을 변화시키게 한 것이다. 인간만 있어서는 인간을 변화시킬 수 없기에 우선 신을 창조해야만 신의 이름으로, 신의 권위 아래 인간을 더 나은 쪽으로 변화시킬 수 있었다.

릴케의 시는 끊임없이 이런 과정과 이런 힘을 마주하고 묘사했다. 그것은 서로 반대되는, 표면적으로는 모순되어 보이지만 실제로는 반드시 동시에 공존하는 힘이며, 마치 신처럼 사람을 내리누르기도 하고 위로 끌어올리기도 하는 힘이다. 이런 힘은 외부에서 온 것이 아니라 사실은 사람의 내면에서 온 자아에 속하는 힘이다.

이것은 다층적인 반성과 반사이다. 사람의 존재는 다층적인 것으로 대뇌 피질의 주름처럼 구불구불하고 복잡해서 도대체 몇 층으로 접혀 있는지 알 수 없고, 어느 층이 어느 층인지도 구분할 수 없다.

하느님에 관해 릴케는 이렇게 구별했다. "신앙이 깊은 사람은 'He is'라고 말한다. 슬프고 고통스러운 사람은 'He was'라고 말한다. 그러나 시인이나 예술가는 미소 지으며 'He will be'라고 말한다."

설명하자면 신앙이 깊은 사람은 하느님을 자신의 밖에 있는 존재로 보고 현재 시제를 사용해 하느님은 언제나 존재하며, 하느님은 언제나 하느님이라고 말한다. 슬프고 고통받는 사람은 하느님에게 버림받았다고 느끼고 하느님이 자신을 떠났다고 여겨 과거 시제로 하느님을 형용한다. 그러나 시인이나 예술가는 다르다. 시인과 예술가의 하느님은 현재 이미 존재하는 하느님이 아니며 고정되어 있는 하느님은 더더욱 아니다.

뒤이어 릴케는 "왜냐하면 예술가의 신앙은 단순한 신

앙이 아니고 그 자신이 하느님을 만드는 데 참여하기 때문이다. 모든 시선으로, 모든 이해의 순간에, 그리고 모든 고요하고 즐거운 찰나에 그는 하느님에게 힘을 더해 주고 하느님에게 새로운 이름을 지어 준다. 이로써 하느님은 마침내 완성되어 모든 것을 덮을 힘을 가지고, 모든 이름을 가지게 된다. 이것이 예술가의 진실한 책임이다"라고 말했다.

시인과 예술가가 신에게 미래 시제를 쓰는 것은 그들의 개입과 참여를 통해야만 신의 모습과 특성이 결정되기 때문이다. 시인과 예술가는 신을 창조한다. 이것이 그들의 가장 중요한 일이다.

신이란 무엇인가? 우리는 알지 못한다. 세계란 무엇인가? 우리는 알지 못한다. 신이 창조한 세계가 무엇인지, 우리는 모른다. 어떻게 해야 알 수 있을까? 시인과 예술가의 한 번, 또 한 번의 용감한 탐색과 창조를 통해 우리는 신과 신이 창조한 세계를 조금 더 알고 조금 더 파악하게 된다. 동시에 신은 더 큰 힘을 가지게 되고 이름을 하나 더 가지게 된다. 언젠가 이 세계에서 탐색되고 창조될 수 있는 모든 것이 창조되면 신도 완전무결해질 것이다.

신이 '본래부터' 힘을 지니고 모든 신분과 이름을 포괄하는 것은 아니다. 신은 본질과 본성이 없다. 예술가가 사물과의 대화를 통해서, 자신과 외부 세계에 대한 다층적인 반사와 탐색을 통해 얻은 모든 것을 전부 합해서 신을 구성한 것이다.

36

루 살로메를 만나고서야 릴케는 신과 예술에 관해 새롭게 사고하게 되었고, 그 이후 그의 훌륭한 시들이 탄생했다.

루 살로메 덕분에 릴케는 러시아에도 두 번이나 방문했다. 한번은 릴케가 러시아에서 갑자기 열광적인 시 창작에 빠졌었다. 그는 불과 3주일 만에 시를 67편이나 썼는데, 하루에 평균 3편 이상을 쓴 셈이다. 이 작품들은 그의 초기 저서 중 중요한 걸작인 『시간의 서』時間之書(한국어판 제목 『기도 시집』)에 수록되었다.

내 세대의 타이완 문학청년들은 대체로 두 권의 책을 통해 릴케를 인식하고 그로부터 깨달음과 영향을 얻었다. 그중 한 권은 『말테의 수기』로, 이 책을 통해 다들 '수기'의 매력을 느꼈다. 1970년대 타이완의 많은 시인이 다들 '수기'를 썼다. 지금은 이미 잊혔지만 아직도 내 기억 속에 인상 깊게 남아 있는 것만 해도 선린빈沈臨彬의 『타이마 수기』泰瑪手記, 두예渡也의 『리산 수기』歷山手記 등이 있다. 그리고 그 당시의 시집 제목 중에는 '~의 서'가 많았는데, 뤄즈청羅智成의 『빛의 서』光之書, 『경사의 서』傾斜之書, 『연인의 서』寶寶之書 같은 작품이 릴케의 『시간의 서』에 영향을 받았다는 것을 분명히 알 수 있다.

2000년대 초반 릴케의 『기도 시집』이 미국에서 약 15년간 베스트셀러가 되었다. 이 시집이 그렇게 잘 팔리게 된 데는 두 가지 강력한 힘이 배후에서 함께 작용했기 때문이다. 우선 앞에서 말한 미국의 종교 부흥 운동과 '뉴에이지'New Age 운동이 이 흐름을 부추겼기에 가능한 일이었다. 이 두 부류의 사람들은 릴케의 작품에서 각자 관심 가는 부분을 찾아내 그 내용이 자신들의 신념에 부합한다고 여겼다. 그러나 불행하게도 양쪽 모두 저자의 본래 의도 그리고 작품이 창작된 당시의 배경과 맥락에는 그다지 신경 쓰지 않았고 존중하지도 않았다.

그들은 곧잘 각자의 신앙으로 자기 마음에 드는 대로 텍스트를 해석했고, 글자만 보고 의미를 대충 짐작해 자기가 필요한 부분만 취하는 데 전혀 주저함이 없었다. 이런 상황에서 『기도 시집』은 양쪽의 합작으로 베스트셀러가 되었지만, 동시에 가장 과도하게 해석되고 심지어 왜곡된 시집이 되었다.

종교적 열광과 뉴에이지 철학의 개념이 이 시집 전체를 뒤덮는 바람에 이제 우리는 이런 해석에서 벗어나『기도 시집』의 본래 의미를 읽어 내기가 매우 어려워졌다. 이런 두 가지 힘이 이끌려 와서 이 시집 속에서 뒤섞이게 된 이유는 릴케가 시에서 '하느님'을 너무 많이 언급했고 신비로운 자연적 이미지도 너무 많이 등장시켰기 때문이다.

『기도 시집』의 형식 자체도 종교적인 해석을 불러오기 쉽다.『기도 시집』은 두 부분으로 구성되어 있는데, 제1부의 소제목은「수도자의 삶의 책」이다. 이 부분에 수록된 시는 맨 첫 번째 시를 제외하면 거의 모든 시에 하느님이 등장한다. 릴케가 쓴 독일어에 숨겨진 아주 복잡하고 모호한 뜻은 불행하게도 영어나 중국어로 번역하면 거의 종교화되고 교회화敎會化 되는 것을 피할 수 없다. 그 때문에 중국어나 영어 번역본을 읽어야 한다면, 나는 정말이지 여러분에게『기도 시집』을 읽어 보라고 진심으로 추천할 수가 없다. 그처럼 종교적이고 정신적이며 신앙적인 면에 치우친 내용은 릴케의 본래 뜻과는 참으로 상당히 거리가 멀다.

이것은 매우 유감스러운 일이다.『기도 시집』은 본래는 대단히 훌륭한 시학적 성취를 보여 준다. 제1부「수도자의 삶의 책」에 수록된 67편의 시는 시인인 릴케의 말투로 표현한 작품들이 아니다. 릴케는 페르소나를, 즉 자신을 대신해 느끼고 서술할 역할을 창조했다. 이 인물은 밤낮으로 성화聖畫를 그리는 데 몰두하는 수도사이다. 그는 하느님과 예수를 위해 그림을 그리는 사람이다.

이런 서술자 역할 설정만 봐도 얼마나 흥미로운가! 그 시대에 서부와 중부 유럽 사람들은 러시아에 대해 여전히 온갖 낭만적인 상상을 품고 있었다. 드넓은 하늘 아래 형용할 수 없이 광활한 영토가, 모든 사람이 자신의 공간을 가질 수 있도록 허락될 만큼 넓은 땅이 펼쳐져 있다. 그곳에서는 사람이 자기의 세계를 가지는 것이 이상하거나 특별한 일이 아니다. 애쓰거나 노력하지 않아도 자신의 땅을 가질 수 있기에 그곳의 사람들은 모두 그토록 경건하다. 사람들은 자기 세계를 가지려 할 때 남의 방해에 저항하느라 힘을 쏟을 필요가 없기 때문에 평온한 상태에서 더욱 고차원적인 존재에 대해 괴로움이나 압력을 느끼지 않는다.

릴케는 러시아에서라면 하느님 혹은 예수와 싸울 필요가 없을 거라고 상상했다. 그는 하느님 혹은 예수의 신성함과 성스러움을 체험하고 싶었지만, 까마득히 높은 곳에서 내려다보는 하느님 혹은 예수가 주는 압박감을 견딜 수 없었다.

37

그는 자신이 하느님을, 예수를 위해 그림을 그리는 사람으로 변하게 했다. 신을 위해 그림을 그리려면 어떻게 그려야 할까? 우리는 이런 문제에 관해 거의 생각하지 않는다. 신에 관해 그리 많이 생각하지 않기 때문이다. 신을 믿을 때도 우리는 다른 사람이 제시한 신을 당연하게 받아들인다.

하지만 이것은 확실히 문제가 있다. 아주 큰 문제다! 관세음보살은 남자인가 아니면 여자인가? 어째서 우리가 지금 보는 관세음보살상은 모두 여자처럼 보이는가? 관세음보살을 이렇게 표현하는 것이 관련성이 있는가? 어떤 방식으로든 관세음보살 혹은 다른 신을 표현하는 것은 관련성이 있는가? 티베트불교에서처럼 남녀가 교합한 형상으로 부처를 표현하는 것은 관련성이 있는가?

기독교의 역사에는 방대한 성상학聖像學의 전통이 있다. 성상학은 큰 학문이다. 기독교에서는 아주 일찍부터 이 측면이 지닌 대단히 민감한 성격을 깨달았기 때문이다. 신의 상을 만든다는 것은 나타내지 말아야 할 것을 나타낸다는 뜻이다. 또한, 신의 상을 만든다는 것은 인간이 신을 창조한다는 것을, 적어도 신의 형상을 창조한다는 것을 뜻하기도 한다.

신은 어떻게 표현될 수 있는가? 사실 이보다 더욱 골치 아픈 것은, 신을 어떻게 사람이 만들어 낸 형상으로 표현할 수 있는가? 하는 것이다. 정의에 따르면 성부와 성자와 성령은 사람보다 높은, 사람과는 다른 차원에 있는 존재인데 어떻게 사람이 상상해서 그려 내는 모습으로 표현할 것인가? 성부와 성자와 성령은 '삼위일체'로 이 셋은 구분된 듯하나 구분되지 않는다. 이 가장 근본적인 교리 자체가 사람의 상식에 어긋난다. 성령을 어떻게 그려야 하는가까지 갈 것도 없이, 교리에 따르면 성부와 성자를 서로 구분되는 두 형상으로 그리는 것부터가 '삼위일체'를 위반하는 것이고, '삼위일체'를 신봉하지 않는 것은 화형당할 만한 이단 사상이 아닌가!

사람은 상식에 따라 신을 상상하고 믿을 수밖에 없다. 사람은 상식이 식별할 수 있는 형상에 신앙을 기탁해야 하지만, 이런 상식적인 모습은 신을 사람과 너무 닮게, 사람과 너무 가깝게 만들 수도 있다. 기독교 교회는 이런 긴장에 찬 딜레마를 줄곧 의식해 왔기 때문에 반드시 신학 속에서 복잡한 '성상학'의 분과를 발전시켜 형상과 신성 사이의 관계를 끊임없이 사고하고 신성에 대한 표현을 수시로 감시해야 했다.

예수를 사람으로 표현하면 그의 신성한 신분을 모독하게 된다. 예수의 인간성을, 인간과 닮은 면을 표현하지 않을 수도 있지만 그러면 예수가 겪은 고난이 그렇게 깊은 동정과 감동을 얻지 못하게 될 것이다. 도대체 예수를 사람처럼 표현해야 하는가, 그러지 말아야 하는가? 그의 인간성을 얼마나 강조해야 하며, 신성은 또 얼마나 남겨 두어야 하는가? '성상학'의 이런 큰 문제가 바로 릴케의 가장 근본적인 신앙상의 갈등을 건드렸다.

만약 예수가 신이고 신의 아들이며 신의 일부라면, 그와 우리 사이에는 직접적이고 구체적인 연결고리가 없어지고 그의 경험이나 그의 깨달음, 지혜를 우리에게 적용할 수 없게 된다. 그의 고통은 인간의 고통이 아니고 그가 겪은 괴로움도 인간이 겪은 괴로움이 아니다. 그가 신이라면 수난을 겪고 괴로워한다 해도 그는 여전히 까마득히 높은 곳에서 우리를 내려다볼 뿐, 우리의 일부가 아니므로 우리를 대표할 수 없다.

이것이 바로 당시 릴케에게 신앙적인 위기를 불러왔던 결정적인 문제였다. 그는 예수가 인간으로서 한 경험, 그리고 그의 용기와 깨달음에 감동했다. 그런데 예수의 신분이 사람이 아니라는 것은 그에게 있어 그 감동을 파괴하고 약화하는 것이었다.

예수는 반드시 인간이어야 하지만 인간일 수 없다. 그가 인간이라면 어떻게 그가 구원을 가져다줄 거라고 사람들을 설득할 수 있겠는가? 그러나 그가 인간이 아니라면 우리는 어떻게 그의 수난에, 그의 희생정신에 공감할 수 있겠는가?

예수를 그림으로 그리려면 반드시 모순적인 효과를 달성해야 한다. 예수를 표현하는 동시에 보는 이들이 그것이 예수가 아니라는 것을 느끼고 알게 해야 한다. 그림으로 이것이 바로 예수라고 가르쳐 주는 것이 아니다. 신학과 성상학의 관점에서 보면 예수를 살아 있는 듯 생생하게 표현해 사람들에게 지금 보는 것이 바로 예수임을 믿게 하면서도 그것이 잘못된 것이고 금기를 범한 것이라고 느끼게 해야 한다. 예수를 정확히 그려 내는 방법은 '있음, 존재함'presence으로써 보는 이에게 그것이 사실은 '없음, 부재함'absence을 일깨워 주는 것이다.

'absence', 혹은 'absence를 표현하는 방법'은 바로 릴케가 진심으로 알고자 했던 것이다. 심지어, 자기 마음속에 있는 그 'absence'를 표현할 수 없어서 모국어인 독일어를 버리고 프랑스어로 창작을 할 정도로 간절히 추구했던 것.

「수도자의 삶의 책」에서 릴케는 오래되어 잊힌, 러시아 정교회의 계통에만 남아 있는 이 기술, 즉 '있음, 존재함'으로 '없음, 부재함'을 표현하는 성상학의 회화 기법을 찾아냈다. 'absence'는 '무'無가 아니며 단순히 존재하지 않는다는 것이 아니다. 'absence'는 '부재'不在이다. 그것은 구멍이고 보편적인 존재 속에서 갑자기 나타나는 없는 것, 그곳에 있어야 하지만 없는 것이다. 혹은 그곳에 있어야 하고 그곳에 있는 것처럼 보이지만, 우리가 반드시 일깨워져 속아 넘어가지 않고 사실은 '없음'을 눈치채야 하는 것이다. '있음'은 허상이고 가상이며 그저 '없음'을 보여 주기 위해 일시적으로 그곳에 놓인 것이다.

릴케는 자신의 시를 통해 이 모순적이고 역설적인 주제 주위를 맴돌면서 우리가 어떻게 신을 이해하고 또한 나타내야 하는지, 특히 신을 나타낼 때 어떻게 '신이 있다'가 아니라 '신이 없다'를 표현해야 하는지를 탐색했다. 신은 당신이 보는 그 형상 속에 없고, 형상은 당신에게 있으며 신은 다른 곳에 있다는 것을, 다른 어느 곳에든 있을 수 있지만 오직 신을 표현한 이 형상 속에는 있을 수 없다는 것을 깨우쳐 주었다.

성상학에서 깨달음을 얻어 창작한 이 일련의 시를 통

해 릴케는 시의 다의성을 심도 있게 연습했다. 그는 그런 기묘한 언어를 거듭 탐색하고 실험했다. 말을 하면서도 동시에 듣는 이에게 '들었다고 생각하지 마라, 당신이 들은 것에 집착하지 마라. 내가 말하려는 것, 말할 가치가 있는 것은 모두 언어를 통해 말할 수 있는 것이 아니다.'라고 일깨워 주는 언어였다. 중요한 것은 언어가 도달할 수 없는 곳, 언어가 묘사할 수 없는 것을 발견하는 것이다. 언어는 당신을 언어가 갈 수 없는 곳으로, 언어보다 더욱 깊고 중요한 곳으로 인도하기 위한 것이다.

릴케는 인간 삶의 수많은 순간과 장면을, 약해지고 의심하고 고통스럽고 혼란스러운 순간과 장면을, 의식과 경험에 균열이 생겨 우리가 평소에는 볼 수 없는 그 더욱 깊고 더욱 중요한 곳을 전율하며 비춰 보게 하는 순간과 장면을 찾아냈다.

38

죽음을, 특히나 친구의 요절을 마주한 것은 당연히 이런 때, 이런 상황에서였다. 이런 이해를 바탕으로 다시 릴케가 파울라 모더존-베커를 위해 쓴 「벗을 위한 레퀴엠」을 이어서 읽어 보자.

이 장시의 첫 단락에서 릴케는 우선 죽은 자는 대부분 죽음에 만족한다고 말했고, 두 번째 단락에서는 파울라가 죽음에 만족하지 못하고 영혼의 모습으로 돌아온 것에, 특히 그녀가 애원하는 모습에 놀랐다. "죽음이 그대에게 줄 수 없는 것이 있단 말인가?" 하며.

세 번째 단락에서 그는 추측해 본다. '어쩌면 그대는 살아 있을 때 가 보고 싶었던 나라에 가지 못해서 아쉬웠던 것일까? 그래서 내가 대신 가서 경험하기를 바랐던 것일까?' 그러나 네 번째 단락에서 이 추측을 번복한다. '파울라는 무르익은 과일이고 이미 완전무결한 역사이므로 아직도 뭔가에 호기심을 가지고 있을 리가 없다.'

다섯 번째 단락에서 의문이 다시 돌아온다. '어째서 이미 운명을 초월할 수 있는 죽은 자가 다시 운명 속으로 돌아오기를 택하는가?' 층층이 쌓인 의문을 도저히 풀 수 없었던 시인은 결국 여섯 번째 단락에서 죽은 이를 외쳐 부를 수밖에 없었다.

촛불의 불빛 속으로 와 다오. 나는
죽은 자의 얼굴을 똑바로 보는 것이 두렵지 않다. 그들이
돌아왔을 때,

그들에게는 권리가, 다른 사물만큼 많은 권리가 있다.

우리의 눈빛이 그들에게 머무르게 할 권리가.

'모습을 드러내 다오. 나를 놀라게 할까 봐 걱정할 필요는 없다.' 시인은 이미 바로 그녀와 같은 친구가 뜻밖에도 돌아왔다는 가장 큰 놀라움을 경험했다. 이에 비하면 영혼이 떠돌며 모습을 드러내는 것은 충격이 아니다. 죽은 자는 모든 '물건'(사물)과 같은 권리를 가지고 있다. 어떤 권리인가? 우리의 눈에 보여 우리에게 인식되고 우리와 관계를 맺을 권리다. 이것은 릴케가 줄곧 가지고 있었던 '사물'에 대한 견해이고 '사물'에 대한 호기심과 존중이다.

'다시 기운을 차리다'重振精神라는 말이 있다. 이 말은 사람과 관계를 맺고 사람의 호기심을 불러일으킴으로써 '사물'이 더 이상 정지된 상태의 '사물'이 아니라 상호 작용 속에서 살아날 수 있을 것만 같은 활기를 얻는다는 뜻이다.

릴케 사고의 맥락을 이해하지 못한다면 여기서 나오는 '사물'에 대해 의문을 가지게 되고 심지어 무례하다고 느낄 수도 있다. 어째서 돌아온 죽은 자의 영혼에 "다른 사물만큼 많은 권리가 있"다는 것일까? 이것은 죽은 자를 폄하해 그를 사람으로 보지 않고 '사물'이라고 깎아내린 것이 아닌가?

아니다. 릴케의 감정 세계 속에서 '물건'이나 '사물'은 그 지위가 낮지 않다. 죽은 이를 존중하는 방식이 바로 그 사람을 '사물'로 보는 것이다. 왜냐하면 릴케는 모든 '사물'에서 자신을 보고 자기 삶에 대한 탐색과 호기심을 끌어내기 때문이다. 다시 말하면 그 순간 죽은 이도 그 자신에 대한 의문의 일부분이 되어 더 이상 다른 사람이, 남이 아니게 된 것이다.

여기서 그는 파울라의 영혼과 다시 연결된다. 이 단락에서부터 의식이 다른 차원에 진입했다. 앞부분은 시인의 회상과 추측이었다. 그 근거는 그가 과거에 알았던 것들로, 지금 돌아온 영혼과는 관계가 없었다. 영혼은 그저 죽은 이에 대한 그의 인식과 기억을 불러일으켰을 뿐, 그는 영혼을 제대로 마주하지 않았고 영혼과 같은 시공 속에 있지 않았다.

우리는 영혼이 우리와 같은 시공 안에 존재한다고 인정한다. 그는 이전까지의 태도와 방법을 바꾸어 돌아온 친구의 영혼을 제대로 마주하고 영혼과 자신을 직접적으로 연결한다.

39

다음 단락에서 그는 다시 영혼을 부른다.

이리 오라; 우리 잠시 침묵하기로 하자.
내 책상 구석에 있는 이 장미를 보면서;
장미를 둘러싼 빛이 어찌 당신의
몸을 비추는 빛처럼 망설이지 않겠는가: 장미도 여기에
있어서는 안 된다.
장미는 화원 안에서, 나와는 전혀 상관없이,
피어나거나 시들었어야 한다—
내 의식이 장미에게 무슨 의미가 있는가?

침묵하는 이유는 내가 '사물'을 대하는 방식으로 그대를 대하려 하기 때문이다. 그러나 그 방식을 곧바로 정확히 파악할 수는 없다. 나는 이런 방식으로 내 생명 속에 들어온 그대와 어떻게 연결되어야 할지 아직 잘 알지 못한다.

그래서 시인은 예를 들어 설명한다. 빛은 내 책상 위의 장미와 그대의 몸을 비추면서 똑같이 망설이고 수줍어한다. 그대는 그대이고, 장미는 장미라고 당당하게 드러낼 수 없다. 그것은 그대들, 그대와 장미 모두가 올바르고 자연스러운 장소에 있지 않기 때문이다. 장미는 정원에서 피어야 한다. 설령 시든다고 하더라도 마찬가지로 정원에서 시들 어야 한다.

사물은 사람과의 관계에 따라 형성되고 변화한다. 그 대와 장미를 비추는 빛이 망설이고 주저하는 이유는 내가 그대와 장미 모두 올바른 위치에 있지 않다고 생각하기 때 문이다. 책상 위 꽃병에 꽂힌 장미는 나와 올바른 관계를 맺 지 못하고, 나는 그 장미를 통해서는 나 자신에게 더 큰 호 기심을 가질 수 없다. 장미는 내게 의미가 없다.

두려워 마라, 만약 내가 지금에야 이해한다면, 아,
그것이 내 몸속에서 떠오르는구나: 나는 다른 선택지가
없다,
나는 반드시 이해하고자 애써야 한다, 죽더라도 반드시
이해해야 한다.
그대가 여기에 있음을, 이해해야 한다. 나는 이해했다.
맹인이 어떤 물건을 더듬어 이해하듯이,
나는 그대의 운명을 느끼지만, 뭐라 불러야 할지 알 수
없다.

하지만 걱정하거나 두려워하지 말라. 나는 그대가 여기 있는 의미를 찾고, 나와 그대 영혼 사이의 관계를 찾을 것이다. 다만 시간이 필요하다. 나는 이제야 겨우 실마리를 잡았을 뿐이니까. 나는 그대를 향해서 바깥을 탐색하지 않고, 내 안의 내면을 향해서 지금 떠오르고 있는 어떤 생각을 붙잡을 것이다. 그것은 지금 내 삶의 '필요'가 되어, 붙잡지 않으면 안 된다. 붙잡지 못하면 살아갈 수 없다. 나는 원래 살아 있었던, 산 적이 있었던 그대가 아니라 영혼의 방식으로 돌아온 그대가 나와 어떤 관계가 있는지 다시 살펴본다. 그대는 내 세계의 일부분이 되었다. 이렇게 자아의 세계로 들어온 모든 '사물'을 나는 늘 이러한 태도로 대한다. 붙잡지 못하면 내 세계는 불완전해지며 나는 완전하게 살 수 없게 된다.

떠오른 그것은 그대가 여기 있다는 사실인 동시에 그대 자체이기도 하다. 나는 붙잡았다. 그것은 그대의 운명이지만, 나는 그것이 뭔지 한눈에 알 수 없어 그것에 이름을 붙일 수도 묘사할 수도 없다.

우리 함께 애도하기로 하자, 그대가
그대의 거울 속 깊은 곳에서 끌려 나온 것을. 그대는 아직

울 수 있는가?

그대는 그럴 수 없다. 그대 눈물의 힘과 무게를

그대는 그 성숙한 눈빛으로 바꾸었고

그대 안의 모든 액체를

강인한 실존으로 변화시켜,

균형 속에서 떠올라 선회하고 있다, 맹목적으로.

그대는 마치 거울 속 깊은 곳에 있는 듯하던 죽은 자로서 영원한 존재를 잃고 시간 속으로 돌아왔다. 그런 슬픈 일을 당했음에도 그대는 울 수 없다. 울게 되는 것, 울 수 있는 것은 당연한 일이 아니다. 사람은 힘과 무게를 갖춰야만 울게 되고 울 수 있다. 그대는 눈물의 힘과 무게를 전부 그대의 '시선'에 썼다. 'Anschaun(Anschauen)'은 릴케의 시에 자주 사용되는 단어이다. 이 단어는 어떤 특별한 시선을 뜻하는데, 그 시선으로 '사물'을 보고 흡수하고 '사물'과 자신이 관계를 맺어 그것을 자신의 일부분으로 바꿈으로써 자기 세계를 구축하고 그를 통해 자신을 풍부하게 하는 것이다.

파울라는 살아 있을 때 그녀의 'Anschaun'으로 주위 물건의 성질과 의미를 바꾸는 데 능했다. 그런 그녀는 지금

힘겨운 도전과 마주하고 있다. 바로 자신을 죽은 자로 바라 봐야 한다는 것이다. 그녀는 자신의 죽음을 받아들이고 자신을 죽은 자의 시선으로 봐야 한다. 이 도전에 대처하기 위해 그녀는 자신과 가장 밀접한 관련이 있는, 자신과 가장 가까운 것인 눈물의 힘과 무게를 전부 썼다. 자기 안의 모든 액체, 눈물뿐만 아니라 피와 다른 액체들까지 전부 확고하고 고체화된 것으로 변해서 더 이상 출렁거리지 않고 완전히 균형을 이루어 무의식적이고 맹목적인 선회만이 남았다.

이때 우연이 끼어들었다, 마지막 우연이
그대를 종착지에 다가가는 마지막 한 걸음에서
끌어당겨 여전히 액체 상태인 세계로 돌아오게 했다.
한 번에 완전히 끌어당기지 않고, 처음에는 작은 조각만
찢었을 뿐이다.
그러나 이 작은 조각을 둘러싸고, 하루하루
현실이 끊임없이 커지고, 부풀고, 점점 더 무거워졌다,
그대는 온전한 자아가 필요하다: 그대는 자신을
때려 부순다, 죽음의 통제 속에서
고통스럽게, 그대는 자신이 필요하기에.

그대는 원래 거의 성공할 뻔했다. 이제 곧 자신을 더 이상 이리저리 옮겨 다니지 않는 죽은 자로 볼 수 있었다. 그런데 마지막 순간, 죽음이라는 목적지를 마지막 한 걸음 앞둔 순간에 어떤 우연한 힘이 그대를 끌어당겨 멈춰 세웠다. 처음에는 아주 조금만 끌어당겨져 여전히 감각과 의지가 존재하는(여전히 액체 상태로, 여전히 출렁거리는) 세계로 돌아왔을 뿐이다. 끌어당겨져 멈췄기에 그대는 의지를 갖추게 되었다. 멈춰 세워진 것은 아주 작은 조각일 뿐이지만 의지가, 그대가 이 작은 조각을 포기하고 죽음의 땅으로 계속 나아가지 못하게 했다. 하루하루 지날수록 현실이 끌어당기는 힘이 점점 더 강해져 그대는 그곳에, 죽음과 삶 사이에 끼어 이 두 가지 힘으로 조각조각 찢어졌다. 그래서 그대는 죽음의 법칙을 깨고 산산이 조각난 방식으로 돌아왔다. 이것은 그대의 운명, 기이한 운명이다.

    힘겹게 끌어냈다, 이렇게 자신을 끌어냈다. 이렇게
    밤에도 변함없이 따스한 그대 마음의 밭에서
    그대는 여전히 푸른 씨앗을 파냈다, 그것은 그대의 죽음이
    본래 싹 틔웠어야 할 씨앗이다, 그대 자신의 것, 그대의
    완벽한 죽음,

그대 일생의 더없이 완벽한 결말이다.

　여기서 시인은 파울라의 운명을 어떻게 묘사해야 할지 알고 있다. 그녀는 죽음을 완성하지 못하고 마지막 순간에 끌어당겨져 산 자의 세계로 돌아왔다. 그는 그녀가 마주한 일을 어떻게 비유하고 형용해야 할지 안다. 그것은 마치막 싹을 틔우려던 씨앗을 가장 좋은 토양 속에서 파낸 것과 같다. 원래대로라면 자라날 수 있었던, 본래 그녀에게 속해야 했던 죽음이, 일생의 종착점이자 그녀 삶이 응당 맞이해야 했던 결말이 망가진 것이다.

　　죽음의 씨앗을 삼켰다,
　다른 이들이 그들의 씨앗을 삼킨 것처럼,
　그리고 놀랍게도 달콤한 뒷맛을 느꼈다,
　그대가 예상하지 못했던, 달콤한 입술,
　그대는: 원래부터 내면에 달콤한 감각을 지니고 있었다.

　그대는 자신의 죽음을 삼켰다. 그것이 싹을 틔워 성장하지 못하도록 싹트려 하던 씨앗을 모두 삼켰다. 그대는 그 씨앗이 분명히 다른 이들이 삼킨 다른 씨앗처럼 딱딱하고 쓰디쓸 줄 알았지만 뜻밖에 그렇지 않다는 것을 알게 되었다. 죽음의 씨앗은 놀랍게도 달콤했고, 그대의 입술에 달콤한 맛을 계속 남겼다.

그대는 자신의 죽음을 취소했다. 그 고통스러운 결정 속에 뜻밖에도 약간의 달콤함이 있다. 그러나 그 달콤함은 사실 죽음에서, 죽음의 씨앗에서 온 것이 아니라 차라리 그대 자신에게서 왔다고 하는 편이 옳다. 그대는 살아 있을 때부터 달콤한 사람이었고 그대 내면의 감각에 수많은 달콤한 기억이 남아 있다. 그렇기에 산 자들의 세계로 돌아오자 사라지지 않은 그 기억들이 그대의 입술에 달콤한 뒷맛을 남긴 것이다.

40

아, 우리 애도하자. 그대는 아는가, 그대의 피가
그 비할 바 없는 순환 속에서
불리어 돌아왔을 때, 얼마나 내키지 않아 했는지?
몸속의 작은 관들 속을 다시 흘러야 해서
얼마나 곤혹스러워했는지; 이처럼 불신과 놀람으로
가득 차서, 피가 태반으로 흘러 들어가

되돌아가는 여정에서 갑자기 모든 힘을 다 써 버린 것을.

우리 다시 애도하자. 함께 애도하자. 그러나 그대의 죽음을 애도하는 것이 아니라, 반대로 그대가 죽음의 고요하고 평온한 상태를 포기한 것을 함께 애도하자. 그렇게 큰 고통을 받고, 그렇게 많은 어려움을 겪고, 그대는 돌아왔다. 그 고통과 어려움은 상상하기도 힘든 것이다. 그대는 어떻게 그대의 피를 불러 다시 혈관 속으로 돌아가 흐르도록 명령했는가? 그대의 피는 본래 이미 앞에서 묘사한 것처럼 '강인한 실존'이 되어 안정되고 균형 잡힌 대순환 속에, 초월적이고 절대적인 '대순환' 속에 들어가 있었다.

그대의 피는 그 얼마나 원래의 혈관 속으로 돌아오기를 내켜 하지 않았는가! 그것이 이미 경험했던 '대순환'에 비하면 그대의 혈관은 얼마나 유한하고 비좁은 곳인가. 그대의 피는 그대가 이런 결정을 내린 것을 감히 믿지 못한다. 그대의 피조차 그대를 믿을 수 없다. 그대는 자신이 지금 무엇을 하는지 알고 있는가? 원래 있던 곳으로, 혈액이 존재하던 근원으로 돌아가는 것은 힘겹고도 달갑지 않은 여정이기에 그대의 피가 기진맥진하게 하기에 충분하다.

돌아오는 것은 당연한 일이 아니고 간단한 일은 더더

욱 아니다. 그것은 어렵고 고통스러운 일이다. 그러나 그대의 의지는 포기하지 않는다.

    그대는 내몰고, 재촉했다
그대는 피를 화롯가로 끌고 갔다, 마치
인간이 동물을 억지로 제단으로 끌고 가듯이
그러면서도 그 동물이 기뻐하기를 바라듯이.
마침내, 그대는 강제로 목적을 이루어, 피는 기쁘게
달려와 자신을 바쳤다. 그대는,
분명히 잠깐뿐일 거라고 여겼다,
그대는 이미 다른 척도에 익숙해져 있었기에; 그러나
이제 그대는 시간 속에 있고, 시간은 언제나 길다.
시간은 흘러가고, 그리고 시간은 점점 더 커지고, 그리고
시간은
차도를 보이던 병처럼 재발한다.

    그대의 의지에 기대어 피와 생명을 끌고 온다. 그들을
억지로 끌고 와 집으로 돌려보낸다. 화로는 집의 가장 중요
한 상징이다. 가장 따뜻하고 편안하고 집을 떠난 이가 가장
그리워하게 되는 곳이다. 그러나 아이러니하게도 그대는

반드시 큰 힘을 들여 밀고 당겨야만 피와 생명이 돌아오게 할 수 있다. 그들에게 그곳은 이미 집이 아니라 제단이고 그들은 제단에 바쳐져야 하는 제물이다. 그들은 그러기를 원하지 않기에 저항한다. 그러나 그대는 얼마나 의지력이 강한 사람인가! 그대는 원하는 것을 얻기 위해 끝까지 버텨, 마침내 그것을 얻어 낼 것이다. 그런 대단한 의지력이 없었다면 그대는 돌아오지 못했을 것이다.

그러나 그대는 저도 모르게 잘못을 범했다. 그대는 잠깐만 돌아오려고, 잠깐이면 된다고 생각했다. 그대는 자신이 다른 기준에 들었음을 잊어버렸다. 그대는 시간이 존재하지 않는 기준에 들어가서, 그 기준에서 '잠깐이면 된다'라고 상상한 것이다. 시간이 존재하지 않는 기준에서 상상한 '잠깐'이란 시간 속으로 돌아오면 더 이상 '잠깐'이 아니게 된다. 그대는 틀렸다. 시간이 존재하지 않는 것과 비교하면 그 어떤 시간도 모두 길다. 그 어떤 시간도 시간이 존재하지 않는 것보다 무한의 배수로 길다. 그것은 같지 않다. 시간이 존재하지 않는 기준과 시간의 기준은 같이 두고 계산할 수 없다.

생존하는 시간의 반대편은 많은 이가 상상하는 것처럼 '영원'이 아니다. 영원에 비하면 그 어떤 시간도 모조리 아주 짧다. 아니, 시간의 반대편은 무시간無時間이다. 무시간에 비하면, 반대로 모든 시간은 아주 길다.

다시 시간 속으로 들어오면 그대는 시간을 멈출 수 없다. 시간은 그저 계속 흘러가며 점점 더 길어질 뿐, 거꾸로 돌아와 짧아질 수 없다.

여기서 릴케는 '재발'Rückfall과 '질병'Krankheit이라는 두 단어를 사용했다. 그 시대 사람들은 이 두 단어가 연달아 나온 것을 보면 누구든 자연스럽게 이것이 폐결핵을 뜻한다고 인지했다. 폐결핵은 만성 질병으로 병을 앓는 시간이 아주 길다. 길고 긴 과정에서 때로는 증상이 갑자기 사라져 환자가 활기를 되찾아 마치 병이 완전히 나은 것처럼 보이지만, 머지않아 다시 악화하곤 한다. 완전히 나은 것 같은 상태에서 다시 악화하는 것이 바로 '재발'이다.

그 시대에 폐결핵은 완치될 수 없는 병이었다. 증상이 잠깐 사라진다 해도 결국은 재발해 악화되는 병. 그리고 재발할 때까지 걸리는 시간이 길어질수록 그 타격은 더 컸다.

41

그대의 생은 이토록 짧다, 그대가 가져와

말없이 보낸 그 시간과 비교하면, 그대가

풍성한 미래의 풍성한 힘을

궤도 위에서 구부려 꺼내, 새롭게

다시 운명의 어린 씨앗에 구부려 넣는 데 쓴 시간과 비교

하면.

그대는 이런 무거운 시간 속에, 죽었지만 의지의 힘으로 다시 돌아온 시간 속에 있다. 이 시간은 무겁고도 길다. 그대는 반드시 본래의 미래를, 죽은 후의 그 시간이 존재하지 않는 미래, 무한한 가능성이 있는 미래를 필사적으로 구부려 이미 운명을 떠나 운명의 통제 밖으로 날아가려 하는 그 궤도에서 벗어나게 해야 하기 때문이다. 그대는 억지로 미래를 구부려 현재로 되돌리고, 운명을 구부려 운명의 어린 씨앗을 다시 키워 냈다. 죽음의 씨앗을 삼켜 운명의 씨앗으로 바꾸고, 죽음을 거부하고 모든 산 자를 구속하는 운명 속으로 돌아왔다.

다시 운명의 어린 씨앗에 구부려 넣는 데 쓴 시간과 비교하면. 오, 고통스러운 작업이여.

오 그대의 모든 능력을 넘어서는 작업이여. 그러나 그대는

날마다 그 작업을 했다, 그대는 자신을 그곳으로 끌고 가서
아름다운 실을 베틀에서 뽑아내어
당신의 실을 전부 다른 곳으로 당겨 갔다
그리고 마침내 축하할 용기를 가질 수 있었다.

거의 불가능한 작업이지만 그대는 해냈다. 가장 어려운 것은 분명히 그토록 아름답고 매력적인 죽음의 그림을, 그대가 이미 그 속에 짜여 들어간 아름다운 그림을 뜯어 버리는 것이었다. 그대는 완성된 천을 뜯어 그대의 실을 빼냈다. 그대는 그 천을 망가뜨렸고, 그러고도 자신이 행한 파괴를 축하할 용기가 있었다.

이 모든 것을 완성했을 때, 그대는 보상받기를 기대했다,
아이들이 달콤하면서도 쓸쓸한,
그들을 건강하게 해 줄지도 모르는 차를 삼켰을 때처럼.

어른은 아이에게 차를 마시면 감기가 나을 거라고 말한다. 아이는 차를 싫어하지만 억지로 마시고 자신이 아주 착하고 용감하다고 생각한다. 아이는 대단한 일을 간신히

해냈으므로 상을 받기를 기대한다. 그렇게 쓴 차를 마셨으니 당연히 상을 받을 만하다.

　　그대는 그대의 상을 선택했다, 그대는 여전히
사람들과 멀리 떨어져 있었기에, 어떤 상이 그대를 기쁘게 해 줄지 아무도 알 수 없었다.
그대는 자신을 잘 안다. 그대는 어릴 때 썼던 침대에 앉아 있다
눈앞에는 거울이 있고, 모든 것을 완전히
비춘다. 이 모든 것이 바로 그대다,
정면, 그 안에는 기만뿐이다.
모든 여인이 장신구를 달고, 거울을 보고 머리를 빗으며
미소 지을 때면 언제나 보게 되는 달콤한 기만이다.

　　그대는 이제 막 이 산 자의 세계로 돌아왔지만 사람들과의 사이에 여전히 뛰어넘을 수 없는 거리가 있어 그 누구도 이 거리를 건너와서 그대가 무엇을 원하는저 알아낼 수 없다. 그러나 상관없다. 그대는 자신이 뭘 원하는지 알고 있다. 그대가 자신에게 준 상은 어린 시절의 방으로 돌아와 어릴 때 잠들었던 침대에 앉는 것이다. 그 침대 앞쪽에는 거

울이 있다. 거울은 모든 것을 반사하므로, 거울 속에서 자신을 본다. 그대는 자신을, 정면에 나타난 자신을 보려 한다. 그것이 그대가 그대 자신에게 준 상이다.

거울이 비추는 것이 바로 그대의 모든 것이다. 눈에 보이는 외관이 바로 그대다. 내면은, 안쪽은 거짓되고 허황하고 기만적인 것이며 외관만이 진짜다. 거울이 비추지 못하는 내면과 안쪽은 여인이 몸에 두른 장신구, 혹은 일부러 빗어 만든 머리 모양처럼 그저 허영심을 만족시키는 자기기만일 뿐이다.

왜 이렇게 말하는 걸까? 어째서 내면이 오히려 보석 장신구처럼 허영이고 자기기만일까? 그것은 계속 읽어 봐야 알 수 있다.

그리고 그대는 죽었다, 여인들이 흔히 죽는 방식으로,
옛날식으로 따뜻한 집 안에서
출산하다가 죽었다, 자신을
다시 닫고 싶어도 방법이 없다,
그 어둠, 그들이 낳아 기른 어둠이,
다시 돌아와, 부딪치며, 뛰어든다.

현실에서 파울라가 실제로 난산 때문에 죽은 것은 아니다. 그녀는 아이를 낳고 조금 후에 죽었다. 그러나 릴케는 그녀의 죽음과 출산을 연관 지으려 한다. 따라서 그는 그녀가 옛날부터 지금까지 수많은 여인이 그랬듯이 출산 과정에서 죽었다고 말한다. 앞에서 인용한 『말테의 수기』 한 단락에서 우리는 이런 이미지를 본 바 있다. 아이를 낳기 위해 여인은 반드시 자신을 열어야 하고, 삶에서 가장 위험한 순간을 경험한다. 자신을 연 후에 다시 닫으려 하지만, 반드시 닫을 수 있는 것은 아니다. 만약 닫지 못한다면 죽게 된다.

앞의 두 단락에 표현된, 여인이 출산할 때 마주하게 되는 위험의 상징도 마찬가지로 릴케가 믿는 '사람'과 '사물'의 관계라는 이치에 따라 진행된다. 사람에게는 진정한 내면이 없다. 사람의 내면은 텅 비고 어두운 것이다. 우리는 종종 외관은 거짓된 것이고 내면이야말로 진실한 것이라고 오해하곤 한다. 그러나 '사물'과의 관계 속에서 릴케는 다른 견해를 가지고 있다. '사람이란 무엇인가?' 릴케는 사람의 정의를 다시 썼다. 사람이란 바로 당신과 외부의 사물 하나하나와의 관계이다. 한 사람이 존재한다면 당신을 둘러싼 '사물'이 모두 당신으로 인해 변하게 된다. 그 과정에서 모든 '사물'은 당신의 투사체가 되며, 반대로 모든 '사물'이 당신의 내면적인 실체를 형성한다. 당신이 접촉해서 변화시킨 '사물'이 바로 당신이다. '사물'과 '사물'이 만들어 낸 이런 관계 외에 또 다른 내재적이고 본질적인 당신이 존재하는 것이 아니다. 당신은 '사물'에 의해 변화하고 '사물'에 의해 정의된다.

당신이라는 존재는 당신이 창조한 이 세계를 떠날 수 없다. 이 세계는 바로 당신을 둘러싸고 당신과 관계를 맺은 모든 '사물'의 총합이다. 이것이 당신이고, 이것이 삶이다.

이것이야말로 산다는 것이다. 이렇게 자신의 세계를 창조하는 것이 사람으로서 가진 가장 큰 힘이고 가장 큰 즐거움이기도 하다. 그러나 우리는 종종 이 점을 알지 못한다. 우리는 흔히 이미 존재하는 어떤 근본적인 것이 우리 몸속에 숨겨져 있고 그것이 더욱 중요하다고 착각하곤 한다.

릴케는 시에서 이 주장을 극적으로 표현했다. 그대는 어떻게 죽었는가? 그 많은 여인은 다들 어떻게 죽었는가? 그대들은 자신을 열어 그 어둡고 텅 빈 내면을 체험했다. 릴케는 줄곧 여자들을 동정했고 심지어 부러워하기도 했다. 그 부분적인 이유는 바로 여자가 남자에게는 없는, 남자는 경험할 방법이 없는 이런 순간을 경험하기 때문이다.

여자는 강제로 자신을 열어 다른 생명을 내보낸다. 아이를 낳는 동시에 여자는 몸 안쪽의 공동空洞을 드러내 보이는 위험을 무릅쓰게 된다. 만약 제때 닫지 못하면 내면의 어둠이 외부의 어둠을 빨아들여, 그 순간 어둠의 힘이 몰려들어 와 당신을 집어삼킬지도 모른다.

—『젊은 시인에게 보내는 편지』

42

릴케는 여기까지 파울라가 어떻게 죽었는지 상징적으로 설명했다. 그러나 그녀가 어째서 그렇게 큰 힘을 들여서 반드시 고요하고 평온한 죽음이라는 무시간의 상태를 떠나 발버둥 치며 시간 속으로 돌아와야 했는지는 아직 설명하지 않았다. 그러나 우리는 이 진혼곡에서 말하고자 하는 것이 죽음이 아니고, 심지어 진정으로 죽은 벗을 애도하고 그리워하는 것도 아니며, 릴케는 죽음과 삶을 통해 우리가 삶에 관해 얼마나 많은 오해와 착각을 할 수 있는지 일깨워 주려고 한다는 것을 점점 더 분명히 알 수 있다. 그리고 그는 우리에게 우리의 내면이 '존재함'이 아닌 '부재함'을 깨닫게 해 주려 한다. 우리가 이 '부재함'을 깨닫기 시작한다면 자연히 삶에 전혀 다른 관점을 가지고 다른 방식으로 받아들이게 될 것이다.

「벗을 위한 레퀴엠」을 이어서 읽기 전에 다시 길을 틀어서 릴케의 다른 작품을 읽고 이해해 보도록 하자. 바로 『젊은 시인에게 보내는 편지』다.

이 책은 1929년에 출판되었는데, 릴케가 이 책의 출판에 동의했는지는 알 수 없다. 이 책은 널리 유통되었고 중국어로도 번역 출간되었다. 책에는 릴케가 한 사람에게 보낸 열 통의 편지가 수록되어 있다. 첫 번째 편지는 1903년 2월 17일에, 마지막 편지는 1908년 12월 26일에 쓴 것으로 프란츠 크사버 카푸스Franz Xaver Kappus라는 젊은이에게 보낸 것이다. 릴케가 첫 번째 편지를 보냈을 당시 카푸스는 스무 살이 채 되지 않은 나이였다.

릴케의 답장을 통해 우리는 카푸스가 릴케에게 편지를 보내면서 자기가 쓴 시를 동봉해 지도를 청했다는 것을 알 수 있다. 따라서 릴케는 명확한 태도, 즉 한 시인이 후배 시인을 대하는 태도로 시에 관해 그리고 인생에 관해 이야기했다. 릴케는 편지에서 아주 풍부한 내용을 허심탄회하게 이야기했다. 자신과 마찬가지로 시를, 그리고 시인이라는 신분을 진지하게 생각하는 젊은이에게 이야기하는 것이었기 때문이다.

첫 번째 답장에서 릴케는 아주 중요한 조언을 했다. 그는 젊은 시인의 편지를 읽은 다음 아주 엄숙하고 진지하게 쓴 장문의 답장과 함께 젊은 시인이 보낸 시를 돌려보내면서 이렇게 말했다. "나는 당신이 당신의 시에 관해 나에게만 의견을 묻지 않았을 거라는 걸 압니다. 분명히 다른 이에게도 보내 그에게도 의견을 물었겠지요. 당신은 시를 잡지사에도 보냈을 것이고, 잡지사에서 원고를 반송했다면 슬퍼했을 겁니다. 그러나 당신에게 첫 번째 중요한 충고를 하겠습니다. 여러 사람에게 의견을 묻지 마십시오."

릴케는 이 편지에서 그가 이야기하고자 하는 것이 카푸스의 시에 관해서가 아니라, 시란 무엇인가임을 분명히 밝혔다. 만약 릴케가 카푸스의 시에 관해서만 이야기하며 그를 지도했다면 그 편지들은 그렇게 큰 가치를 지니지 못했을 것이다. 그는 시란 무엇인지, 시를 어떻게 써야 하는지에 관해 이야기했다.

시란 외부에서 찾고 구할 수 있는 것이 아니다. 시는 외부에서 찾는 것이 아니라 안으로, 내면으로 파고들어 찾아야 하는 것이다. 그러므로 당신은 반드시 고독해져야 한다. 고독만이 당신의 정신을 깨워 주고 찾을 능력을 갖추게 해 준다. 고독을 언급할 때 릴케가 즐겨 쓰는 형용사가 있는데, 중국어로는 '광대한' 정도로 옮길 수 있다. 고독은 당신과 일상생활 그리고 평범한 사람 사이의 거리를 벌려서 당신으로 하여금 세계가 커졌다고 느끼게 한다. 세계가 '광대해'졌다고, 당신이 원래 파악할 수 있는 기준을 넘어섰다고 느끼는 것은 좋은 것이다. 세계가 커지면 당신은 불안해하고 두려워하게 된다. 광대한 세계에 혼자 외롭게 있는 느낌, 남들은 어떻게든 도망치고 싶고 어떻게든 피하고 싶어 하는 이런 상태에 처했을 때, 당신은 그 속에서 긍정적인 의미를 깨달을 수 있는가?

릴케의 표현에 따르면, 당신과 세계 사이를 이렇게 광대한 거리로 벌려야만 당신은 자신과 시 사이에 '필연적'인 연결고리가 있는지 찾을 수 있다. 누군가 시를 쓰려고 할 때 가장 중요한 것은 I must, '반드시 해야 한다'고 느끼는 것이다.

젊은 시절, 시라는 것을 대할 때 우리는 모두 릴케의 신도였다. 왜 시를 쓰는가? 자신이 창작자라는 것을, 시인이 되고 싶다는 것을 언제 알 수 있는가? 내 답은 아주 단순하며 명확하게 서양의 현대시 전통에서 이어져 내려온 것과 같다. '쓰지 않으면 죽을 것 같다고 느낄 때.' 이렇게 느낀다면 당신은 창작자다. 만약 시를 쓰지 않는 것이 당신에게 견딜 수 없는 일로 느껴진다면, 시를 반드시 써야 한다고 느낀다면, 당신은 시인이 될 것이다.

릴케는 젊은 시인에게 말한다. "어느 날 시 쓰는 것을 금지당한다면 어떤 느낌일지 상상해 보세요. 만약 누군가 당신이 시 쓰는 것을 금지하는 일을 상상할 수도, 받아들일 수도 없다면 당신에게는 시인이 될 기회가 있을 겁니다." 그리고 일단 당신과 시 사이의 관계가 '반드시 해야 하는' 관계라는 것을 알게 되고, 시를 쓰지 않으면 더 이상 자신이 아니게 되고, 살아갈 수 없다는 것을 알게 된다면 당신은 자연스럽게 자신의 내면에서 시를 발굴하게 될 것이다.

반대로 이런 강렬한 느낌을 받지 못하고 시나 문학 혹은 창작이 그저 별것 아니며 있어도 그만, 없어도 그만인 것뿐이라면, 가끔은 재미 삼아 두어 줄 글을 써 보고, 가끔은 남이 글을 쓰는 것이 재미있어 보여서 자기가 써 보는 것도 나쁘지 않겠다고 생각하는 것뿐이라면, 심지어 가끔은 요청을 받아 대충 쓰기도 한다면…… 그렇다면, 릴케가 보기에 당신은 시를 어떻게 써야 하는지 영영 알 수 없는 사람이다. 비록 당신이 시 같은 문장을 써냈다 하더라도 그 시는 진정으로 '당신의 것'이 아니다. 그것은 당신이 내면에서 발굴한 것이 아니기 때문이다.

43

예전에 피아니스트 스티븐 코바세비치Stephen Kovacevich가 타이완에 온 적이 있다. 그를 초청한 주최 측에서 기자간담회를 열었다. 그가 타이완 연주회에서 연주할 곡 중에 베토벤의 『피아노 소나타 31번: 작품 번호 110』이 있어서, 그는 기자간담회에서 베토벤의 후기 피아노 소나타에 관해 분석했다.

그는 특별히 독일어의 'innig'라는 단어로 베토벤의 후기 피아노 소나타를 형용했다. 'innig'를 간단히 번역하면 '내면적인'이라는 뜻으로 영어의 'inner'(내부의)와 비슷하다. 그러나 그는 'inner'가 아니라 'innig'라는 단어를 썼다. 이 두 단어 사이에는 확실히 미묘한 차이가 있다. 영어의 inner 혹은 중국어의 '內在的'은 기본적으로 장소, 위치를 가리키며 바깥이 아니라 안에 있음을 표현한다. 그러나 독일어의 'innig'는 이런 '장소' 외에도 방향과 동작의 의미를 더 내포하고 있다. '내부'(안쪽)의 의미뿐만 아니라 '안쪽을 향한', '안쪽으로 가는'이라는 의미도 가지고 있다. 상태에 관한 묘사에 동작의 지시가 더해진 것이다.

코바세비치는 베토벤의 후기 피아노 소나타는 안에서 밖으로 발산하고 표현하는 것이 아니라, 그 반대로 밖에서 안으로 탐색하고 발굴하는 것이라고 설명하려 한 것이다. 따라서 이런 곡을 연주하는 경험은 베토벤의 초기나 중기 피아노 소나타를 포함한 다른 곡들을 연주할 때와 매우 다르다고도 했다.

베토벤의 피아노 소나타 중 마지막 다섯 곡은 연주하기 대단히 어렵다. 기교적인 면이나 음악적인 면에서 어렵다는 것도 아니고, 이해하거나 해석하기에 어렵다는 것도 아니다. 그보다는 더 근본적으로, 다른 곡과는 달리 음악과 연주자 사이에 반드시 어떤 다른 관계가 있어야 하기에 어려운 것이다. 본질적으로 보면 이 곡들은 연주자가 음악과 감정을 표현하게 하는 곡이 아니고 연주자에게 연주하는 즐거움을 줄 수 있는 곡은 더더욱 아니다.

코바세비치는 정확한 방식으로 이 곡들을 연주한다면 '천식'asthmatic 같은 느낌을 받게 된다고 특별히 강조했다. 천식 같은 느낌이란 천식 발작이 일어났을 때처럼 숨을 쉴 수 없는 고통을 말하는 것이다. 모든 힘이 안쪽을 향해 당신을 압박해 폐 속에 공기가 희박하다고 느끼게 한다. 그래서 숨을 아무리 힘껏 들이쉬어도 충분한 공기를 들이마실 수 없고, 숨 한 모금을 힘껏 들이쉬고 나면 두려움에 빠져 다음 숨 한 모금이 어디에 있는지, 다음 모금이 있기는 한지도 알 수 없다. 이런 상황에서만이 베토벤의 의도대로 그 곡들을 표현할 수 있다.

코바세비치는 베토벤 후기 소나타와 슈베르트 후기 소나타의 공통점에 관해서도 이야기했다. 그는 베토벤의 소나타 중 마지막 다섯 곡과 슈베르트의 소나타 중 마지막 세 곡을 연주하는 것은 크나큰 도전이라고 했다. 이 곡들을 연주할 때는 피아노 소리를 멀리까지 보낸다고 상상할 수 없기 때문이다. 보편적인 연주 방식은 피아노를 기점으로 연주된 소리가 발산되어 콘서트홀 관중석으로 전해져 관중이 소리를 듣게 한다고 자연스럽게 상상하는 방식이다. 연주자는 콘서트홀 마지막 줄 가장 구석에 앉은 청중까지 전부 음악을 또렷하게 듣고 감동하게 하려고 노력한다.

그러나 이런 '정상적'인 연주 방법은 안에서 밖으로 나가는 것이지 '안쪽을 향한' 것이 아니므로, 이 곡들의 내재적인 정신과 방향에 어긋난다. '안쪽의' 정신에 충실하려면 반드시 연주 방법을 바꾸어 음악을 밖으로 내보내는 것이 아니라 어떻게든 청중을 빨아들여야 한다. 음악은 '안쪽으로 가는' 힘을 지녀야 한다. 청중들이 좌석에 편안하게 기대앉아 있지 못하고 몸을 앞으로 기울여, 음악의 근원에 더 가까워지고 싶어서 참을 수 없게, 간절하게 몸을 날려 피아노 속으로 들어가고 싶어지게 만들어야 한다.

Innig, 감정의 방향을 밖이 아니라 안으로 향하게 하는 것은 바로 릴케가 청년 시인에게 해 준 가장 중요한 지도이기도 했다. 중국어에서 우리는 글 혹은 시가 뭔가를 '표현한다'고 말한다. '표현한다'는 것은 원래 안에 있던 것을 밖으로 꺼내는 것이다. 릴케는 우리에게 시는 '표현하는' 것이 아니라고 알려 준다. 안에 있던 것을 밖으로 꺼내 보여 주는 것은 릴케의 마음속에 있는 그런 시가 아니다. 시의 방향은 반대다. 시의 문장은 시인의 내면을 밖으로 드러내 사람들에게 보여 주는 것이 아니다. 그보다는 차라리 갖가지 암시와 유인과 초대를 통해 독자를 점점 더 가까이 끌어당겨, 끝내 시인의 삶과 생각의 맨 밑바닥, 가장 깊은 곳까지 끌고 오는 것이라고 해야 한다. 시는 선풍기가 아니라 진공청소기다. 그래서 시인은 자신의 내면에 무엇이 있는지를 먼저 알아야 한다.

코바세비치는 타이완에서 연주회를 열었을 뿐만 아니

라 강좌도 진행했다. 그 강좌를 들으러 온 이들은 당연히 젊은 피아노 전공자들이었다. 어디서 진행된 것이든 간에 코바세비치의 강좌에는 한 가지 분명한 금지 항목이 있었다. 바로 강좌에서 베토벤의 후기 소나타 다섯 곡을 다루지 않는다는 것이었다. 그는 젊은이들이 이 곡들을 '안쪽을 향하는' 방식으로 연주할 수 있을 거라고 생각하지 않아서, 젊은이들이 틀린 방식으로 이 곡들을 연주하는 것을 듣고 싶지 않았다. 타이베이에서 열린 강좌의 자유 질의응답 시간에 누군가가 "그러면 연주자는 언제, 어떤 조건을 갖춰야 이 후기 걸작인 다섯 곡에 관한 공부를 시작할 수 있을까요?"라고 질문하자 그는 대답했다. "You must be in love."

　현장에서 코바세비치의 통역을 맡은 타이완의 피아니스트 천관위陳冠宇는 이 말을 "당신이 연애를 할 때입니다"라고 통역했다. 그러나 이어진 코바세비치의 설명을 들은 천관위는 자신이 잘못 통역했다는 것을 깨닫고 난처해했다. 코바세비치의 말은 '연애를 해야 한다'라는 뜻이 아니라 '이 곡들과 정말로 사랑에 빠져야 한다'라는 뜻이었다. 이 곡들은 다른 곡들과 달라서, '좋아한다'는 마음만으로는 그런 음악적 세계에 들어가기에 부족하다. 반드시 가장 깊고 절실한 감정, 즉 사랑을 동원해야만 당신은 이 곡들을 연주할 때의 압박감을 견디고, 숨 쉴 수 없는 고통을 겪으면서도 이런 음악과 함께하기를 원하고, 이런 음악이 당신의 내면으로 들어오기를 원하게 될 것이다. 즐겁기 때문에, 좋아하기 때문에가 아니라 그것이 없으면 안 되기 때문에 그렇게 하게 될 것이다. 이런 생각은 바로 릴케가 말한 'I must'와 일치한다.

44

『젊은 시인에게 보내는 편지』에서 릴케는 "당신은 시를 '좋아'하기만 하는 게 아니라 반드시 '사랑'해야 합니다. 시 속의 어떤 특별한 부분은 '사랑'이 있어야만 닿을 수 있고, '사랑'이 있어야만 파악할 수 있습니다. '사랑'이 있어야만 알맞은 방식으로 시를 대할 수 있습니다"라고 말했다. '사랑'을 동원해야만 시와 우리 사이의 관계를 구체적이고 정확하게 판단할 수 있고, 시를 대하는 알맞은 방식을 찾을 수 있다는 말이다.

릴케는 청년 시인에게 삶의 진정한 '필요'를 찾아내라고, 그것이 시의 기원이라고 강조한다. 시가 당신 삶, 당신 인생에서 '필요'에 그치지 않는 방식으로 시를 대한다면, 시는 당신의 삶에서 도대체 무엇이 진정으로 없어서는 안

되는지 알려 줄 것이다.

삶에서 어떤 것이 죽음보다 견디기 힘든지 생각해 본 적이 있는가? 삶에서 때로 이런 시야를 가지고, 이런 관점에서 자신과 세계를 바라볼 필요가 있지 않을까? "죽음은 어려운가요? 아니면 쉬운가요?" 헤밍웨이의 소설 『우리들의 시대에』에서 닉이라는 소년이 아버지에게 이런 질문을 했던 것을 기억하는 이가 있을지도 모르겠다. 닉의 아버지는 대답했다. "상황에 따라 다르다." 어찌 보면 이 대답은 대충 얼버무리는 것처럼 느껴진다. 죽음이 어떤 때는 어렵고 어떤 때는 쉽다니, 대답하지 않은 거나 마찬가지 아닌가? 그러나 다른 관점에서 보면 이 대답은 가장 솔직하고 정확한 대답이다.

"상황에 따라 다르다." 그건 당신이 어떤 삶을 살고 있는지, 당신 삶의 목록에 죽음보다 더 중요한 사람이나 일이 있는지에 따라 다르다. 그건 정말로 상대적인 것이다. 어떤 이의 삶에 죽음보다 더 견디기 힘든 것이 없다면 그에게는 당연히 죽음이 가장 어려운 것이다. 그에 비해 어떤 이는 차라리 죽을지언정 어떤 원칙을 위반할 수 없다고 생각한다면, 죽을지언정 어떤 사람 혹은 사물을 포기할 수 없다면, 그런 '죽음보다 더 견디기 힘든' 것들의 목록이 점점 더 길어질수록 죽음은 그에게 더욱 쉬운 일이 될 것이다.

　우리는 때때로 이렇게 죽음보다 더 중요한 사람을, 일을, 사물을 찾아봐야 하지 않을까? 죽음 그 자체만이 가장 두려워서 어떻게 해서든 간신히라도 살아가는 것이 낫다면, 자연히 우리의 삶에 어떤 고귀하고 대단한 추구는 없을 것이고 우리는 반드시 계속 살아가야 할 것이다.

　45
야셴*의 시 중에「노래의 안단테처럼」如歌的行板이라는 명시가 있다. 형식 면에서 이 시의 가장 큰 특징은 앞부분 두 연의 모든 행을 '~의 필요'라고 끝맺는다는 점이다.

　상냥할 필요
　긍정적일 필요
　약간의 술과 목서꽃의 필요
　한 여자가 걸어가는 걸 진지하게 바라볼 필요
　당신은 헤밍웨이가 아니라는 최소한의 인식을 가질 필요
　유럽 대전, 비, 캐넌 대포, 날씨와 적십자사의 필요

　산책의 필요

---

* 瘂弦(1932~). 타이완의 시인. 허난성 난양(南陽)에서 출생하였으며 1949년에 국민당 군대에 입대해 타이완으로 이주하였다.

개를 산책시킬 필요

박하차의 필요

매일 저녁 7시 정각에 증권 거래소 저쪽 끝에서

풀처럼 흩날려 떠오르는 헛소문의 필요. 유리문을 빙빙 돌
릴 필요. 페니실린의 필요. 암살의 필요. 석간신문의 필요
긴 플란넬 바지를 입을 필요. 마권의 필요

고모의 유산을 물려받을 필요

베란다, 바다, 미소의 필요

나른하게 늘어질 필요

이렇게 두드러지게 눈에 띄는 중복의 문법에는 자기
삶의 '필요' 목록을 정리함으로써 자기 인식과 자기 이해를
펼쳐 보라는 릴케의 지시가 담겨 있다. 당신은 누구인가?
당신은 당신의 '필요' 목록이다. 릴케는 이 일에 관해 더없
이 진지하고 심각하게 이야기했다. 반면에 야셴은 유머러
스하고 아이러니한 태도로 진지하게 받아들여야 할지 아
니면 농담으로 보아야 할지 알 수 없는 '필요' 목록을 나열
했다.

도입부의 "상냥할 필요/긍정적일 필요"는 '필요'할 만

해 보인다. '상냥함'과 '긍정적임'은 확실히 인생의 바람직한 가치이므로 강조할 만하다. 그러나 다음 행인 "약간의 술과 목서꽃의 필요"는 그리 당연하지는 않다. '술'과 '꽃'은 일반적으로 삶의 필수품으로 여겨지는 것들이 아니다. 더군다나 우리에게 익숙하지 않은 '목서꽃'에 '약간의'라는 말까지 더해지다니. '약간의'와 '필요'는 의미상 그다지 맞지 않는다.

그다음은 더 황당하다. "한 여자가 걸어가는 걸 진지하게 바라볼 필요"라니, 이게 무슨 '필요'란 말인가! 그리고 "당신은 헤밍웨이가 아니라는 최소한의 인식을 가질 필요"라니, 이건 또 무슨 '필요'인가! 그러면 우리는 이 문장들을 시인이 농담하는 것으로, 아무렇게나 주워섬기며 허튼소리를 하는 거로 생각해야 할까? 기다려 보라. 우리가 이것을 그저 농담으로 생각하려는 그때, 이런 문장은 사라지지 않고 계속 맴돌며 곱씹어볼 만하게 느껴진다. "당신은 헤밍웨이가 아니라는 최소한의 인식을 가질 필요." 헤밍웨이의 소설을 읽고 아주 단순하다고 생각하면서 이렇게 단순한 소설은 나도 쓸 수 있겠다고 생각한 사람이 얼마나 많겠는가! 헤밍웨이처럼 소설을 쓸 수 있겠다고 생각한 그 많은 사람 중에서 헤밍웨이만큼 좋은 작품을 쓴 사람은 또 얼마나 되겠는가? 사람은 자신을 제대로 아는 것이 가장 중요하다. 그뿐만이 아니라 자기가 헤밍웨이가 아니라는 걸 알아야만 당신은 헤밍웨이를 감상하는 방법을 알게 되고 원래는 느끼지 못했던 맛을 느끼게 된다. 적어도 소설의 맛을 느끼려면 "당신은 헤밍웨이가 아니라는 최소한의 인식"에서 출발해야 하고, 적어도 "당신은 헤밍웨이가 아니라는 최소한의 인식"을 가져야만 재능을 펴지 못하고 있다는 자기 연민에서 벗어날 수 있다. 언뜻 보기에는 농담 같은 문장이지만, 실제로는 생각할 거리를 던져 주는 진리가 담겨 있는 듯하다.

그리고 제1연은 "유럽 대전, 비, 캐넌 대포, 날씨와 적십자사의 필요"라는 문장으로 끝난다. 여기에 나열된 명사와 이미지들은 명확하게 제1차 세계대전을 가리킨다. 수백만 명의 목숨을 빼앗은 그런 전쟁이 '필요'하다는 것은 웃으면서 읽을 만한 말이 아니다. 그것은 무겁고 침통한 반어법이다. 이 '필요'는 사람의 선택에서 온 것이 아니라 선택의 여지가 없이 거대한 집단적 비극 속으로 끌려 들어간 '필요'이다.

'~의 필요', 'you must' 혹은 'I must'라는 말은 얼마나 강렬한 명령의 어조를 띠고 있는가. 그러나 야셴이 '~의 필요'라는 말로 나열한 것들은 반대로 그다지 '필요' 없는, 그 '필요'가 확실하지 않은 항목들이다. 그러므로 시인은 그가 선택한 '필요'를 당신이 받아들이기를 바라는 것이 아니다. 그보다는 당신의 마음속에 '도대체 무엇이 '필요'한가?' 하는 의문을 심으려는 것이다. 그리고 이 의문 뒤에는 분명히 또 다른 일련의 의문, 바로 '그렇다면 내 삶의 필요는 어떤 것들인가? 당신은 자신의 필요를 찾아낼 수 있는가? 어떤 방법으로 찾아냈는가? 당신의 필요와 다른 사람의 필요는 같은가? 특별히 당신에게만 속한, 당신이 찾아내 고수하는 필요는 어느 것인가?'라는 의문들이 생겨날 것이다.

당신은 자기 삶의 '필요'를 상상하고 찾아볼 능력과 용기가 있는가? 당신은 자기가 선택한 '필요'가 어떻게 온 것인지 이해할 수 있는가? 왜 저것이 아니고 이것인가? 이런 방식으로 읽어 보면 본래는 가볍고 농담처럼 느껴졌던 시구에서 특별한 무게가 느껴진다. "약간의 술과 목서꽃의 필요/ 한 여자가 걸어가는 걸 진지하게 바라볼 필요/ 당신은 헤밍웨이가 아니라는 최소한의 인식을 가질 필요" 이 세 문장은 서로 다른 세 부류의 사람, 세 부류의 인격, 혹은 세 부류의 삶의 정서를 가리킨다.

"약간의 술과 목서꽃"을 삶의 '필요'로 보는 사람은 어떤 사람일까? 그게 없으면 죽는 것보다 더 괴로운 '필요'일까? 그런 사람은 분명히 우리와는 완전히 다른 사람일 것이다. 만약 우리가 "한 여자가 걸어가는 걸 진지하게 바라"보는 것이 진정한 '필요'인 사람을 알게 되고 이해할 수 있다면, 우리는 삶에 대한 본래의 이해와 체험을 확장해 더 넓은 시야로 삶을 대할 가능성을 얻을 것이다. 만약 우리가 천신만고 끝에 "헤밍웨이가 아니라는 최소한의 인식"이 '필요'하다는 것을 진심으로 느낀 사람을 알게 된다면, 우리는 창작이란 무엇인가, 예술이란 무엇인가, 예술에서의 독창성의 존엄과 견지란 무엇인가에 관해 더 깊이 파악할 수 있을 것이다.

46

이것이 바로 릴케 이후, 시인들이 우리에게 안겨 준 훈련 과제이다. 그 근원은 한마디로 말하면 결국 소크라테스의 "성찰하지 않는 삶은 살 가치가 없다"라는 말이다. 중요한 점은 그 '성찰'의 방법이 철학자가 제시하고 제안한 것과는 매우 다르다는 것이다.

　철학자는 '이것은 진리인가?' '이것은 논리에 부합하는가?' '이것은 옳은가?' '이것은 당신이 정말로 분명하고 명확하게 깨달은 것인가?' 등등을 반복해서 질문한다. 반면에 시인은 당신이 우선 '이것은 당신의 것인가?'라는 단하나의 질문을 성실하게 마주하게 한다. 당신은 삶에서 철저하게 자신에게 진실하기 위해 '필요한' 것이 무엇인지 정확히 아는가? 시인은, 사람이 그 자신이 될 수 있는 것은 그 사람만의 독특한 '필요'에 따른 선택의 결과라고 주장한다. 어떤 것을 포기할 수 없는지, 어떤 것이 없어서는 안 되는 것인지가 그가 어떤 사람인지를 결정한다.

'필요'를 어떻게 찾고 이해해야 할까? 나에게 있어 포기할 수 없는 것, 없어서는 안 될 것이 무엇인지를 어떻게 알 수 있을까? 릴케는 우리에게 그것을 수련할 방법도 제시해 주었다. 바로 '결핍'을 상상하는 것이다. 달리 말하면, 결국 그가 이토록 신경 쓰는 체험, 바로 '부재'를 체험하는 것으로 돌아간다.

따라서 릴케에게는 '부재'가 반드시 부정적인 것이 아니다. 우리는 '부재'를 통해 비로소 '필요'를 얻게 된다. '부재'를 체험할 능력이 없는 사람은 자신의 삶을 평가할 수 없고, 삶 속 사물들의 상대적인 중요성을 이해할 수 없다. 많은 사람은 무언가 잃어버린 후에야 강렬한 상실감과 후회를 느낀다. 그것은 그들이 '존재함'의 방식으로만 체험할 수 있기 때문이다. 그곳에 사람이 존재하고 사랑이 존재하고 경험이 존재한다. 그저 존재하고 소유하기만 할 뿐이라면 이 사람이, 이 사랑이, 이 경험이 가벼운지 무거운지, 표면적인지 심오한지 말할 수 없다. 당신은 상상해야 한다. 아니, 상상하는 것만으로는 부족하다. 당신은 방법을 찾아 이 사람이, 이 사랑이, 이 경험이 사라진다면, 없어진다면 어떨지 체험해 봐야 한다. 사람 혹은 사랑 혹은 경험이 아직 존재할 때, 긍정적인 방법으로 그 소실과 결핍과 부재를 체험하는 방법을 알아야만 우리는 판단할 능력을 갖추게 되어 매번 놓치고 잘못 판단하고 되돌릴 수 없을 때야 홀로 후회하지 않을 수 있을 것이다.

부정적인 방식으로 '부재'를 대하면 우리는 '부재'에서 습관적으로 도피하게 된다. 세속적인 지혜가 권하는 것처럼 적극적으로 우리의 손안에 있는 것을 보고, 손안의 것을 소중히 여긴다면, 아이러니하게도 계속 손안에 가진 것만을 본다면, 오히려 정말로 소중히 여길 수 없게 된다. 그것이 없어지면 어떨지도 모르는데 어떻게 소중히 여길 수 있겠는가? 그 상실과 부재를 상상하거나 느껴 보지 않았는데, 얼마나 소중히 여길 수 있겠는가?

시인은 이렇게 우리에게 자기의 삶을 더욱 진지하게

대하는 비결을 가르쳐 준다. 생각하고, 찾아보고, 삶의 '필요' 목록을 작성해 보라. 그것이 어떤 목록이 될지 보라. 개성적인가? 독특한가? 당신을 다른 이들과 다르게 해 주기에 충분한 부분이 있는가?

릴케는 청년 시인에게 사랑의 시를 쓰지 말라고 타이른다. 사랑의 시는 너무 많고 이미 거듭거듭 우려내어진 형식이다. 사랑의 시가 너무 많아서 사랑의 시를 쓰는 사람은 남의 언어를 모방하고 차용하기 쉬우며 동시에 남의 감정을 모방하고 차용하게 된다. 아이러니하게도 사랑의 시로써 사랑을 표현하고 사랑을 소중히 여기려 하면, 오히려 당신에게 이 사랑이 가지는 독특한 의미를 빼앗기게 된다. 사랑의 시는 이 사랑이 다른 이의 사랑과 같아지게 해 당신 삶의 '필요'가 아니게 만들고, 그 절대적인 '필요'의 무게를 잃게 한다.

47

『젊은 시인에게 보내는 편지』에서 릴케는 청년 시인에게 자신이 '창조자'라는 사실을 계속 의식하라고 말한다. 릴케가 말한 내향적인 가치에 따르면, 자신이 '창조자'임을 의식한다는 것은 내가 이 세계를 위해 무엇을 창조할 수 있는가를 계속 생각하라는 뜻이 아니라 나는 어째서 '창조'할 수 있는가? 하고 질문하라는 뜻이다.

이에 대한 릴케의 답은 "왜냐하면 당신은 내면의 세계를 가지고 있기 때문에"이다. 당신의 생명 속에 세계가 없다면 당신은 아무것도 창조할 수 없다.

그는 청년 시인에게 우선은 남에게 속한 풍부한 재산을, 가령 이미 수천수만 편의 고전 작품이 널리 전해 온 사랑의 시 같은 것을 접하지 말라고 충고한다. 당신은 외부 세계를 향해서 이미 존재하는 양분을 섭취하는 일을 반드시 멈춰야 한다. 당신은 반드시 고독해야 한다. 고독하다는 것은 외부 세계에 이미 존재하는 모든 것이 당신이 필요로 하는 것이 아니고 당신의 것이 아님을 당신이 느꼈다는 것을 의미한다. 이런 깨달음이 있어야만 당신은 자신에게 속한, 당신에게만 속한 세계를 발굴하고 구축할 수 있다.

고독할 때 자신의 관점에서 출발해 보면, 외부 세계는 전부 텅 비었거나 혹은 최소한 그 사이에 뛰어넘을 수 있는 거리가 존재한다. 당신은 더 이상 풍부한 존재에 둘러싸여 도처에서 양분을 흡수할 수 없다. 그 '존재'는 모두 '부재'로 변했다. 세계는 당신을 떠났고 당신 혼자만 남았다.

이탈리아의 영화감독 펠리니는 "혼자 살면서 자신에

게 독립적인 공간을, 자유를 주는 것. 이것은 사람들이 말로는 '원한다'라고 하면서도 실제로는 두려워하는 일이다. 사람이 세상을 살아가면서 혼자 산다는 것보다 더 두려운 것은 없다. (……) 사람들은 고요한 것을 두려워하고, 혼자서 생각하고 혼자서 긴 독백을 할 때의 침묵을 두려워한다"라고 말했다. 사람이 혼자 있는 것을 두려워하는 이유는 혼자만 남았을 때 내면으로 파고드는 것을 견디기 힘들기 때문이다. 혼자서 고독할 때 우리는 겉으로 드러난 떠들썩함을 벗겨 내고 나면 사실 자신이 얼마나 내면으로 파고드는 것을 견디지 못하는지 어쩔 수 없이 깨닫게 된다.

펠리니가 부정적인 방식으로 경고한 반면, 릴케는 긍정적인 방식으로 청년 시인에게 충고한다. 고독할 때, 세계와의 사이에 거리가 생겼을 때야 당신은 비로소 자신에게 어떤 발굴할 만한 가치 있는 것이 있는지 알 수 있다고. 외부에 언제든지 편리하게 손에 넣을 수 있는 이미 존재하는 것들이 아주 많다고 느낄 때는 오히려 당신은 자기 생명의 내면이 도대체 무엇이며 무엇을 가지고 있는지를 제대로 바라보고 헤아릴 수 없다.

릴케는 청년 시인에게 묻는다. "상상해 보세요. 당신이 감옥에 갇혀 주위에 아무것도 없고, 심지어 아무것도 볼 수도 들을 수도 없고, 당신 옆에는 종이와 펜밖에 없어요. 그럴 때 당신은 무엇을 쓰겠습니까?"

뉴스도 정보도 없고, 인터넷도 책도 친구도 일도 없고, 아무런 활동도 없을 때 당신은 무엇을 쓸 수 있는가? 그럴 때도 당신은 쓸 수 있는가? 아니면 당신은 이때가 가장 아름다운 순간이라는, 릴케가 전하고자 하던 깨달음을 얻을 수 있는가? 의지할 수 있는 모든 외부 세계의 자원을 끊어 낸다면 당신은 자신에게 실은 줄곧 숨겨져 있던, 잊혀 왔던 어떤 원천이 존재한다는 것을 알게 될 거라는 깨달음을.

릴케는 어떤 것들, 예를 들어 유년 시절과 추억 같은 것은 사람들이 자연히 가지고 있는 것이라고 믿는다. 다만 외부 세계의 떠들썩하고 소란스러운 소리에 비해 이런 소리는 너무나 가냘프고 섬세해서 듣기 어려울 뿐이다. 외부 세계와 단절되면 이런 소리는 모처럼 얻은 고요 속에서 크게 들릴 수 있다.

이렇게 스스로를 파고들어 자신이 어떤 내면세계를 가졌는지 확인한다면 당신은 곧 시인이 될 수 있다. 그러나 진정한 시인이 되기 전에 당신은 다른, 특이한 관문을 넘어야 한다. 우선 시인이 되고 싶다는 주관적인 생각을 먼저 거부하고, 먼저 던져 버려야 한다는 것이다.

당신은 우선 힘껏 시를 버리고 온 힘을 다해 시와 그리고 시가 추구하는 것과 멀어져야 한다. 그래야만 당신과 시 사이의 진정한 관계를 확실히 정할 수 있다. 당신은 정말로 그렇게 시를 필요로 하는가? 당신을 매료시키고 끌어당기는 것은 시 자체인가, 아니면 외부적인 다른 조건이나 요소인가? 이 물음과 함께 고독을 체험하고 내면세계를 체험하고 나면 당신은 반드시 외부 세계와 밀접하게 왕래하는 상태로 돌아가서 비교해 볼 기회를 얻어야 한다.

시를 포기할 수 있는가? 포기한 상황에서도 시가 여전히 사라지지 않고 남아서 몇 번이고 당신의 삶으로 돌아오는가? 당신이 포기했는데도 의식하지 않은 상황에서 돌아온다면 그런 시는 당신이 주관적으로 추구하는 시와는 전혀 다를 것이다. 더욱 진실하고, 더욱 깊을 것이다.

48

앞에서 인용한 『말테의 수기』에서 릴케는 시란 정서나 감정이 아니라 경험이고 체험이라고 강조했다. 시는 평범하고 일상적인 경험이 아니다. 일상적인 경험을 독특한 방식으로 정리한 결과물이다. 그 방식은 경험을 잘 가라앉혀서 버릴 것을 골라내는 것이다. 거절과 포기와 망각을 수단으로 삼아 그 과정에서 우연한 것을 체로 쳐서 버리고 거절할 수 없고, 포기할 수 없고, 망각할 수 없는 필연적인 부분을 남기는 것이다. 본래는 난잡했던 경험이 이를 통해 긴밀하게 연결된 논리 구조로 변해 시의 논리를 따르게 된다.

달리 말하면, 이런 경험들을 이렇게 세밀하게 정리해 서로 긴밀하게 연결하는 것이다. 마치 운명처럼.

중요하지 않은 경험은 없습니다. 가장 작은 사건조차 운명처럼 전개되지요. 운명 자체가 화려하고 커다란 채색 비단처럼, 실 한 올 한 올이 모두 지극히 따스하고 부드러운 손에 이끌려 다른 실 옆에 정확하게 다다라, 서로 다른 수백 가닥의 실과 함께 서로를 지탱합니다.

시인은 시를 통해 평범한 사람과 다른 삶을 산다. 시인은 경험 속에 우연이 없어질 때까지 쉬지 않고 계속해서 경험을 정리한다. 아무리 작은 사건이라도 이 자아 세계의 체계 속에 놓이면 의심할 여지 없이 확실한 의미를 지니게 된다. 평범한 생활 속에서는 극소수의 사건만이 의미가 있고 계속해서 연결되며 발전한다. 절대다수는 중요하지 않은 것으로, 지나가면 그뿐 배가 지나가도 물 위에 흔적이 남지 않는 것처럼 우연하고 우발적인 것이다. 시인은 자신의 삶을 운명처럼 산다. 갖가지 경험과 각종 사건이 긴밀하게 연결되어 서로 호응하고 서로 영향을 끼친다.

시인은 시를 쓴다. 그러나 시인으로서 시 쓰기보다 중요한 것이 있다. 바로 시를 통해 삶을 정리할 수 있다는 것, 특별한 방법을 찾아내 삶을 정리해서 우연을 벗어나 운명과도 같은 필연 속에 빠질 수 있다는 것이다. 시인은 자신의 내면세계를 구축한다. 평범한 사람 대부분의 내면은 혼란스럽다. 아무것도 없는 것은 아니지만 그것으로 세계를 이룰 수 없다. 그런 혼란 속에서는 어떤 사물도 창조할 수 없다.

당신은 반드시 당신의 삶을 '당신이 이해할 수 있는 정도를 초월할 때까지'beyond your understanding 계속 정리해야 한다. 직물 바로 가까이에서 일하는 직공처럼 무늬가 들어간 커다란 직물 앞에 서서 지금 엮어지고 있는 실 몇 가닥이나 작은 귀퉁이만 들여다보고 있다면 당신은 패턴의 전체적인 질서와 아름다움을 볼 수 없다. 직물의 소재는 당신의 삶에서 왔지만 당신은 시를, 시가 당신에게 준 특별한 관점을 통해야만 정리된 삶의 패턴을, 그리고 삶의 질서와 아름다움을 볼 수 있다.

릴케는 한발 더 나아가 청년 시인에게 시와 '이해'는 대립하는 것이라고 말한다. 시의 역할은 우리가 '이해'를 초월하고 뛰어넘게 해서 '이해'보다 더욱 광활하고 복잡한 광경을 펼쳐 주는 것이라고. 그렇다. 그는 이상한 일을 하고 있다. 청년 시인에게 시란 이해할 수 없는 것임을 이해시키려 한다. 혹은 사람들에게 당신들이 시를 이해할 수 없다고 느끼는 건 당연한 일이라고 알려 주려 한다. 그렇다고 당신이 시를 이해하지 못하는 상태를 당연하게 유지해도 좋다는 뜻은 아니다. 시의 이해에는 정상적인 이해를 초월하는 방식이 있으므로.

49

릴케는 시의 창작은 '망각'을 통해 이뤄진다고 말했다. 그러나 이 '망각'은 일반적으로 말하는 '기억과 망각'이라는 개념 속의 '망각'이 아니다. 릴케는 시의 출현은 반드시 거목의 성장과 같아야 한다며, 나무는 반드시 자기가 자라 온 날짜와 시간을 헤아리는 것을 잊어버려야만 거목으로 성장할 수 있다고 비유를 통해 설명한다. 나무는 자신이 지금까지 며칠 동안, 몇 년 동안 자랐는지, 얼마나 더 지나야 거목이 될 수 있을지 계속 헤아리고 있어서는 안 된다. 나무는 봄의 폭풍우를 맞으면서 여름이 반드시 온다는 사실조차도 알지 못한다. 나무는 앞으로 올 모든 날을, 모든 계절을 헤아릴 수 없다. 헤아릴 방법이 없는 망각한 상태 속에서 여름은 와야 하면 올 것이고, 계절은 바뀌어야 하면 바뀔 것이다. 갑자기, 불현듯, 저도 모르는 사이에, 나무는 거목으로 자라 있을 것이다.

사람의 어린 시절이 왜 그렇게 중요할까? 아무리 가난하더라도 우리는 모두 어린 시절을 간직하고 있다. 어린 시절에 사람은 '이해하지 못하는 지혜'를 지니고 있기 때문이다. 당신은 어린 시절을 기억해야 하고 그 중요한 보물을 소중히 여겨야 한다. 어렸을 때 당신은 이 세상을 이해하지 못했다. 그리고 헤아리기를 잊은 나무처럼 어린 시절의 당신은 이해하려 하지 않았고, 이해할 필요가 있다고 생각하지도 않았다. 이렇게 이해하려 하지 않고 이해해야 할 필요도 없는, 이해하지 못하는 상태로 매 순간을 보낸 날들은 무척 얻기 어려우며 쉽게 사라져 버리는 지혜이다.

어린 시절에 아이들은 그들을 주의 깊게 지켜보는 어른들에게 늘 둘러싸여 있다. 아이들은 고개를 들어 어른을 보면서도 그 어른이 무엇을 하는지 이해해야 한다는 스트레스를 전혀 느끼지 않는다. 그것은 귀중한 시선이고, 귀중한 체험이다. 조금만 더 자라면 이런 시선과 체험은 사라진다.

당신은 어린 시절에 이리저리 오가는 어른의 모습을 바라보던 때의 느낌을 기억할 수 있는가? 당신이 이해하지 못하고 자신이 이해하지 못한다는 이유로 괴로워하지 않기 때문에 당신이 본 것은 순수한 현상 그 자체, 의미의 중개와 해석을 거치지 않은 현상 그 자체이다. 이해할 수 없기에 당신은 필연적으로 모든 것을 현상으로 환원해 그 현상을 직접 체험하고, 외부의 어떤 인도와 도움도 없이 스스로 이 현상들을 엮어 낸다. 당신은 본능적이고 자연적인 직공이다. 이해할 수 없기에 당신은 오히려 본능적이고 자연스러운 자아를 가지게 된다.

시는 이해하는 것이 아니다. 시는 일부러 이해하지 않도록 요구한다. 그런 '이해하지 않음'은 멍청한 척하는 것이 아니라 끊임없는 자아 훈련을 통해 어린 시절이 끝나면서 함께 사라져 버린 '이해하지 않는 지혜'가 돌아오게 하는 것이다. '이해'와 거리를 두는 방법을 알아낼 때까지, 삶의 '이해'를, 어디에나 있는 '있음'을 '부재'로 바꾸는 방법을 알아낼 때까지 반드시 자아를 훈련해야 한다. 남들이 어떤 일을 하는 데에 어떤 목적과 의미가 있다고 생각하든 간에 당신은 그런 목적과 의미를 받아들일 필요 없이 그것들을 모두 현상으로 환원해 당신에게만 속한 삶의 질서를, 당신의 '운명'을 엮어 내는 데 쓸 수 있는 힘을 갖춰야 한다.

50

『젊은 시인에게 보내는 편지』가 출판되었을 때, 카푸스는 「서문」에 이렇게 편지 교환을 하게 된 사정을 밝혔다. 당시 스무 살이 채 되지 않은 카푸스는 군사학교에서 수학 중이었다. 1902년 늦가을에 그는 나무 아래서 릴케의 시집을 읽고 있었는데, 너무 집중한 나머지 한 선생이 다가오는 것도 눈치채지 못했다. 카푸스의 선생이 책의 표지를 보고 그에게 "라이너 마리아 릴케의 책을 읽는 건가?"라고 물었다. 카푸스가 선생에게 책을 건네자 그는 책을 넘겨 보더니 "우리 르네 릴케가 시인이 되었군"이라고 말했다.

"우리 릴케"? 그렇다. 그 선생은 예전에 릴케를 가르친 적이 있었다. 릴케도 어린 시절 군사학교에서 공부하면서 한때는 군인을 미래의 직업으로 꿈꾸기도 했다. 그렇게 감수성이 예민한 그의 성격이 군사학교나 군인과 얼마나 안 맞았겠는가! 그가 성장 과정에서 얼마나 많은 어려움과 충돌을 겪었을지 상상이 된다.

재미있는 것은 그 선생이 릴케의 이름을 두 번 말하면서 각각 다르게 말했다는 것이다. 처음에는 라이너 마리아 릴케라고 했다가 다음에는 르네 릴케라고 했다. 이건 어떻게 된 일일까?

그가 태어났을 때 지어진 이름은 르네 마리아 릴케René Maria Rilke였는데, 나중에 루 살로메가 '르네'라는 그의 프랑스식 이름을 '라이너'Rainer라는 독일식 이름으로 고쳐 주었다. 본래 이름인 '르네 마리아'는 릴케의 어머니가 지은 이름이었다. 이런 이름을 고른 이유는 명백하게 이 두 개의 이름이 모두 중성적이라 남자와 여자가 모두 쓸 수 있는 이름이기 때문이다.

앞에서 릴케가 어렸을 때 한동안 어머니가 그를 딸처럼 길렀다고 말한 바 있다. 그에게 이런 이름을 지어 준 것도 릴케 이전에 있었던 그의 누나가 마치 죽지 않은 것처럼 여기며 어머니가 스스로 위안으로 삼기 위함이었다. 릴케는 성별이 혼란스러운, 양성적인 환경에서 자랐다.

그러나 루 살로메를 만난 후에 르네는 라이너로 바뀌었다. 라이너라는 이름은 남자에게만 쓰이는 이름이다. 상징적인 관점에서 보면 루 살로메는 그에게 새롭게 남성의 정체성을 부여한 것이다. 그러나 이 남성이라는 정체성은 여전히 애매모호하고 명확하지 않았다.

군사학교 선생은 그의 이름을 르네 릴케라고 기억하고 있었다. 그 당시에 그는 미들 네임인 마리아를 거의 사용하지 않고 르네 릴케라고만 썼다. 그러나 맨 앞의 이름을 라이너로 바꾼 후로는 오히려 마리아를 넣어 라이너 마리아 릴케라고 썼다. 그의 내면에서는 한때 그의 몸속에 지녔던 여성적인 특성과 여성의 목소리를 버리고 싶지 않았던 것이다. 그는 완전히 확실한 남성이 되고 싶지 않았다.

『젊은 시인에게 보내는 편지』에서 릴케는 성별, 혹은 성별이 뒤섞이는 문제를 아주 솔직하게 다뤘다. 다른 어떤 시인의 작품에 관해 카푸스와 토론할 때 릴케는 서슴없이 "(그 시인에게는) 남자의 사랑밖에 없습니다. 남자의 사랑은 언제나 사랑이 비뚤어지게 하고, 사랑에 부당한 부담을 지워 사랑이 일그러지게 합니다"라고 비평했다. 릴케의 독일어 원문을 직역하면 "남자의 사랑은 언제나 비뚤어진 사랑이고 부담스러운 사랑이다"라는 뜻이다.

'비뚤어지다'와 '부담'은 연결되어 있다. 사랑에 너무 많은 부담을 지우면 사랑이 비뚤어지기 때문이다. 사랑에 너무 큰 무게를 더해서 원래는 가벼워야 할 사랑이 순수하지 않은 다른 무언가로 변하게 해 버린 것이다.

릴케는 청년 시인에게 '남자'의 방식이 아니라 '인간'의 방식으로 사랑하는 법을 배워야 한다고 특별히 타이른다. '인간'은 남성의 성별을 초월한 것, 달리 말하면 남녀의 성별이 뒤섞인 것이다. 그는 이렇게 말한다.

인간은 어떻게 창조할까요? 창조란 바로 끊임없는 생산, 즉 모성母性입니다. 육체적으로든, 정신적으로든 남자도 모성을 지닐 수 있습니다. 남자는 창조할 때 마치 어머니처럼 자기 내면 가장 깊은 곳의 완전함을 꺼냅니다. 그러니 남자와 여자라는 두 성별은 아마도 사람들이 일반적으로 상상하는 것보다 더욱 가까울지도 모릅니다. 이 세계가 새롭게 활력을 얻으려면 반드시 어떤 특별한 현상을 거쳐야 할 것입니다. 바로 남자와 여자가 모든 잘못된 감정과 잘못된 대립에서 벗어나 서로에게서 반대되지 않는 매력을 찾는 현상 말입니다. 손발처럼, 이웃처럼, 인간의 방식으로 결합해야 합니다. 이렇게 해야만 각자의 몸에 지닌 '성'을 단순하게, 진지하게, 참을성 있게 함께 짊어질 수 있습니다.

20세기 초라는 시대 배경을 고려하면 이것은 실로 놀

라운 선언이다. 남자의 관점에서, 릴케는 남자의 몸 안에도 여자가 있다고 강조한다. 몸 안에 여자가 없다면 남자는 사랑할 능력을 갖출 수 없다. 남자는 너무 무겁기 때문에 남자의 소질만으로는 사랑이 불가능하도록 억압하게 된다. 남자의 방식으로 이 세계를, 다른 사람을 사랑하려 해서는 안 된다. 남자는 우선 여성적인 소질을 찾아내거나 혹은 더 해서 자신을 '인간'으로 환원해야만 사랑을 할 수 있다.

51

릴케는 청년 시인에게 젊은 시절에는 필연적으로 삶에 관한 걱정이 가득하지만 그것이 얼마나 아름다운 걱정인지 알아야 한다고도 말한다.

당신은 무척 젊고, 아직 모든 것이 시작되기 전입니다. 그러니 부디 부탁드립니다. 친애하는 이여, 당신은 해결되지 않은, 해결할 수 없는 모든 사물에 대해 인내심을 가져야 합니다. 문제 그 자체를 사랑하려 해 보십시오. 문제를 마주치면 그 문제를 싫어하거나 두려워하지 말고, 심지어 급히 해답을 찾으려 하지도 마십시오. 문제를 잠긴 방이나 당신이 이해할 수 없는 외국어로 된 책처럼 생각하십

시오. 그러면 당신에게는 해답이 없을 것이고, 당신에게 해답을 준다 해도 해답 속에 살면서 해답을 체험할 수는 없을 것입니다. 정말로 중요한 것은 살면서 모든 것을 체험하는 것입니다.

독일어 원문을 직역하면, 릴케는 여기서 '살다'라는 단어를 두 번 연달아 써서 '해답을 살다', '모든 것을 살다'라고 말하며 '살다'를 목적어와 함께 쓰는 타동사처럼 사용했다. 이렇게 강렬한 표현을 중국어로 적절하게 번역하기는 매우 어렵다. 그 의미는 중국어의 '체험하다'보다 더욱 강렬한데, 삶의 자연스러운 일부분으로 삼아 그대로 받아들이고 그대로 경험하라는 의미이다. 당신의 걱정과 문제까지도 그대로 경험해야 하고 급히 벗어나려 하지 않아야 한다. 왜냐하면 그 순간의 걱정과 문제야말로 삶의 진실이고, 문제에서 도피해 억지로 찾아낸 해답은 진실이 아니기 때문이다. 남에게서, 다른 곳에서 해답을 얻는다고 해도 그해답은 영원히 남의 것이고 당신의 것이 아니므로 당신의 진실한 삶에 들어맞지 않는다. 당신은 그런 해답을 '살' 수없다. 당신의 삶을 덮쳐 온 모든 것을 성실한 태도로 대하고, 그 모든 것을 그대로 '살아야' 한다.

문제를 그대로 체험하기 위해 당신에게 필요한 것은 그저 '자연'을, '사물'을 믿는 것뿐이다. 여기서 릴케가 말한 '자연'은 워즈워스나 콜리지 같은 19세기 낭만주의 시인들이 말한 것과는 다르다. 릴케는 당신에게 들판으로 가서 자연을 느끼라고 요구하는 것이 아니다. 릴케가 말한 '자연'은 '사물'의 어떤 신비한 본질, 즉 '사물'의 가장 내면적이고 진실한 성질을 가리킨다.

겹겹이 쌓인 의혹과 걱정과 문제 속에서 어떻게 살아가야 할까? 당신이 '사물'들 사이에서 살고 있음을 기억하며 '사물'을 소홀히 하거나 얕보지 않고, 모든 '사물'을 그대로 체험해 모든 '사물'의 독특하고 신비한 본질을 탐색하고, 그로써 '자연'을 탐색하면 된다.

'사물'을 믿는다고 해서 당신에게 해답을 가져다주지는 않는다. 그러나 그것은 삶에는 분명히 겉과 안의 구별이 존재한다는 것을 당신이 분명히 인식하도록 해 준다. 모든 우연과 혼란은 우리가 진정으로 '살지' 않았기 때문에 비롯된 것이다. 진정으로 '살지' 않고 체험하지 않은 것들만이 그 표면의 혼란을 지속한다. '사물'과 '사물'의 표면은 관계를 맺을 수 없이 그저 서로 드문드문 흩어져 있을 뿐이다. 그러나 당신이 '사물'을 '살'고, '사물'의 내면적인 본질을 탐구한다면, 어떤 필연적인 체계와 질서가 떠오를 것이다. 성실하기만 하다면, 당신은 모든 '사물'이 그 아래에 당신에게 보여 줄 법칙을 준비해 두었음을 발견할 수 있을 것이다. '사물'은 우연히 이곳저곳에 하나씩 흩어져 있는 물건이 아니라 당신의 몸 안에, 삶에 들어올 수 있는 심오한 법칙을 품고 있는 것들이다.

릴케의 시, 즉 그의 풍부한 '사물시'는 사물을 믿고, 그 속에서 사물을 느끼고, 사물과 내면의 진실한 관계를 맺는 방법을 우리에게 보여 준다.

―「벗을 위한 레퀴엠」(이어서), 「오르페우스·에우리
디케·헤르메스」, 「1906년의 자화상」, 『오르페우스에게 바
치는 소네트』, 「스페인 무희」, 「표범(파리 식물원에서)」

52

「벗을 위한 레퀴엠」으로 돌아오자. 릴케는 죽은 이가 죽음
에 만족하지 않으려 하는 이유를 시에서 계속해서 탐색한
다. 그는 가능성이 있는 답을 몇 가지 찾았지만 서술하는 과
정에서 스스로 하나하나 번복했다. 여기서 우리는 앞에서
살펴본 문제와 해답의 관계를 마주하게 된다. 때로는 문제
가 해답보다 더 중요하다. 성급하게 찾아낸 해답을 우리는
'살' 수 없다. 그저 문제에서 해답을 찾을 수 없다는 걱정에
서 도피하기 위해 우리 자신을 속이려는 게 아니라면. 그러
면 이런 해답은 우리를 설득할 수 없고, 우리는 결국 반드시

그것을 포기해야만 한다.

시의 도입부에서 릴케는 친구가 이 세계를 그리워해서 돌아왔다는 가설을 세운다. 그러나 그는 빠르게 이 가설을 뒤엎는다. 화가인 친구는 시인과 마찬가지로 '사물'을 체험하고 '사물'의 법칙을 추출하는 방법을 아는 사람이기 때문이다. 자신이 떠난 후에도 그 '사물'들이 본래의 모습을 유지할 거라고 그녀가 착각할 리가 없다. 그녀가 없어지면 '사물'은 더 이상 예전의 '사물'이 아니다. 그녀가 살았던 '사물'도 그녀의 죽음에 따라 사라졌다. 그런데 그녀가 어째서 돌아와서 본래의 모습을 유지할 수 없는 이 '사물'들을 찾겠는가?

이어 그는 또 다른 낭만적인 가설을 하나 세운다. '그대'가 충분히 살지 못해서, 미처 가 보지 못한 곳과 보지 못한 풍경이 있어서 그런 것이 아닐까? 만약 그렇다면, 친구로서 '나'는 기꺼이 그대를 대신해 경험하고 체험하리라. 그는 자신이 그곳에 가서 그곳의 '사물'을 보고 듣고 알게 되고, 그곳의 잘 익은 과실을 가지고 돌아오는 것까지 상상한다. 그러나 그는 여기서 말을 더 이어 갈 수 없다. 그 이유로도 설득될 수 없기 때문이다.

되돌아온 영혼을 마주한 그는 두 가지 해답을 생각해

냈지만 두 가지 모두 번복했다. 그러나 그 두 가지 답안 사이에는 근본적인 차이가 있다. 첫 번째 해답은 평범하고 세속적인 가정으로, 그는 유행하는 관점에 따라 이런 가능성을 제시했다. 그러나 곰곰이 생각해 본 그는 이런 생각이 죽은 친구 파울라의 성격이나 특성과 맞지 않는다고 확신했다. 파울라는 평범한 사람이 아니다. 그는 그녀를 평범한 사람으로 보도록, 그토록 뚜렷한 그녀의 개성을 보지 못하고 잊어버리도록 자신을 설득할 수 없었다.

반면에 두 번째 해답은 낭만적인 자기기만에서 온 것이다. 그는 파울라가 그런 이유로 돌아온 것이라고, 무엇보다도 그런 연유로 비로소 그처럼 애원하는 태도를 보인 것이라고 생각하고 싶었다. 그를 정말로 불안하고 고통스럽게 만든 것은 자존심과 자신감을 가진 그의 친구가 어째서 죽은 후에 자존심과 자신감을 내려놓고 산 자의 세계로 돌아왔느냐 하는 것뿐만 아니라 산 자의 세계에 애원하기까지 했는가 하는 것이었다. 산 자의 세계가 그렇게 좋은가? 그는 만족할 만한 이유를 만들어 내서라도 파울라가 자존심을 잃어버린 일을 어떻게든 받아들이려 했다.

그러나 그는 실패했다. 애초에 그 해답은 파울라와 죽음 자체에서 나온 것이 아니라, 그가 자신을 위로하기 위해

날조한 것이기 때문이다.

그는 해답을 찾아 계속해서 헤맬 수밖에 없었다. 그가 다음으로 찾은 해답은 파울라가 죽어서 떠났을 때 적절한 의식이, 응당 있어야 했을 애도 의식ritual of lament이 없었기 때문이라는 것이다. 파울라는 완전한 죽음을 애원하기 위해 돌아온 것이다. 그녀는 이렇게 갑작스럽게, 세계가 말없이 기다리는 상황에서 죽고 싶지 않았다. 그래서 그녀는 자신이 받지 못한, 가슴을 치고 발을 구르는 비통한 애도를 요구하기 위해 돌아온 것이다.

여자들의 슬픈 울음도 있어야 하지 않는가?
돈을 주고 산 그 밤을 새우는 울음소리가, 지금은 전부 고요해졌으니,
우리는 어디서 이런 의식을 찾아야 할까?
사라지거나 혹은 버려진 의식을.
그것이 그대가 돌아와서 요구한 것이다: 우리가
빠뜨린 애도를 되찾는 것.
그대 내 목소리가 들리는가?
나는 내 목소리를 던져
그대 죽음의 조각 위를 천처럼 덮고,

계속 당기고 싶다, 그 목소리도 산산이 조각날 때까지,

내가 한 모든 말은 그 부서진 목소리 속에서

덜덜 떨며 맴돌리라;

진정 애도로 충분하다면.

이 가설에 따르면, 그대는 우리가 그대에게 빚진 애도 의식을 요구하기 위해 돌아온 것이다. 그렇다면 온 힘을 다해 그대를 만족시켜 주고 싶다. 비록 사람들은 이미 이런 의식을, 죽음을 대하는 이런 형식을 버렸지만, 나는 기꺼이 그 사라지고 버려진 시간을 되찾아 그대가 받지 못한 보상을 줄 것이다.

만약 그대가 내 목소리를 들을 수 있다면 나는 가장 간절하고 비통한 목소리로 그대를 위해 울어서 내 목소리로 그대의 죽음을 전부 뒤덮어 나의 울음과 그대의 죽음이 완전히 하나가 되도록 할 것이다. 비통한 울음은 내 목소리를 산산이 조각낼 것이다. 죽음이 그대의 존재를 찢어 버린 것처럼. 나의 목소리는 그대의 죽음으로 가득 차 덜덜 떨릴 것이다.

만약 그대가 이것 때문에 돌아온 거라면 나는 반드시 그대를 만족시켜 줄 것이다. 그러나 앞에서의 해답과 마찬

가지로 문제는 그대가 정말로 애도를, 나의 울음을 요구하기 위해 돌아왔는가 하는 것이다.

이 부분에서 어조와 정서가 모두 갑자기 변한다.

　　진정 애도로 충분하다면. 그러나 지금 나는 반드시 고발해야 한다:
그대가 자신의 몸에서 물러나게 만든 그 남자가 아니라,
(나는 그를 찾을 수 없다, 그는 모든 사람과 똑같이 생겼기에)
남자를, 나는 남자를 고발한다.

시인은 갑자기 단호하게 자신의 말을 번복한다. 아니, 애도로는 부족하다. 그대에게 애도만 줄 수는 없다. 이제 시인은 더 이상 죽은 이가 돌아온 이유를 추측하지 않는다. 그는 거기서 벗어나 자신의 관점에서 이 일을 살펴본다.

망령과 대화하고 망령에 관해 생각하던 시인은 이제 자신의 흥분을 억누를 수 없다. 파울라의 죽음을 마주하는 일이 자신의 '필요'임을 알았기 때문이다. 친구의 죽음이라는 외재적 사건이 이제는 내 삶으로 들어와 내가 '살아온' 경험이 되었기에 특별히 나의 삶에 속한 의미와 질서가 생

겨났다. 그대의 죽음은 내 운명의 일부분이 되었다. 이것은 내가 그대를 대신해 부당함을 느낀다는 뜻이다. 그대는 죽임당한 것이다.

현실에서 릴케는 파울라의 결혼과 그녀의 남편에 대해 불만이 많았다. 그를 비롯한 친구들은 파울라가 요절한 일이 그녀의 남편이 그녀를 대한 태도와 큰 관련이 있다고 생각했다. 파울라의 남편은 그녀의 재능을 높이 평가하지도 않았고 소중히 여길 줄은 더더욱 몰랐다. 결혼이 예술과 창조에 대한 그녀의 활력을 속박하고 질식시켰기에 파울라를 사랑했던 릴케는 무척 마음이 아팠다.

그러나 시 속에서 릴케는 개인적인 관점에서 감정을 발산하지 않도록 자신을 억제한다. 그는 자신이 파울라가 자아에 충실하지 못하게 하고, 자아를 실현하지 못하게 한 그 사람, 그 특정한 남자를 고발하는 것이 아니라고 특별히 강조한다. 파울라의 남편은 그저 대표자이고 화신일 뿐이다. 정말로 문제가 있는 대상, 정말로 고발되어야 할 대상은 '남자' 전체다. 어느 한 남자가 아니라 모든 남자다.

53

그가 고발하려 하는 것은 남자의 특성이고, 남자를 남자답게 만드는 근본적인 요소다. 그것은 무엇일까? 어째서 '남자' 전체가 파울라의 죽음에 책임을 져야 할까? 릴케는 우선 직설적으로 말하지 않고, 가장 강렬한 어조로 더욱 분노에 차서 고발한다.

> 설령 알 수 없는 곳에서
> 깊이 감춰져 있던 어린 시절의 감정이,
> 어쩌면 내 어린 날의 경험 가운데 가장 순수한 부분이 떠오른다 해도:
> 나는 알고 싶지 않다. 나는 그것들로
> 천사를 하나 만들어 하늘에 던지고 싶다, 큰 소리로 외치는 천사들 무리의
> 첫 번째 줄에 던져, 하느님을 일깨우고 싶다.

앞에서 『젊은 시인에게 보내는 편지』를 통해 릴케에게 어린 시절이 얼마나 중요한지 분명히 이해했으므로 우리는 이 시구들의 무게를 느낄 수 있다. 이것은 욱하고 치밀어 오른 감정의 표현이다. 자신이 가장 중요시하고 가장 가치 있다고 생각하는 것으로 화풀이하는 것이다.

나는 평생 늘 잊지 않고 소중히 여기며 발굴해 온, 가

장 근원적이고 순수한 어린 시절의 경험을 포기하는 대가로 이런 기회를 얻고 싶다. 가장 순수한 어린 시절은 천사를 만들어 낼 수도 있을 만큼 천진난만하다. 나는 천진난만한 내 어린 시절로 천사를 만들어 그 천사를 하늘 위로 날려 보내, 모든 천사가 모여 있는 하느님의 앞 자리까지 간 불청객이 되게 할 것이다. 그래서 이 천사들이 놀라 크게 소리치게 해서 그들의 목소리가 하느님의 주의를 끌게 할 것이다. 그래서 내가 전하려 하는 고발과 항의를 하느님이 받아들이도록 할 것이다.

이런 고통은 이미 너무 오래 계속되어 왔기에;
아무도 견딜 수 없다; 우리에게는 너무나 무겁다,
거짓된 사랑에서 온 뒤엉킨 고통이.
습관 같은 긴 시간 위에 세워져,
스스로 옳다고 여기지만, 사실은 불의에 기대어 자라난다.

나는 모든 대가를 치러서, 어린 시절마저 기꺼이 포기해서 하느님에게 고발하고 싶다. 너무나 무겁다, 그런 '남자의 사랑'은. 남자는 사랑을 이해하지 못한다. 그들이 사랑에 더한 부담이 도리어 사랑이 더 이상 진실하지 않은 거짓된 것으로 변하게 만든다. 남자는 사랑이라는 이름으로 다른 이가 자기 자신으로서 살아갈 기회를 빼앗는다. 파울라의 남편이 그의 사랑으로 그녀가 "자신의 몸에서 물러나게" 강요한 것처럼.

그러나 사람들은 지금껏 계속 그래 왔으니 그것이 옳다고, 그래도 된다고 생각한다. 아니다. 아무리 오래된 잘못이라도 그것이 오랫동안 존재했다는 이유로 옳은 것으로 변하지는 않는다. 오랫동안 이어질수록 사람들을 더 고통스럽고 견디기 힘들게 만들 뿐이다.

자기가 가진 것을 소유할 자격이 있는 남자를 어디서 찾을 수 있는가?
남자가 가진 것은 자신을 진정으로 통제하기에도 부족하다,
그저 때때로 즐겁게
잠깐 붙잡았다가, 또 금세
마치 공을 가지고 노는 아이처럼, 손에 쥔 것을 놓아 버린다.

이것은 그의 고발이자, 동시에 그가 모든 대가를 치르

고서라도 하늘 위로 올라가 신에게 알리고 싶은 것이다. 남자는 심지어 진지하고 성실하게 자신을 통제할 수조차 없다. 그들의 자아는 어린아이 손안의 공 같은 것이다. 통제되고 단단히 쥐어지기 위한 것이 아니라 가지고 놀기 위한 것이다. 때로는 손에 쥐기도 하지만 계속 쥐고 있지는 않는다. 손에 쥐는 것은 그저 다시 놓아 버리기 위함이다.

자아를 대하는 태도마저 이런 식인데 남자에게 다른 것을 소유할 자격이, 진정으로 소유하고 소중히 할 자격이 있겠는가? 사랑을, 한 여자를 소유할 자격을 진실로 가진 남자가 어디에 있는가?

남자는 자아를 통제하는 데 그토록 무력하다, 마치 선장이
번개가 덮쳐오고, 큰 파도가 갑자기 뱃머리를
거센 바닷바람 속을 향해 높이 들어 올릴 때,
뱃머리에 조각된 여신상을 통제할 수 없는 것처럼:
그렇게 무력하다, 우리는 무력하게
다시는 우리를 볼 수 없는 그 여자를 부른다,
자신의 위태롭게 떨리는 좁은 존재 위를
기적처럼, 완전히 안전하게 걷는 여자를—

다만, 남자가 그녀를 해치려 하지만 않는다면.

친구로서 시인은 계속해서 고발한다. 우리를 떠나 더 이상 우리와 함께 있을 수 없는 그 여자는 남자에게 죽임당한 것이라고. 남자의 사랑은 이렇게나 독선적이라고. 선장이 폭풍우 속에서 뱃머리에 조각된 여신상이 때로는 높이 들어 올려졌다가 때로는 묵직하게 떨어지는 것을 볼 때, 그것이 분명 폭풍우 때문이고 따라서 자신의 통제를 철저히 벗어났음에도 마음속으로 자신을 속이며 여전히 '내 배'라고, 그 여신이 '내 것'이라고 생각하는 것처럼.

그것이 바로 남자의 사랑이다. 남자는 자아조차 통제할 수 없으면서도 자신이 사랑하는 것을 소유하고 있다고 고집스럽게 착각한다. 여자는 모든 생명과 마찬가지로, 고공 줄타기를 하는 것처럼 위태롭게 흔들리며 존재의 길 위를 걷는다. 보기에는 언제라도 떨어질 것 같지만 사실은 남자가 없으면, 남자의 사랑이 흔들지만 않으면, 계속 걸어갈 수 있다.

달리 말해 남자의 사랑이 없다면 여자의 생존은 아무리 위험해 보인다 해도 어떻게든 이어질 수 있다. 남자의 독선적이고 무겁고 비뚤어진 사랑이야말로 여자가 존재 위에서 미끄러져 넘어지게 해 다시는 볼 수 없는 곳으로 떨어지게 만드는 것이다.

> 이것은 잘못되었으므로, 만약 뭔가 잘못이 있다면:
> 그것은 한 사람이 동원할 수 있는 모든 내면의 자유로써
> 사랑의 자유를 확장하지 못한 잘못이다.
> 사랑에 있어, 우리는 그저 이것만 연습하면 된다:
> 서로의 손을 놓는 것. 붙잡는 것은
> 쉬워서; 배울 필요가 없으니.

한 발, 한 발, 다가서면서 시인은 점점 더 분명히 이야기한다. 남자의 잘못은, 남자가 끼친 피해는 어디에서 온 것인가? 그것은 자기 자신조차 통제하지 못하는 남자가 언제나 다른 이를 소유하고 통제하려 한다는 모순에서 왔다. 혹은 자신을 통제할 수도 없고, 그 무엇도 소유할 자격이 없으므로 남자는 더더욱 자신의 사랑으로 여자를 붙잡으려 애쓰는 것이다. 남자의 사랑이 무겁고 비뚤어진 이유가 바로 여기에 있다.

붙잡는 것은 아주 쉽다. 본능이기에. 그러나 그런 식의 사랑은 자유를 제한한다. 그러면 안 된다. 그것은 잘못되었

다. 가장 근본적인 잘못이고 모든 잘못의 근원이다. 사랑은 사람이 자신의 내면적인 자유를 깨닫게 하고, 이 자유의 전부로써 다른 이에게 더욱 큰 자유를 부여하도록 해야 한다. 옳은 사랑은 여자를 심연 속으로 밀어 떨어뜨리는 사랑이 아니라 자유롭고 가벼운 사랑이어야 한다.

사랑을 연습하자. 서로 손을 놓는 연습을 하자. 손을 놓아야 비로소 자유로워지고, 가벼워지고, 사랑하게 된다.

54

릴케가 구분한 연에 따르면 우리는 제1연부터 제16연까지 읽은 것이다. 연과 연 사이에는 줄을 띄우지 않고 쭉 이어져 있으며, 다만 각 연의 첫 행은 두 칸 들여쓰기를 해서 표시했다. 그런데 갑자기, 제16연이 끝난 후에 우리는 빈 줄을 마주하게 된다.

빈 줄 앞과 뒤의 시는 릴케에게 있어 분명히 매우 다르다. 그는 우리에게 이 점을 알려 주려는 것이다. 심지어 이 빈 줄에 이르러 「벗을 위한 레퀴엠」의 주제는 이미 끝났다고도 말할 수 있다. 여러 차례의 탐색과 논증, 번복을 거쳐 격렬한 감정 속에서, 이성이 아니라 감정을 통해서 시인은 마침내 자신이 받아들일 수 있는 이유를 찾아내 죽은 이가 죽음에 만족하지 않은 원인을 설명한다. 그녀는 남자의 사랑이, 특정한 남자(그녀의 남편)의 사랑이 아니라 모든 남자가 습관적으로 하는 이런 무거운 사랑이, 사랑의 무거움이 그녀를 죽였다고 고발하기 위해 돌아온 것이다. 그녀는 이 사실이 인식되지 못하고 이해되지 못한 것이 달갑지 않아서 그냥 가 버릴 수 없었고, 돌아와서 애원하며 살아 있는 사람들이 그녀 대신 밝혀 주기를 바라는 것이다.

시인은 기꺼이 그녀를 위해서 의논도 의심도 용납하지 않는 절대적인 태도로 밝히려 한다. 반드시 신 앞에 가서 고발해야 한다 해도, 반드시 자신이 가장 소중하게 여기는 어린 시절을 대가로 치러야 한다 해도, 시인은 그러기를 원한다. 그렇게 하면 '진혼'할 수 있다. 혹은 그렇게 해야만 '진혼'할 수 있다. 죽은 이의 혼을 위로할 방법을 찾았으니 「벗을 위한 레퀴엠」은 목표를 달성했다. 그렇지 않은가?

그러면 빈 줄 뒤에 왜 또 이렇게 긴 내용이 있는 걸까? 이 긴 내용은 '진혼' 자체가 아니라 '진혼'에서 파생되어 펼쳐진 내용이다. 시인은 자신을 망령에 투사해 망령을 통해 자기 이야기를 한다. 앞에서는 산 자가 죽은 자를 안식에 들게 해 죽음의 영역으로 돌려보내려 했는데, 뒤에서는 산 자와 죽은 자의 구분이 사라진다.

그대 아직 거기 있는가? 어느 모퉁이에 서 있는가?

그대는 이 모든 것을 그토록 많이 이해하고

그토록 많은 것을 할 수 있다; 그대는 이렇게 모든 것을 향

해 열린 채로

삶을 살아갔다, 마치 새벽녘처럼.

여자들은 고통받는다, 사랑은 고독을 뜻한다,

그리고 예술가들은 작품 속에서 때로는 직감적으로 알게

된다

사랑이 있는 부분은 반드시 끊임없이 변형시켜야 한다는

것을.

그대는 여자이기도 하고 예술가이기도 한 상태에서 시작

했다, 이 두 가지는

명성에 빼앗기고 비틀린 그 특징 속에 공존한다.

'그대의 삶은 마치 새벽녘과 같다.' 아름답고 정다운
비유다. 새벽에는 모든 것이 아직 형태가 고정되지 않은 것
처럼 무한한 가능성으로 가득하다. 사물의 윤곽이 아직 그
테두리가 고정되지 않은 듯 모호하고 흐릿하고 아스라하
다. 그대는 이렇게 열린 태도로 삶의 모든 것을 대했다. 그
게 바로 그대의 인생이었다.

'그대'는 그 몸에 두 가지 정체성을, 두 가지 특징을 지니고 있었다. 하나는 '여자'이고, 다른 하나는 '예술가'이다. 이 두 가지 정체성과 '사랑' 사이의 관계는 모두 비극적이었다. 사랑은 거의 숙명적으로 여자를 고독하게 하며, 또한 사랑은 예술가가 부단히 변형되게 해 창작 속에서 자신을 다른 것으로 변화시키게 만든다. 그대는 여성 화가다. 이 명성을 얻기 위해 그대의 자아는 영향을 받고 손상되는 것을 피할 수 없었다.

오, 그대는 이미 모든 명성을 한참 초월했다. 그대는 거의
형태가 없다; 그대는 그대의 아름다움을 거둬들였다
일하는 평일의 회색 아침에
깃발을 걷어 거두듯이,
더는 의욕이 없어, 오랜 시간이 걸리는 작품이—
완성되지 않았다; 여전히 완성되지 않았다.

앞의 비유와 어렴풋이 호응하는 또 다른 아름답고 정다운 비유다. 이제 그대는 떠났다. 그대가 떠난 방식은 또 다른 아침에, 우울한 하늘 아래, 남들은 일을 시작하려 할 때 펼치지 않고 오히려 거둬들이는 듯한 방식이었다. 그대

의 삶을, 예술을, 마치 깃발을 접어 넣듯이 거둬들였다. 그대의 노력은, 그대의 창작은 완성되지 않았다. 시인은 "완성되지 않았다; 여전히 완성되지 않았다"라고 두 번이나 말하며 강조한다.

릴케는 파울라가 죽은 지 1년 넘게 지난 후에야 이「벗을 위한 레퀴엠」을 썼다. 파울라의 기념 전시회를 관람한 그는 뜻밖에도 자신의 친구가, 그가 한때 사랑했던 여인이 이렇게 빛나는 예술적 재능을 지니고 있었음을 발견했다. 그는 분노의 감정을 품고「벗을 위한 레퀴엠」을 써서 파울라가 이렇게 목숨을 잃어 그 예술적 재능이 잠재하고 허락한 것들을 계속 발휘하고 완성하지 못하게 된 데 분개했다.

다른 곳에서 릴케는 자신은 파울라의 남편이 그녀의 죽음에 책임을 져야 한다고 생각한다고, 분명히 말했다. 그가 보고 상상한 것은 그 남자가 자신의 사랑을, 결혼의 부담을 파울라에게 지게 해서 그녀를 죽였다는 것, 그리고 파울라가 주위 풍경과는 반대로 일하는 평일의 아침에 펼치지 않고 오히려 걷어 거둔 깃발처럼, 그 미완성인 예술적 추구를 영원히 포기하도록 그녀에게 강요했다는 것이다.

55

   그대가 아직 있다면, 이 어둠 속에
아직 자리가 있어, 그대의 정신이
내 말이 일으킨 잔잔한 음파를 반사하고 있다면:
그렇다면 나를 도와 다오; 나를 도와 다오.

   여기서 입장과 어조가 모두 뒤바뀐다. 이제는 죽은 자가 산 자에게 애원하지 않고, 반대로 산 자가 죽은 자에게 애원한다. 이제 '나'는 '그대'가 이미 내 곁에 없을까 봐, 산 자들의 공간에 없을까 봐 걱정한다. 나는 다급하게 그대에게 내 말을 들어 달라 청하고, 더 나아가 그대에게 내 부탁을 들어 달라고, 나를 도와 달라고 말한다. 나는 그대의 도움이 필요하다.

   그렇다면 나를 도와 다오; 나를 도와 다오. 우리는 쉽게
힘써 얻어야 하는 것들 사이에서 미끄러져 돌아가,
갑작스럽게, 우리가 원하지 않는 인생으로 미끄러져 들어
간다;
우리가 깊이 빠진 것을 깨닫고, 꿈속에서처럼,

그곳에서 죽는다, 미처 깨어나지도 못한 채.

여기서 '나'는 '그대'에게 일어난 일이 내게도 일어날 수 있다는 것을 알게 된다. 우리의 분투를 멈추는 일은 사실은 그렇게나 쉽고 자주 일어난다. 갑작스럽게 우리는 인생과 예술의 최고봉으로 기어 올라가는 길에서 미끄러져 마치 함정에 빠지듯 이 모든 것이 없었던 텅 빈 인생 속으로 미끄러진다. 그리고 꿈속에 빠지듯이, 슬프게 깨어나기도 전에 황폐하고 텅 빈 그 꿈속에서 죽는다.

이런 일은 일어날 수 있다. 자신의 피를 높이 들어 올려 작품에, 오랜 시간이 걸리는 작품에 불어넣은 이라면 누구든,
더 이상 견디며 계속해 나갈 수 없음을 깨닫고
자신의 무거움 속으로 떨어지는 일이, 아무 가치도 없이.
일상생활과 위대한 작품 사이에는
오래된 적대감이 있기에.
도와 다오, 내가 이해하게 해 다오, 내게 말해 다오.

가장 어려운 것은 예술 창작, 즉 창작자가 된다는 것이

다. 작품은 우리의 생명보다 높은 곳에 있기에 우리는 자신의 피를 높이 들어 올리고 부어 넣어서 작품이 있는 높이에 이르게 하려는 모습을 보여 준다. 그것은 부단히 압박하며 기어오르는 과정이다. 작품은 그렇게 쉽게, 그렇게 빨리 완성할 수 있는 것이 아니고, 압박하는 힘은 언제고 소진될 수 있다. 마치 지구의 중력에 저항하는 것처럼 계속 압박할 수 없게 되면 사람은 자신의 무게 탓에 가라앉아 더 이상 작품이 주는 가치를 소유할 수 없게 된다.

창작에서 우리를 계속 추락하게 만드는 중력은 무엇일까? 다름 아닌 바로 '일상생활' 그 자체다. 자칫 잘못하면 우리는 '일상생활' 속에 빠져 평범하고 일반적인 사람이 되어 더는 시인이나 예술가가 아니게 되고, 반드시 오랫동안 힘써야 완성할 수 있는 거대한 작품과는 인연이 끊어지게 된다.

이렇게 두려울 수가! 우리 자신이, 우리의 '일상생활'이 예술작품의 가장 큰 적이고 우리가 작품의 높이에 오르지 못하도록 방해하는 가장 큰 요소라니. 달리 말하면, 「고대 아폴로의 토르소」에서의 결론인 "너는 너의 삶을 바꿔야만 한다"처럼 당신은 일상적이고 평범한 방식으로 살아서는 안 된다.

그리고 '그대'의 죽음, 그대의 운명, 그대가 '일상'으로 돌아가도록 강요했던 결혼과 사랑, 갑작스러운 죽음과 같은 것들이 더없이 강렬하게 '나'가 이런 이치를 인지하고 이해하도록 자극했다. 그래서 시인은 죽은 자를 다시 외쳐 부른다. 나를 도와 달라고, 내게 그 이치를 분명히 알려 달라고. 그리고 말해 달라고. 그 이치를 명확하게 설명해 달라고.

시의 마지막 연은 이렇다.

다시 돌아오지 마라. 견딜 수 있다면, 부디
다른 죽은 자들과 함께 그대로 죽어 있어 다오. 죽은 자도
해야 할 일이 있다.
그러나 나를 도와 다오, 그대가 죽음 속에서 분산되지 않
을 정도로만,
가장 멀리 있는 것이 때로는 오히려 도움이 되듯이: 내
안에.

나를 도와 다오. 단, 이 세계로 돌아오는 방식으로는 말고. 그대는 죽은 자로서 죽음의 영역 안에 평안하게 있으며 참아야 하고, 다시 돌아와서 산 사람의 일을 하려 해서는

안 된다. 그대는 부디 그곳에서, 가장 머나먼 죽음의 영역 안에서 나를 도와야 한다.

그런 다음, 이 시는 애매모호하고 모순적인 문장으로 끝난다. 꼭 가까이 다가와야만 도와줄 수 있는 것은 아니고, 때로는 가장 멀리 있는 것이 오히려 도움이 된다고. 가장 멀리 있는 것이란 무엇일까? 앞에 나온 문장에 따르면 그것은 분명히 죽음, 죽은 자의 상태, 그곳에 남아서 다시 돌아오지 않는 것일 터이다. 그런데 갑자기 '내 안에'in mir 라는 간단한 독일어 어휘가 나온다. 릴케는 우리에게 그 '가장 멀리 있는 것'은 곧 '내 안에' 있는 것이라는, 완전히 모순되는 해석 혹은 주석을 제공한다.

그대와 그대의 죽음을 내 삶에 불어넣어 살아간다. 완전히 이질적이고 서로 섞이지 않는 존재가 가장 효과적으로 내게 '일상생활'과 거리를 유지하고, 쉬지 않고 위를 향해 내 피를 압박해야 한다고, 그 피가 다해서 '일상생활' 속으로 돌아가게 돼서는 안 된다고 끊임없이 일깨워 줄 수 있다. 나는 결단코 작품이 있는 높이까지 올라갈 것이고, 결단코 오랜 시간이 필요한 거대한 작품을 완성할 것이다.

56

음악가와 대화를 나눴던 또 다른 경험이 떠올랐다.

TV 프로그램에서 피아니스트 천훙콴陳宏寬이 타이완에 돌아와 타이베이 시립 교향악단과 협연하는 음악회를 소개하기 위해 그를 취재했을 때의 일이다. 천훙콴은 음악회에서 베토벤 피아노 협주곡 제3번을 연주하기로 되어 있었다. 취재 중에 나는 호기심에 베토벤이 남긴 다섯 곡의 피아노 협주곡 중에 혹시 그가 개인적으로 편애하는 곡이 있는지 물었다.

천훙콴은 "당연히 있죠!"라고 아주 단호하게 대답하더니, 말을 멈추고 짓궂은 눈빛으로 나를 바라보았다. 그게 어느 곡인지 내게 맞혀 보라는 것 같았다. 나는 길게 생각하지도 않고 곧바로 "제4번인가요?"라고 말했다. 그러자 그는 태도가 느슨하고 부드럽게 풀어지며 제법 말이 통하는 사람을 만나서 다행이라는 듯한 반응을 보였다.

대화를 이어 가면서 나는 그가 편견이 아주 심한 사람이라는 것을, 거의 나만큼이나 심한 편견을 가졌다는 것을 알게 되었다. 다행히도 베토벤의 피아노곡에 관해 우리가 가진 심한 편견은 대체로 일치해서 말다툼할 필요는 없었다. 그는 거의 절대적인 어조로 피아노 음악과 베토벤의 음악을 진정으로 이해하는 사람이라면 다섯 곡의 협주곡 중에서 다른 곡을 고를 리 없다고 말했다. 제4번이 당연히 가장 뛰어나고 가장 놀라운, 타의 추종을 불허하는 곡이라는 것이다. 나도 줄곧 이런 견해를 가지고 있었다는 것을 필히 밝혀 둬야겠다.

베토벤 피아노 협주곡 제4번에는 그다지 널리 알려지지 않은 별명이 하나 있는데, 바로 '오르페우스Orpheus 협주곡'이다. 이것은 베토벤이 직접 붙인 제목이 아니어서 우리에게는 다소 낯설지만, 고전 교육을 받은 서양인이라면 아주 이해하기 쉬울 것이다.

이 제목은 그리스 신화에서 유래했는데, 이런 제목이 붙은 이유는 아주 짧지만 잊기 힘든 이 협주곡의 제2악장 때문이다. 악장이 시작되면 오케스트라가 위협적이고 격렬하게 짧은 소절을 연주하는데, 피아노는 여기에 빠르지도 느리지도 않게 더없이 온화하고 아름다운 멜로디로 답한다. 몇 초 안에 드러나는 둘 사이의 대비가 이미 강렬한 극적 흡인력을 만들어 낸다.

이 악장 전체에서 베토벤은 기본적으로 오케스트라를 위해 멜로디를 한 소절만 썼다. 그러나 이 소절은 악장 속에서 서로 다른 여러 가지 강세와 표현으로 나타난다. 맨 처음

등장했을 때 이 소절은 일반적으로 느린 박자로 진행되는 가운데 악장에 대한 당시 청중의 예상과 기대에 전혀 부합하지 않았다. 그 소절은 거의 야만적일 정도로 아주 직접적이고 강렬하게 튀어나왔다.

악장의 멜로디가 끝나자마자 피아노 선율이 들어온다. 평화롭고 약간의 기쁨을 품은, 미소와도 같은 그 소리는 앞부분의 오케스트라 연주와는 아예 다른 곡 같을 정도다. 피아노의 미소 띤 듯한 멜로디가 끝나면 오케스트라가 다시 돌아온다. 여전히 그렇게 격렬하고 위협적이다. 피아노도 꿋꿋이, 어울리지 않는 부드러움으로 답한다. 그 뒤로도 오케스트라와 피아노가 계속 번갈아 나타나는데 미묘한 변화가 생긴다. 한편으로 오케스트라와 피아노의 상호 작용이 점점 더 긴밀해지면서, 다른 한편으로 오케스트라 소리는 나올 때마다 점점 더 작아지고 음악 표현도 그에 따라 점점 더 부드러워진다. 달리 말하면, 점점 더 피아노 소리의 정서에 가까워진다.

오케스트라 소리는 점점 더 작아져서 피아노가 처음에 등장했을 때의 소리와 비슷해진다. 이때 피아노가 온 마음을 다해 연주하는데, 오케스트라는 소리 없이 고요하다. 그리고 한동안 트릴(꾸밈음)이 이어진 후 피아노의 중저

274

음부에서 기묘하고 어울리지 않는 음정의 짧은 멜로디가 연주된다. 뒤이어 오케스트라가 아주 작게, 소리가 들릴 듯 말 듯 희미하게 다시 나타난다. 자신을 내뻗을 힘을 완전히 잃고 온순히 피아노를 돋보이게 하며 피아노에 조화로운 바탕을 깔아 주듯이.

제2악장의 주제는 이렇게 끝난다. 고요한 가운데 제3악장의 주제가 아주 느린 속도에서 가만히 높아진다. 음악은 성격을 바꾸어 빠른 박자의 마지막 악장으로 들어선다.

57

'오르페우스'는 누구인가? 그는 그리스 신화 속의 가장 뛰어난 음악가다. 어떤 사람도 그의 음악에 저항할 수 없다. 아니, 야수조차도 그의 음악에는 저항할 수 없다.

베토벤이 작곡한 음악에서 오케스트라는 사나운 야수 같고, 피아노는 오르페우스의 음악 같다. 야수는 울부짖으며 위협하지만 오르페우스는 꿈쩍도 하지 않고 두려움도 전혀 없이 유유히 리라를 연주한다. 야수는 계속 야만성을 내보이지만, 오르페우스는 여전히 아름다운 음악으로 야수를 대한다. 음악의 마력이 조금씩 작용해 야수는 서서히 음악에 매료된다. 야수들은 음악을 들으며 조용히 엎드려 마침내 사납고 파괴적인 야만성을 잊고 오르페우스의 음악 앞에서 그 천성을 바꾼다.

신화에서 오르페우스의 음악은 야수를 길들일 수 있을 뿐만 아니라 감각을 느낄 수 없는 다른 자연물까지도 감화시킨다. 바위까지도 오르페우스의 음악에 맞춰 춤을 춘다. 베토벤이 제2악장 후반의 피아노 트릴 연주와 높고 낮게 미끄러지는 그 기이한 음정을 이 신화의 맥락에 끼워 넣은 것은 음악이 어떻게 바위를 움직였는지, 온 자연이 어떻게 숨 쉬는 방식으로써 오르페우스의 리라 소리에 반응했는지를 그려 낸 것인 듯하다.

음악이 자연을 개조해 본래 무생물이었던 것도 전부 살아나게 해서 그들이 참지 못하고 곡조에 맞지 않는 그 웅얼거리는 소리로라도 오르페우스의 음악에 참여하게 만든다. 이때, 야수는 한쪽에서 얌전하고 조용히 음악에 귀를 기울이며 숨 쉬고 있다. 오르페우스 신화와 베토벤의 음악이 결합해 이 짧은 음악에 갑자기 풍성한 의미가 더해진다.

로마 시대에 오르페우스 신화는 베르길리우스에 의해 더욱 발전한다. 오르페우스는 에우리디케를 아내로 맞았는데, 불행하게도 결혼한 그날 에우리디케가 뜻밖에 목숨을 잃고 만다. 이를 받아들일 수 없어 슬픔에 빠져 있던 오르페우스는 아폴로의 제안에 따라 죽은 아내를 찾으러 저승으로 간다. 그는 저승을 관리하는 신과 교섭해 에우리디케를 되찾는다.

　　오르페우스는 자신의 음악과 시에 의지해 지금껏 아무도 해내지 못했던 일을 해냈다. 저승의 신을 설득해 에우리디케를 돌려보내는 데 동의하게 한 것이다. 다만 한 가지 조건이 있었다. 지상으로 돌아가는 동안 오르페우스가 반드시 에우리디케를 앞서서 가야 하며, 그녀가 지상에 도착하기 전에는 오르페우스가 뒤를 돌아봐서는 안 되었다.

　　이것은 시험이다. 오르페우스는 뒤돌아 에우리디케를 보고 싶다는 충동을 반드시 억눌러야 한다. 더욱 어려운 것은 에우리디케가 정말로 그의 뒤에서 지상으로 가는 길을 따라오고 있는가, 도중에 길을 잃거나 혹은 예상 밖의 일에 부딪히지는 않았는가, 하는 이 불확실한 상황을 반드시 견뎌내야 한다는 것이다.

　　오르페우스는 초조하게 길을 재촉하며 간신히 어둠과 빛의 경계를 지났다. 그 경계선을 넘어 다시 지상에 발을 디디자마자 그는 곧바로 뒤를 돌아보았다. 그는 에우리디케가 지상에 도착한 후에야 뒤를 돌아볼 수 있다는 조건을 잊은 것이다. 앞서가고 있던 오르페우스는 저승을 떠났지만,

뒤에서 오고 있던 에우리디케는 아직 저승에 있었다. 그는 너무 일찍 돌아보고 만 것이다. 뒤를 돌아본 그는 에우리디케가 확실히 그의 뒤를 따라오고 있던 것을 보았지만, 그 한순간을 끝으로 에우리디케의 모습은 곧바로 사라져 다시 저승으로 끌려가 버렸다.

에우리디케는 모든 죽은 자들과 마찬가지로, 두 번 다시 저승을 떠날 수 없이 그곳에 영원히 머물러야 했다.

58

시인이라는 자신의 신분을 진지하게 대하는 릴케에게 있어 오르페우스는 더할 나위 없이 중요했다. 오르페우스는 시와 시인을 대표하는 존재였다. 그 때문에 릴케의 시에는 오르페우스 신화가 자주 등장한다. 그의 후기 작품 가운데 『오르페우스에게 바치는 소네트』라는 시집이 있는데, 1923년에 출판된 이 시집은 총 55편의 시로 구성되어 있다. 이 시집은 릴케가 생전에 정식으로 출판한 마지막 시집이기도 하다. 그로부터 3년 후인 1926년에 릴케는 세상을 떠났다.

『오르페우스에게 바치는 소네트』를 창작하기 전, 아주 젊었을 때 릴케는 「오르페우스·에우리디케·헤르메스」

라는 시를 써서 1908년에 출판된 『신시집』에 수록했다.

이 시는 분명히 오르페우스가 에우리디케를 구하기 위해 저승으로 갔던 이야기를 소재로 삼고 있다. 그런데 릴케는 이 이야기에 전령 헤르메스라는 인물을 하나 더했다. 이 시는 저승에서 이승으로 가는 길에 오르페우스가 뒤를 돌아볼 수 없는 채 앞장서서 가고, 헤르메스가 에우리디케를 데리고 뒤에서 따라가는 과정을 묘사했다.

오르페우스는 못할 것이 없는 시인이고 음악가다. 그의 시와 음악은 야수를 길들일 수도, 자연을 변화시킬 수도, 심지어 죽은 자를 죽음에서 빼내어 올 수도 있다. 그러나 에우리디케를 구하는 과정에서 오르페우스는 결국 실패했다. 마지막 순간에 실수로 일을 그르쳤다. 시에는 이 신화를 보는 릴케의 특별한 시선이 돋보인다. 이 이야기가 시인이 할 수 없는 것, 해서는 안 되는 것이 무엇인지를 분명히 보여 주었다고 본 것이다.

오르페우스와 같은 완벽하고 뛰어난 시적, 예술적 능력을 갖추고 있다고 해도 할 수 없는 일이, 더욱 깊이 살펴보면 해서는 안 되는 일이 있는 것이다. 그리고 할 수 없고, 해서는 안 된다는 이러한 한계가 있어서 비로소 시와 시인이 분명하게 완성된다.

시에서는 에우리디케를 이렇게 형용한다.

이토록 사랑받은 여인, 리라 하나에서
모든 통곡하는 여인을 더한 것보다 더 많은 통곡을 쏟아
낼 만큼;
완전한 통곡의 세계가 떠올라, 그 안에
모든 자연이 새롭게 나타나고: 숲과 골짜기,
길과 마을, 들판과 시내와 동물이;
이 통곡의 세계를, 마치 다른 세계를 둘러싸듯이
둘러싸고, 태양과
별이 총총한 고요한 하늘이,
통곡의 하늘과, 그 하늘에 속한 비틀린 별이 나타나게 할
만큼ㅡ
이토록 깊이 사랑받은 여인.

에우리디케에 대한 오르페우스의 사랑은 이토록 크
고 깊다. 에우리디케를 잃고 슬픔에 빠진 오르페우스는 그
의 뛰어난 리라 연주로 또 다른 세계를, 슬픔으로 만들어진
세계를 창조했다. 그 세계는 우리가 있는 실제 세계와 마찬
가지로 방대하고 완전하다. 산과 강, 동식물이 있을 뿐만

아니라 자신만의 태양과 하늘이, 슬픔의 태양과 슬픔의 하늘까지 있다. 그곳에서는 하늘과 별이 모두 슬픔으로 비틀려 있다. 오르페우스는 그 정도로 에우리디케를 깊이 사랑했다.

그러나 지금 그녀는 우아한 신의 옆에서 걷고 있다,
그녀의 걸음은 길고 무거운 상복에 방해받아,
불확실하고, 가볍고 느리고, 조금의 초조함도 없다.
그녀는 자기 자신에 깊이 빠져들어, 회임하여
몸이 무거워진 여인처럼, 앞서가는 남자도
생으로 향하는 가파른 언덕길도 보지 않았다.
그녀는 자기 자신에 깊이 빠져들어 있다. 죽음이
그녀를 가득 채웠다. 자신의
신비함과 달콤함으로 가득 찬 과실처럼,
그녀는 거대한 죽음으로 가득 차 있다, 죽음은 그토록 새로워
그녀는 도대체 무슨 일이 일어났는지 아직 이해할 수 없었다.

'우아한 신'은 헤르메스를 가리킨다. 헤르메스가 '전령

의 신'이 된 이유는 그가 가장 행동이 민첩하고, 발걸음이 가볍고 확실하기 때문이다. 그와 느리고 주저하며 전혀 서두르지 않는 에우리디케의 동작이 대비된다. 에우리디케는 이 여정에 집중하지 못하며 이해하지 못한다. 그녀는 여전히 죽음이라는 이 새로운 상태에 적응하려 한다. 그녀는 자신의 죽음을 이해하고 맛보느라 주위에서 무슨 이야기가 펼쳐지는지 깨달을 여유가 없다.

> 그녀는 새로운 순결을 얻어
> 그 무엇도 그녀의 몸을 더럽힐 수 없다; 그녀는 이미
> 밤을 맞은 젊은 꽃송이처럼 닫혔으며,
> 그리고 그녀의 손도 이미 결혼에
> 이토록 익숙하지 않아, 그 신이
> 그녀를 이끄는 더없이 가볍고 부드러운 접촉조차도
> 억지로 입을 맞추려는 것처럼 그녀를 불편하게 했다.

죽음이 에우리디케에게 새로운 존재를 부여해 그녀가 새로운 상태에 진입하게 만들어 살아 있던 때와 단절시켰다. 다시 어린 여자아이로 변해 새롭게 순결을 얻은 것처럼. 그녀는 너무나 순수해 그 무엇에도 물들지 않았고 심지

어 남녀 간의 사랑과 결혼에조차 물들지 않았다. 그녀는 원래의 그 여인이 아니다. 성별을 잃었다. 그녀는 죽음이라는 단순한 상태에 접어들었다. 여성이라는 정체성은 그녀를 떠나갔다. 밤이 되어 꽃송이가 시들어 닫히고 나면 더는 꽃송이가 아니게 되듯이, 꽃의 자태가 사라지면 그저 시든 꽃이 되듯이.

성별에서 온 모든 옛 경험과 습관도 그와 함께 사라졌다. 그녀는 더 이상 남자에게 익숙하지 않고, 당연히 원래의 결혼생활에도 익숙할 수 없다. 죽음 속의 새롭고 순수한 형태가 그녀가 접촉을 못 견디게 만들었다. 그래서 전혀 악의 없이 그저 방향을 인도하기 위해 헤르메스가 그녀의 손을 가볍게 잡은 것조차 그녀에게는 속세에서 누군가가 억지로 그녀에게 입 맞추려 하는 것과 같은 강렬한 반감을 불러일으켰다.

> 그녀는 더 이상 시인의 찬가에 화답해 노래하던
> 그 푸른 눈의 여인이 아니었고
> 넓은 침대 위의 향기와 섬도 아니었고
> 더 이상 그 남자에게 속하지도 않았다.

그녀는 이미 긴 머리카락처럼 흩어져

하늘에서 내리는 비처럼

끝없이 늘어났다.

그녀는 이제 나무의 뿌리가 되었다.

여기서 릴케는 신화의 본래 의미를 완전히 역전시켜 오르페우스의 관점에서 에우리디케의 관점으로, 즉 산 자의 관점에서 죽은 자의 관점으로 전환한다. 따라서 이 시의 핵심 내용은 「벗을 위한 레퀴엠」과 교묘하게 대조되어 불가사의하고도 단호한 여성의 입장에서 과거에는 당연해 보였던 태도에 대해 질의하고 도전하는 내용을 표현하였다.

오르페우스는 이토록 에우리디케를 깊이 사랑해서 반드시 그녀를 죽음에서 빼내어 오려 했다. 그런데 에우리디케 본인에게는 정말로 살아 돌아오는 것이 죽어 있는 것보다 더 좋을까? 우리는 어째서 에우리디케가 돌아오고 싶어 할 거라고 확신하는 걸까? 우리는 에우리디케가 어떻게 느끼고 생각할지 신경 쓰는 것을 잊었다. 죽음이 도대체 어떤 것인지 질문하는 것을 잊었기 때문이다. 우리는 어째서 죽음을 거쳐 죽은 자의 신분을 가지게 된 에우리디케가 여전히 살아 있을 때와 똑같을 거라 생각한 걸까? 죽음이 그녀를 바꾸지는 않을까?

특히, 그녀는 여자다. 죽음이 그녀가 더 이상 여자가 아니게 만들어 그녀는 본래의 존재에서 벗어나 다른 상태에 진입했다. 그녀는 여자라는, 여성이라는 성별에 더는 구속받지 않는다. 죽음이 그녀를 해방해 그녀가 흩어진 머리카락처럼, 자유롭게 떨어지는 비처럼 변하게 했다. 또한, 죽음은 필연적으로 그녀의 결혼을, 그녀와 오르페우스의 관계를 해제했다. 그녀는 더 이상 오르페우스 곁을 따라다니며 그저 호응하는 목소리를 낼 줄만 알던 숭배자가 아니다. 그녀가 이전에 그랬던 모든 것을, 그것이 무엇이든, 죽음은 전부 부정했다. 죽음이란 이처럼 철저한 변화여야 하지 않은가?

그녀가 살아 있을 때의 구속을 죽음이 해방했다. 살아 있을 때의 유한을 죽음이 무한으로 바꿨다. 살아 있을 때의 동요와 불확실함을 죽음이 튼튼한 뿌리로 바꿔 주었다.

오르페우스는 그녀가 돌아오기를 바랐고, 우리도 맹목적으로 오르페우스의 사랑을 지지하며 그녀가 돌아오기를 바랐다. 이 점이 바로 우리가 죽음에 관해, 혹은 살아 있는 것과 반대되는 존재의 형태에 관해 진정으로 사고해 본

적 없다는 것을 보여 주며, 또한 우리가 진정으로 여자를 이해한 적 없다는 것을 알려 준다.

59
이어서, 「오르페우스·에우리디케·헤르메스」에서는 신화 속의 가장 극적인 장면을 새롭게 묘사한다.

그래서, 갑자기
그 신이 손을 뻗어 그녀의 걸음을 막고, 안타까움과 슬픔이 담긴 어조로, '그가 돌아보았다'라고 말했을 때—
그녀는 이해하지 못하고, 부드러운 목소리로 '누가요?'라고 답했다.

본래의 극적인 효과는 오르페우스가 저지른 실수에서 온다. 그는 저승과 이승의 경계를 넘자마자 다급히 뒤를 돌아보아 정해진 규칙을 위반했고, 그 순간 에우리디케를 이승으로 데려올 기회를 잃었다. 그런데 릴케는 극적인 효과를 완전히 다른 부분에 두었다. 생명이 걸린 이 결정적인 고비에서, 이 과정을 감시하는 책임을 진 전령 헤르메스는 선택의 여지 없이 반드시 에우리디케를 죽은 자의 영역으로 다시 데려가야 한다. 그조차 오르페우스가 마지막 순간에 저지른 실수에 안타까움과 슬픔을 느껴 차마 말하기 힘들지만 어쩔 수 없이 에우리디케에게 "아, 그가 너무 빨리 돌아보았다"라고 알려 준다. 그런데 이 말을 들은 에우리디케의 반응은 놀랍게도 "그? 무슨 말인가요? 누가 돌아보았나요?"이다.

에우리디케는 도대체 무슨 일이 일어났는지 알지 못한다. 그녀는 자기 내면에 충만한 죽음의 경험에 몰두해 있어 다른 것을 이해할 틈이 없다. 그녀는 생전의 남편인 오르페우스가 그녀를 이승으로 데려가려 하는 것도, 오르페우스가 그녀의 죽음을 취소할 뻔했다는 것도 전혀 알지 못한다. 그녀는 아무것도 모른다.

저 멀리
밝게 빛나는 출구 앞의 그림자 속,
어떤 사람이, 혹은 뭔가가 서 있다, 그 윤곽은
알아볼 수 없다. 그는 서서 바라보고 있다
풀밭 사이의 좁은 길 위에서
그 전령의 신이 애도하는 눈빛으로
조용히 몸을 돌려, 그보다 먼저 되돌아가고 있는 모습을

뒤따라

같은 길을 따라서 돌아가는 것을,

그녀의 걸음은 길고 무거운 상복에 방해받아,

불확실하고, 가볍고 느리고, 조금의 초조함도 없다.

시는 이렇게 두 개의 시점이 합쳐지며 끝난다. 한쪽은 아직 저승에 있는 에우리디케와 헤르메스의 시점으로 이승의 빛과 저승의 어둠 사이에 낀 흐릿한 그림자, 즉 오르페우스의 그림자를 본다. 그림자는 흐릿한 나머지 도대체 사람인지 사물인지도 구분할 수 없어, 에우리디케는 당연히 그것이 그녀가 죽기 전에 결혼했던 남편인지 알아볼 수 없다.

다른 한쪽은 이승으로 들어서서 너무 빨리 뒤를 돌아본 오르페우스의 시점이다. 그의 눈에 먼저 들어온 것은 막 돌아서고 있는 헤르메스의 모습이다. 헤르메스가 에우리디케에게 돌아서라고 강요한 것도 아니고, 심지어 그가 돌아서도록 이끈 것도 아니다. 그녀가 먼저 몸을 돌려 돌아가는 걸음을 내디디고, 헤르메스가 오히려 그녀의 뒤를 따라간다.

그녀의 발걸음은 조금 전에 걸어왔을 때와 완전히 같다. 이승을 향해 걸어가느냐, 아니면 저승을 향해 돌아가느냐 하는 변화의 영향을 전혀 받지 않고 똑같이 걷는다. 왜냐하면 그녀는 죽은 자이기 때문이다. 죽음이 그녀가 더 이상 그 여인이 아니게 만들었다. 「벗을 위한 레퀴엠」의 표현을 빌리자면, 그녀는 죽음에 만족했다.

릴케는 이 시에서 우리에게 또 다른 선택의 가능성을 준다. 그리고 우리가 이 신화를 대했던 원래의 태도에 관해 자신에게 질문하게 한다. 당신은 오르페우스를 보고 안타까움을 느끼는가? "아, 그가 몇 분만 더 참았더라면 얼마나 좋았을까?"라며 탄식하는가? 당신은 이야기의 다른 주인공, 운명에 농락당해 목숨을 빼앗겼다가 또 남편의 계획에 의해 죽음을 떠나게 됐던 에우리디케에 대해 생각해 본 적 있는가?

이승으로 돌아와 살아가는 것이 반드시 죽은 상태에 머물러 있는 것보다 좋은지를 우리는 확신할 수 있는가? 「벗을 위한 레퀴엠」과 함께 「오르페우스·에우리디케·헤르메스」도 같은 질문을 한다. 오해해서는 안 된다. 릴케는 죽음이 삶보다 좋다고 우리를 믿게 하려는 것이 아니다. 중요한 것은, 시인으로서 그가 우리에게 자극을 주어 상상할 수 있는 공간을 남기게 해서 우리가 상상할 공간이 없을 거라 생각한 모든 것에 도전한다는 것이다. 시인으로서 그는 이토록 효과적으로 우리가 자신에게 질문해 본 적 없는 문제, 즉 어째서 삶이 반드시 죽음보다 좋은가, 어째서 반드시 죽은 자가 돌아오고 싶어 할 것이라고 생각하며 다시 산 사람이 되고 싶어 할 것이라고 생각하는가, 하는 문제를 따져 묻는다.

60

그리고 이 이야기를 다시 씀으로써 릴케는 우리에게, 할 수 없는 일과 해서는 안 될 일이 무엇인지 깨닫는 것은 자기가 할 수 있는 일과 해야만 하는 일이 무엇인지 아는 것과 똑같이 중요하다고 일깨워 준다!

만약 당신이 오르페우스처럼 뛰어난 시인이라면, 야수를 길들이고 저승의 신을 감동하게 할 정도로 무엇이든 할 수 있는 시와 음악의 마법사라면, 그런 당신이 시와 음악의 힘을 제한 없이 활용한다면, 역설적이게도 당신은 더 이상 시인이 아니고 진정한 음악가가 아니게 된다. 시인에게는 반드시 한계가 있어야 한다. 아무리 대단한 시인이라도 죽은 자를 죽음에서 다시 불러올 수 없고 그럴 권리도 없다. 죽은 자에게는 자신의 세계가 있고, 죽음이 그에게 부여한 다른 존재가 있다. 시는 누군가의 의지를 다른 이에게 강요하는 데 쓰여서는 안 된다. 그 의지가 사랑에서, 심지어 가장 깊고도 깊은 사랑 그 자체에서 비롯한 것이라 할지라도. 사랑이 다른 이의 상태를 강제로 바꾸는 데 쓰인다면, 그것은 바로 무거운 사랑, 남자의 사랑이며 바로 파울라를 죽게 한 이유가 된다.

시는 이런 것이 아니다. 시는 사람을 자유롭게, 가볍게 해 주고 사람이 날아오르도록 도와주는 것이지, 그 무게로 사람을 끌어내려 붙잡는 것이 아니다. 시는 손을 놓는 것이다. 손을 놓는 것이야말로 어려운 지혜이자 능력이고, 이때야말로 시가 필요하다.

릴케는 완전히 다른 죽음의 이미지를 구축했다. 죽음의 특징 중 하나는 바로 삶과는 절대적으로 철저하게 다르며 산 자의 간섭을 거부한다는 것이다. 죽은 자 본인인 에우리디케마저도 반드시 시간을 들여 죽음에 적응하고 죽음을 이해해야 하는데, 우리가 어떻게 죽음이 어떤 것인지 가정할 수 있겠는가? 죽음의 절대적인 단절성은 우리가 산자의 생각으로 죽은 자에 대해 멋대로 추측하지 못하게 한다. 설령 오르페우스라 해도 에우리디케에 대한 사랑으로도, 그리고 필적할 자가 없는 그의 시나 음악적 능력으로도, 죽은 자를 위해 결정하거나 죽은 자를 데려오거나 할 수 없고 그럴 자격도 없다.

　오르페우스는 저승과 이승의 경계에서가 아니라 그보다 한참 전에 잘못을 저질렀다. 그가 저승으로 가서 에우리디케를 불러오려 한 그 순간 이미 저지른 것이다. 그의 잘못은 시와 음악에 대한 자신감이 지나쳤던 것과 죽음에 대한 겸손이 부족한 데서 비롯되었다. 시와 음악이 그가 무엇이든 할 수 있다고 생각하게 만들어서 죽음이란 도대체 무엇인지, 죽은 자가 돌아오기를 원하는지 하는 것을 그가 책임감을 가지고 진지하게 질문하지 못하게 했다.

　오르페우스는 우리와 마찬가지로 자신의 고통 때문에, 이런 상실을 단시간에 받아들일 수 없었으므로 우리의 견해를 죽은 자에게 투사했다. 우리는 죽은 자가 살아 있는 것이 더 좋다고 생각하기 때문에 당연히 죽은 자도 죽기 싫어할 거라고, 계속 사는 것이 좋다고 생각할 거라고 여긴다. 그것은 사실 죽음과 죽은 자에 대한 오만이다.

　릴케가 생각하는 사람과 시 사이의 주된 관계는 확정과 확신이 아니라 탐구와 의문이다. 의문이 있기에, 특히 다른 어떤 지식의 형식으로도 답을 찾을 수 없는 의문이 있기에 사람은 비로소 시를 통해 답을 찾고, 시를 창조하고, 시인이 된다. 오르페우스는 시와 음악이 모든 것을 알게 해 주고 모든 것을 할 수 있게 해 주었다고 착각해, 자신은 더 이상 답을 탐구할 필요 없이 그저 행동하기만 하면 된다고 여겼기에 큰 잘못을 저지른 것이다.

61

「오르페우스·에우리디케·헤르메스」와 거의 비슷한 시기에 릴케는 「1906년의 자화상」이라는 시를 썼다. 당시 막 서른이 넘었던 그는 간결한 문체로 눈썹부터 시작해 자신을 그려 냈다.

아치형의 눈썹 속에
까마득히 오래된 고귀한 종족의 활기가 감춰져 있다.
눈 속엔 아이 같은 초조함이, 푸른색의,
그리고 흩어진 겸손이, 어리석은 이의 비굴함이 아니라
차라리 여성적인, 남을 섬기는 데 익숙한 모습이 있다.
아주 평범한 입은 크고 곧으며,
좀처럼 움직이지 않지만, 필요할 때는
말을 한다. 이마는 나쁜 구석 없이,
그늘 속에서 아주 편안하게, 아래를 향해 있다.

릴케의 자화상에는 그가 시인이 될 수 있었던 조건이 내포되어 있다. 그는 고귀한 종족의 활기를 지니고 있지만 그 활기를 남용하거나 오용하지 않았다. 즉 이 혈통 때문에 오만해지지 않았다. 그는 여전히 아이 같은 태도로 이 세계를 대한다. 불안하고 불확실하며 진지하게 탐구하려 하고 때때로 겸손을 내보인다. 그는 그다지 자신 있어 하지도 않고 스스로가 옳다고 여기지도 않는다. 그는 언제든 이 세계를 섬기기를 바라지만 맹목적이고 비굴하게 섬기는 것이 아니라 사랑과 관심에서 우러난, '여성과 같은' 열정으로 섬기고자 한다. 릴케는 또 한 번 남자와 여자의 차이를 대조하면서 또 한 번 명확하게 여성 쪽에 선다. 남자는 진정으로 섬길 수 없다. 남자의 섬김은 무지에서 비롯한 것이라 자신이 무엇을 위해 섬기는지 분명히 알고, 섬기는 과정에서 자아의 의미를 얻는 여성 특유의 태도가 결핍되어 있다.

그의 입과 이마는 겉보기에는 아주 평범하지만 사실은 특별한 성향을 지니고 있다. 정말로 말해야 할 때만 비로소 말을 하고, 차라리 어두운 곳에서 수그린 채 늘 밖으로 드러내거나 뽐내지 않는다는 것이다. 이런 "이마가 나쁜 구석 없는"ohne Schlechtes(직역하면 '나쁜 것 없이') 것은, 만약 이마를 들고 밝은 곳으로 가서 사람들이 봐 주기를 바라는 데 익숙해진다면 '나쁜 것'이 생긴다는, 즉 나빠진다는 뜻을 담고 있다. 아직 나빠지지 않은 이마, 시인의 이마는 위와 바깥쪽을 향하지 않고 아래와 안쪽을 향한다.

> 이것들을 전부 더하면, 처음에는 그저 모호할 뿐;
> 기쁨 속에서든 고통 속에서든
> 지금껏 한데 모여 견고한 성취를 이룬 적 없다,
> 그럼에도, 널리 흩어진 수많은 것들과 함께
> 진지하고 엄숙한 작품을 계획하고 있다.

그의 눈썹과 눈, 입과 이마는 합쳐져서 선명한 생김새를 이룰 수 없다. 이는 그가 지닌 소질들이 세상에서 인정하는 성취를 구성할 수 없음을 은유적으로 나타낸다. 그러나 모호하고 흐릿한 가운데 이런 사람은 바로 명확하고 고정된 모습이 없으므로 각양각색의 '사물'과 관계를 맺을 수 있고, 아주 멀리 있는 낯선 사물까지도 이 삶에 들어와 그 일부가 될 수 있다. 시인으로서 그의 가장 특별한 점은 이미 완성한 일 혹은 작품이 아니라 끊임없는, 영원히 끝나지 않는 '계획'에 있다. '계획'이 이미 완성된 것보다 더욱 진지하고 진실하다.

이 시 마지막 행의 독일어 원문은 "ein Ernstes, Wirkliches geplant"이다. 이런 문장 유형은 중국어로 적절하게 번역하기가 무척 어렵다. 그는 그저 "진지함과 엄숙함을 계획한다"라고만 말해서 '진지함'과 '엄숙함'을 추상명사나 집합명사처럼 썼다. 그러나 이 문장에는 진지함과 엄숙함이 가리키는 대상이 없다. 문맥이 매끄럽게 통하게 하려고 나는 '작품'이라는 단어를 추가할 수밖에 없었는데, 원문의 뜻은 분명히 '작품'에만 한정되는 것이 아니다. 진지하고 엄숙한 일, 삶, 인격…… 모든 것이 원문이 포함하는 의미의 범위 안에 들어간다.

시인을 결정하는 것은 그가 어떤 시를 썼느냐보다는 오히려 그가 어떤 시를 쓰려고 계획하는지, 그리고 그 계획을 어떻게 대하는지에 달려 있다. 시인은 끊임없이 시를 쓸 준비를 한다. 그가 시를 쓰는 방식은 '사물'과 관계를 맺는 것이고, 자신을 '사물'들 사이에 두거나 혹은 서로 다른, 멀리 있는 낯선 '사물'을 모두 끌어당겨 '사물'을 체험하는 것이다.

시인으로서, 예술가로서 사실상 당신은 영원히 진정으로 '완성'될 수 없다. '완성'되면 아이러니하게도 창조의 충동이 멈추게 되고, 시인 혹은 예술가라는 신분을 잃어버려 당신의 몸속에서 그 '엄숙함'과 '진지함'이 사라지게 된다. 미래의 미완성된 '엄숙함'과 '진지함'을 마주하고, '엄숙함'과 '진지함'을 추구하는 자세가 시인을, 예술가를 정의한다.

파울라는 어째서 죽음에 만족하지 못하고 돌아오려 했는가? 「벗을 위한 레퀴엠」에서 얻은 마지막 해답은 '미완성된 작품을 위해서'라는 것이었다. 그러나 이 「자화상」이라는 시를 통해 우리는 '미완성'된 것이 어느 한 작품이 아니라 예술가로서 존재하는 일 자체이고 이런 본질임을, 끊임없이 계획하고 경험하고, 끊임없이 '엄숙함'과 '진지함' 속에서 살면서 '엄숙함'과 '진지함'을 추구하는 것임을 분명히 추론할 수 있다. 이것은 완성될 수 없다. 혹은 반드시 미완성의 상태를 계속 유지해야 한다.

만약 시인이 오르페우스처럼 언제든 시와 노래를 완성할 수 있고, 야수를 길들이고 저승을 정복할 수 있다면, 그는 '겸손'을 잃어 오만해지는 일을 피할 수 없을 것이다. 그의 이마는 번쩍번쩍 빛나면서 사람들이 볼 수 있도록 언제든지 높이 들려 있을 것이다.

계획하고, 준비하고 있는 시인은 끊임없이 '사물'과 관계를 맺으면서 자신을 새롭게 구성한다. 그 변화, 그 곤혹,

그 추구가 문자로 쓰인 것보다 더욱 근본적인 시이다.

62

『오르페우스에게 바치는 소네트』 제2부 제23편을 보자.

> 그대의 어느 순간에 나를 불러 주오,
>
> 모든 것이 멀어지고, 그대를 냉담하게 대할 때에;
>
> 애원하는 개의 얼굴처럼 가깝다가도
>
> 또 언제나 멀어지리라,
>
> 마침내 그대가 붙잡았다고 생각한 순간에.

릴케는 시의 도입부에서 오르페우스에게 "그대가 가장 힘든 상황에 나를 불러 주오!"라고 말한다. 신화에 따르면, 그때는 바로 오르페우스가 깊이 사랑하는 아내 에우리디케의 죽음을 두 번이나 마주해야 했을 때, 특히 두 번째에 자신의 부주의로 저지른 실수 때문에 에우리디케가 저승으로 돌려보내지는 것을 눈을 뻔히 뜨고 보고만 있어야 했을 때일 것이다. 시인으로서 릴케는 '시와 음악의 신'이 승리하려는 영광스러운 순간에 그에게 다가가고 싶은 마음이 없다. 오히려 오르페우스조차 어찌할 수가 없고, 가장 우울하며 곤혹스러워 좌절하는 순간에야말로 그와 오르페우스 사이에 평등한 '시적 연결고리'가 형성된다.

나는 주인에게 산책하러 가자고, 혹은 접시에 남은 마지막 고기 조각을 달라고 애원하는 개처럼 다가가서 가능한 한 그대와 가까워지고 싶다. 그러나 당신이 이 친밀함을 붙잡았다고 생각했을 때, 이 친근함에 기대어 위안을 얻을 수 있으리라 여긴 그 순간에, 몸을 돌려 떠날 것이다. 몇 번이고 되풀이해 떠날 것이다.

마침내 그대가 붙잡았다고 생각한 순간에.
이토록 그대에게서 멀어진 듯 보이는 것은 대부분 그대 자신의 것이다.
우리는 이미 자유롭다, 우리가
곧 집에 도착할 방향으로 걷고 있다고 생각할 때에.

어째서 이렇게 하는 걸까? 이렇게 해서 오르페우스의 마지막 고통, 즉 자신이 이미 시와 음악의 만능에 의지해 죽음을 뛰어넘어 에우리디케를 되찾아 왔다고 생각했지만, 마지막 순간에 에우리디케가 몸을 돌려 떠나간 고통을 복제하는 것이다. 오르페우스는 반드시 거듭 되풀이해서 이

것을 배워야 한다. 달리 말하면, 시인이 되려면 반드시 이 일을 반복해서 체험해야 한다. 오르페우스가 에우리디케를 구해서 돌아오게 하려 한 것은 바로 그가 이토록 한마음으로 아내를 자기 자신으로 보고, 자신의 것으로, 어찌 되었든 떨어질 수 없고, 잃어버릴 수 없는 자신의 일부로 여겼기 때문이다. 그는 에우리디케를 잃었다는 것을 받아들일 수 없었다. 이것이 우리의 맹점이고, 모든 문제의 근원이다. 우리는 그것이 당연히 '내 것'이라고 생각하기 때문에 '정말로 내 것인가?'라고 묻지 않는다. 당신이 당연하게 '내 것'으로 여기는 것들 대부분은 사실 당신의 것이 아니다. 그것들은 떠날 것이다. 당신이 분명히 움켜쥐고 있어서 의심할 필요가 없다고 생각한 때일수록 그것들은 몸을 돌려 떠날 것이다. 그리고 당신이 준비한 적 없기에 그것들이 떠난 일을 더욱 견디기 힘들고, 더 멀리 떠나 버렸다고 느낄 것이다.

릴케가 말하고자 하는 것은 한층 더 깊은 이치, 즉 시인으로서 아주 중요한 조건은 자기 자신을 파악할 수 없음을 인지하고 깨닫는 것이라는 점이다. 무엇이 당신의 것이고 무엇이 아닌지, 당신은 더 이상 명확한 답을 알 수 없다. 시가 인간에게 부여한 것은 기묘한 자유다. 시는 당신이 안전하고 편안한 '집'—의심할 여지 없이 확실한 갖가지 해답—을 끊임없이 떠나서 영원히 돌아가지 못하게 해 곧 '집'에 도착하려 할 때마다, 뭔가를 파악했을 때마다, 당신을 멀리 보내고 당신이 이미 가졌다고 여긴 것을 빼앗는다.

　　애태우며, 우리는 계속 발붙일 곳을 찾는다,
　　우리는, 때로 오래된 사물에 대해서는 너무 젊고
　　아직 오지 않은 사물에 대해서는, 너무 늙었다.

　　시는 영원한 결핍이고 불안이기에 시인은 계속해서 방랑하고 무언가를 찾아 헤매며 시간과 현실에 안주할 수 없다. 왜냐하면 시인은 근본적인 모순을 지니고 있기 때문이다. 이미 형성된 기존의 것은 견디지 못하는 동시에 아직 형성되지 않은 것, 사람에게 낯선 흥분을 느끼게 하는 것은 시공간의 구속이라는 현실적 제한을 받아 그에 가닿거나 경험할 수 없다는 모순 말이다. 그는 양쪽 중 어느 쪽으로도 갈 수 없는 상황 속에 살면서 끊임없이 찾아 헤맬 수밖에 없다.

　　우리는, 스스로 칭찬하는 부분을 정확하게 평가할 수 있을 뿐이다.

우리는, 아, 나뭇가지이고, 쇠이고

성숙한 위험 속의 달콤함이기 때문이다.

그래서 우리는 함께 떠도는 것을 소중히 여길 뿐이다. 우리는 고정되고 굳어진 것에는 구속받고 싶지 않으며 아직 형성되지 않아 변화하고 있는 것에는 가까이 다가갈 수 없다. 우리, 오르페우스를 비롯한 모든 시인은 마치 큰 나무가 자라듯 한번 성장했다면 점차 고정되어 가는 형체를 보인다. 나뭇가지 하나하나로, 쇠처럼 확실한 모양으로 변해 가면서 줄곧 고정된 것과 아직 고정되지 않은 것 사이의 변증법 속에 있다. 거기에는 모순적인 달콤함과 위험이 존재한다. 어떤 관점에서 보면 고정되고 성취한 것은 달콤함이고, 그렇다면 떠돌며 계속해서 변화하는 것은 고정된 것을 부수고 성취를 취소하는 위험이다. 관점을 바꿔서 보면 미지의 것과 변화 속에 있는 것은 달콤한 기대를 가져다주고, 그렇다면 이미 형성되어 더는 바꿀 수 없는 것은 활기를 굳어지게 만드는 위험이다.

시인의 자아는 이렇게 종잡을 수 없는 변증법적 상태에 처해 있다.

63

사람은 지속적인 변화 속에서 외부 세계와 관계를 맺을 수밖에 없다. 릴케는 시를 통해 사람과 사물, 사람과 외부 세계 사이의 어렴풋한 상호 작용을 묘사하는 데 능했다. 가령,「스페인 무희」라는 시를 보자.

> 손안의 성냥이 하얀빛을 내며,
> 타오르기 전에, 모든 방향으로
> 작고 반짝이는 불혀를 뻗어 내듯이—사람들 한가운데서
> 관중에 둘러싸여, 빠르고 뜨겁게
> 그녀의 둥근 춤은 어두운 방 안에서 반짝이기 시작한다.

시인은 성냥을 그어 불을 붙이는 과정을 자세히 나누어 묘사했다. 성냥 머리가 사포에 그어지는 순간, 처음에는 성냥 머리 주위로 둥그렇게 각기 다른 방향으로 작은 불길이 뿜어져 나가고, 다음 순간에야 성냥 머리가 완전히 타오르며 불빛을 낸다. 스페인 무희의 춤도 마찬가지로 아주 작은 동작에서 시작되어, 시작하자마자 그 빛과 열기로 온 방 안을 폭발적으로 불태운다.

갑자기, 마음껏 타오르는 불꽃.

한 번 올려다보는 눈길로, 그녀는 머리칼에 불을 붙이고

점점 더 빠르게 회전하며 마침내 그녀의 드레스를

열정적인 불꽃으로

화로가 되게 해, 깜짝 놀란 방울뱀 같은,

길고 벌거벗은 팔이 뻗어 나오며 소리 지른다.

불꽃이 불로 변하는, 이토록 극적인 발전이라니! 무희는 춤으로 빛과 열기만 만들어 낸 것이 아니라, 더 나아가 춤을 추면서 자신을 불꽃으로 만들었다. 그녀가 바로 불꽃이다. 그런 다음, 불기둥으로 빛과 열기를 더해서 스스로 화로가 되었다. 그녀의 춤추는 팔을 보면 그 화로의 본체와 분리된 듯 화로 속에서 뚫고 나온, 깜짝 놀라 독액을 쏠 준비를 하며 위협적인 소리를 내는 뱀처럼 아주 위험하고 위협적인 성질을 띠고 있다.

플라멩코의 특징 중 하나는 바로 무희의 눈빛이다. 눈빛과 동작이 한데 어우러져, 양쪽 모두 도전적이면서도 도발적인 기색을 띤 채 서로를 강화하면서 놀라운 열정과 호소력을 전달한다. 위를 올려다보는 눈길에서 온 도발적인 기색은 불타오르면서 위쪽으로 뻗어 나가는 움직임과 호

응한다. 그리고 무희는 빠르게 돌면서 공기의 흐름을 바꿔, 불을 더욱 거세게 만드는 듯하다.

릴케는 이런 점을 정확하게 포착했다. 그뿐만이 아니라 그는 우리가 플라멩코의 또 다른 특징인 무희의 팔동작을 집중해서 보게 한다. 릴케는 이를 두고 "깜짝 놀란 방울뱀 같다"wie Schlangen die erschrecken고 비유했는데, 독일어 원문의 순서에 따르면 '방울뱀'이라는 말이 먼저 나오고, 그 후에야 더 정확히 '깜짝 놀란'이라는 묘사가 이어진다. 깜짝 놀란 방울뱀은 위협하듯 꼬리를 높이 쳐들고, 불안한 소리를 낸다. 무희의 희고 긴 팔도 바로 이렇게, 화로 같은 몸에서 뚫고 나와 위로 솟구친다.

그런 다음: 그 불꽃이 그녀의 몸을
너무 단단히 감쌌다고 느낀 듯, 그녀는 불꽃을 던져 버리고
오만하게, 당당한 자세로
바라본다: 불꽃은 바닥에서 계속 용솟음치며
여전히 뻗어 나가며, 죽기를 거부한다—
결국, 완전한 자신감과 달콤함이 담긴
남의 재앙을 기뻐하는 웃음을 띤 채, 그녀가 얼굴을 들고
계속 이어지는 종종걸음으로 불꽃을 밟아 끌 때까지.

그리고 결말 부분에서는 불에 관한 비유가 다시 바뀐다. 무희가 불이었고, 무희의 동작이 타오르는 불꽃 같았지만, 이제 불은 그녀를 감싸고 구속하는 힘이 되었다. 그래서 그녀는 불꽃의 구속에서 벗어나려 모든 동작이 몸에 붙은 무언가를 내던지는 것처럼 바뀌었다. 상상 속의 그 불꽃은 던져졌지만 그녀의 춤이 피워낸 불이 너무나 맹렬해서 그 불꽃이 마치 스스로 생명을 얻은 양 그녀와 그녀의 몸짓을 떠났음에도 바닥 위에서, 그 공간 속에서 계속 타오르며 쉽게 꺼지지 않는다. 그래서 무희는 플라멩코에서 다음으로 나오는 독특한 동작, 즉 고개를 들고 빠르게 발을 구르는 동작을 한다. 시인이 보여 주는 광경 속에서 이 동작은 마치 아직도 타오르는 불혀를 밟아, 무자비하고 확실하게 전부 꺼 버리는 동작처럼 보인다.

　　무희의 동작을 형용하면서 릴케는 '오만한'herrisch과 '당당한'hochmutig이라는 두 형용사를 사용했는데 이 단어들은 모두 귀족의 지위라는 의미를 내포하고 있어, 무희가 '군림'하듯이 위에서 아래로 내려다보는 태도를 표현한다. 그녀는 이 자리의 주인공인 데 그치지 않는다. 플라멩코에서 더 중요한 것은 그녀가 주인이라는 것이다. 한때 그녀를 구속했던 불꽃마저 결국 그녀에게 복종했으니, 그녀의 춤을 보면서 그녀의 동작에 매료된 관중은 더 말할 것도 없다.

이렇게 해서 사람과 춤, 춤과 불, 무희와 상상 속의 불과 열정까지, 이 모든 것이 복잡한 관계로 얽힌다. '사물'이 사람 속에 들어와 사람의 일부가 되어 사람을 변화시켰고, 동시에 '사물'의 표면적인 성질도 변화시켰다.

64

릴케는 이와 같은 '사람'과 '사물'의 관계를 통해 또 다른 명시인 「표범」(파리 식물원에서)을 썼다.

그의 시야는, 끊임없이 지나가는 창살 탓에

이토록 지쳐, 아무것도 붙잡아 둘 수 없다.

그의 눈 속에는 마치 천 개의 창살이 있고

창살 뒤에는, 세계가 없는 듯하다.

시의 도입부부터 바로 표범과 창살의 관계를 보여 준다. 시에는 갇혀 있는 표범이 등장한다. 그의 눈앞에는 창살밖에 없다. 그런데 시인은 묘사를 통해 이 창살들이 끊임없이 움직인다는 것을 특별히 부각한다. 계속 움직이기 때문에 창살이 무한히 늘어나, 그를 둘러싼 유한한 몇 개 혹은 몇십 개가 아니라 심지어 천 개로 늘어난 듯하다. 창살이 시야를 가득 채워 창살 외의 다른 것을 용납하지 않고, 창살이 전부가 되었다. 심지어 창살 뒤에 세계가 존재한다는 것을 상상조차 할 수 없다.

이런 묘사는 시점의 소재를 생생하게 설명한다. 우리가 일반적으로 창살 밖에서 그 안에 있는 표범을 보는 것이 아니라 표범의 시점으로 안에서 밖을 바라보는 것이다. 더 정확하게는, 끊임없이 걸어 다니며 발걸음을 멈추지 않는 표범의 시선이다. 창살 밖의 세계를 보려면, 창살 밖에 세계가 있다는 것을 알아차리려면, 그는 우선 창살을 꿰뚫어보고 창살 사이의 틈을 찾아야 한다. 그는 멈춰 서서 자신을 안정시켜야 한다. 그러나 표범은 계속 걷느라 창살을 꿰뚫어 볼 여유가 없다. 눈 속에 계속 이어지는 창살만 이어지니 그는 지치고 약해지고 공허해지고 단조로워졌다.

그가 한 번, 또 한 번 좁은 원을 그리며 돌 때
그 힘 있고 부드러운 발걸음은
중심을 둘러싸고 도는 원시의 무도舞蹈 의식인 듯하고,
그 중심에는 마비된 용맹한 의지가 있다.

시는 제2연에 이르러서야 창살 밖으로 가 사람의 시점으로 이 표범이 창살 안에서 빙빙 도는 것을 본다. 이때 우리의 감각도 시점에 따라 변한다. 우리는 표범의 민첩하면서도 힘 있는 발걸음에 매료되고 만다. 또한 우리는 이런 모습을 보면서 의인화해 상상한다. 원시 부락의 밤에 불꽃이 타오르고 수많은 남녀가 불꽃을 둘러싸고 빙빙 돌며 춤추는, 생명의 힘을 향한 소박한 숭배를 상상하지 않을 수 없다.

이 표범은 무엇을 둘러싸고 도는가? 그 중심에는 불도, 신의 상징도 없이 텅 비어 있다. 그러나 쉬지 않고 빙빙 도는 그의 발걸음이 그 중심에 특별한 의미를 부여해 그곳에 그가 굳건하고 우아하며, 힘찬 발걸음을 한 번, 또 한 번 디딜 만한 가치를 지닌 특별한 뭔가가 있는 것처럼 생각되게 한다. 그 텅 빈 곳에는 무엇이 있을까? 있을 수 있는 것은 모순적인 의지다. 갇혀 있음에도 여전히 그 발걸음을 용맹하게 유지하는 의지이지만, 동시에 아무리 용맹하다 해도 갇힌 상태를 벗어나지 못하고 그 자리에서 떠날 수 없는, 어쩔 도리가 없는 의지다. 기묘하게도 의지의 '용맹'과 '마비'는 병존할 뿐만 아니라 결코 나눌 수 없는 한 사물의 양면을 구성한다.

그저 우연히, 그의 눈동자 위 장막이

조용히 걷힌다ㅡ. 형상 하나가 그 안에 던져져,

팽팽하게 당겨지고 굳어진 근육을 뚫고ㅡ

심장까지 들어가, 사라진다.

　그 용맹한 의지가 그를 끊임없이 걷게 해서 유한한 창
살을 무한히 걷게 만든다. 그의 눈앞에는 그저 창살과 더 많
은 창살만이 존재해 계속 이어지는 창살이 그의 시선을 단
절시킨다. 지극히 드문 우연한 상황에서만 그는 고개를 들
고 창살 밖의 사물과 현상을 본다. 형상 하나가 줄지어 선
창살을 뚫고 그의 시야 속에 던져져 더 안으로, 그의 몸속
가장 깊은 곳, 즉 심장으로 들어간다. 그리고 그곳에서 온
데간데없이 사라진다.

　65

이 시에서 릴케는 우리가 우선 표범을 분명하게 느끼게 하
고, 그다음에 비로소 표범을 보게 한다. 즉 일반적인 주체
와 객체의 순서를 일부러 바꾼 것이다. 정상적인 순서는 우
선 창살 밖에서 안에 갇혀 있는 표범을 본 다음, 표범의 모
습과 움직임에 감화되어 감정 이입해서 창살 안에 있는 표

범의 기분을 상상하는 것이어야 한다. 그러나 이런 순서는 주체와 객체가 이미 형성되어 있으므로 주체가 주관적인 노력을 통해 가능한 한 주체의 입장을 내려놓고 객체에 다가가려 하는 시도일 뿐이다. 그러나 릴케에게는 이걸로는 부족하다. 그는 시를 통해서 주체와 객체가 나뉘어 형성되기 전에 아주 잠깐 사이에 사라지는 어떤 희미한 상태, 즉 우리가 직감적으로 생각을 거치지 않고 '사물'과 동일시해 '사물'이 되는 상태를, 최소한 갇혀 있는 표범의 시선이 되는 상태를 표현하고 전달하려 한다. 그 시선 속에는 구체적이고 객관적인 창살이 없다. 여기서 저기까지 둘러싸고 하나씩 더해져 수십 개가 된 창살만이 있다. 아니, 표범의 눈에 들어온 그 창살은 끊임없이 움직인다. 그가 계속해서 꼿꼿하게 도는 바람에 자신의 움직임을 잊고 그저 멍하니 창살이 움직이는 것을, 그리고 점점 더 많아지는 것을 느낄 뿐이다.

이런 방식으로 '사물'과 동일시하면 우리는 '사물'을 느낄 뿐만 아니라 '사물'을 통해 자신의 일부분에 닿고 이해하게 된다. 점점 더 많아지는 그 창살 안에 갇혀서 계속 창살만 노려보다가 결국 창살 밖의 세계를 잃어버린 것은 파리 식물원의 그 표범이 아니라 우리 자신, 최소한 우리 자신의 일부다.

우리는 우선 표범이 되었다가 나중에야 뒤로 물러나 이 표범을 관찰한다. 따라서 표범에 대한 관찰과 느낌은 필연적으로 자아에 대한 관찰과 느낌이기도 하다. 우리와 외부 세계와의 관계는 일정한 방향이 있고, 날마다 다른 과정이 있는 것처럼 보인다. 그러나 가만히 생각해 볼 때, 혹은 반대로 멍하니 혼란스러울 때면 우리도 종종 그 방향과 과정의 존재를 확실히 알 수 없고 나의 매일이, 내 인생이 그저 빙빙 돌기만 하는 것이 아니라고 자신을 명백히 설득할수 없지 않은가?

날마다 이렇게 흘러가는 시간은 하나하나 세워진 창살 같지 않은가? 우리는 자신이 어떤 중심을 둘러싸고 도는지 알고 있는가? 그런 중심 안에는 무엇이 있는가? 그 중심은 의미가 있는가? 우리가 숭배할 만한 신이 그 자리를 차지하고서 우리가 원시 부락의 의식을 행하듯이 둘러싸고 춤추게 만드는 것인가?

그리고 우리는 정말로 세계를 보고 정말로 세계의 존재를 인지하고 느끼는가? 아니면, 우리가 보는 것은 그저 끊임없이 반복되는, 우리 자신의 발걸음이 만들어 낸 끝없는 창살일 뿐일까? 우리는 창살과 창살 사이 세계의 모습의 차이를 구분할 수 있는 능력을 갖추고 있는가? 우리가 무료하게 반복되는 창살을 세계의 전부로 여기고 심지어 창살이 바로 세계라고, 창살 외에는 다른 세계가 없다고, 그저 나태하게 자신을 설득하는 시간은 또 얼마나 될까?

그래서, 이 짧은 시가 표범을 현대 생활의 은유로 만든다. 이 표범과 마찬가지로 우리의 삶도 계속 멈추지 않는다. 어떤 관점에서 보면 동력으로 충만해 있지만 다른 관점에서 보면 그것은 마비된 의지가 만들어 낸 동력이다. 왜냐하면 쉬지 않고 이어지는 운동은 실제로는 그저 맴돌 뿐, 어디로도 가지 못하기 때문이다. 그 운동의 유일한 역할은 우리를 가둔 창살을 늘려서 창살이 점점 더 길어지고 많아지게 해 우리와 진짜 세계 사이의 연결을 끊는 것뿐이다.

바깥 세계를 볼 수 없다는 점이 그 표범이—그리고 현대의 우리가—빙빙 도는 데 더욱 익숙해지게 해서 창살 밖으로 뛰쳐나갈 수 있는 방향감을 잃게 만든다. 창살은 점차 존재의 자연스러운 일부가 되고 표범의 '눈꺼풀'이 된다. 그는 스스로 눈꺼풀을 감고 보이지 않는 것을 받아들이듯이 창살이 그와 세계를 단절시킨 결과를 받아들인다.

우리를 막는 것은 사실 우리를 포위하고 회전하는 현상이 아니다. 현상의 회전은 사실 우리 자신이 빙빙 돌면서 생겨난 효과일 뿐이다. 우리의 타성이 우리 자신을 세계에서 떨어진 작은 공간 안에 가뒀다. 아주 드문 순간에만 외부의 현실이 뜻밖에도 뛰어 들어와 눈을 통해 들어가서 몸과 근육으로 느껴진 다음 우리의 마음에, 우리의 인격과 존재의 가장 핵심적이고 가장 깊은 부분에 부딪힌다. 그러나 우리는 이미 끝없는 창살에 철저히 길들여졌으므로 그 짧은 한순간의 부딪힘이 만들어 낸 잠깐의 진동은 연쇄반응을 일으키지 못한다. 그걸로 끝날 뿐, 이어지는 내용이 없으니 "한 번 더?"와 같은 인간 희극은 있을 수 없다.

66

시와 시인은 스스로 만들어 낸 창살을 달갑게 받아들이지 않는다. 그들은 방종하면서도 소심하게 빙빙 돌던 발걸음을 멈추고는 눈을 최대한 크게 뜨고서 어느 것이 창살이고, 어느 것이 창살 사이로 드러난 세계인지 구분한다. 어느 것이 풍부하고 충만하고 신선하고 문제와 의문으로 가득 찬 세계인지, 분명히 구분한다.

릴케 연보

1875년   12월 4일에 당시 오스트리아 헝가리 제국에 속한 체코의
프라하에서 태어났다. 아버지 요제프 릴케는 철도회사에
근무하였으며 어머니의 이름은 피아(결혼 전 성은
엔츠)였다.

1886~1891년
군사학교에서 수학했다. 이 시기부터 시를 쓰기 시작했다.

1894년   첫 시집 『삶과 노래』Leben und Lieder를 출판했다.

1895년   프라하에서 고등학교 졸업시험을 보고, 같은 해
프라하대학교에 입학해 예술사와 문학사를 공부했다.

1896년   뮌헨대학교에 입학해 철학을 공부했다. 뮌헨 문단에서
활동하던 작가 루 살로메Lou Andreas-Salomé를 만났다.

1897년   살로메를 따라서 베를린으로 이사했다. 살로메의 권유로
이름을 '르네'René에서 '라이너'Rainer로 바꾸었다.

1899~1900년
살로메를 따라 러시아를 두 차례 여행했다. 1900년 여름,
브레멘 근교의 예술가 마을 보르프스베데Worpswede를
방문해 그곳에서 화가 파울라 모더존-베커Paula Modersohn-

Becker와 조각가 클라라 베스트호프Clara Westhoff를 만났다.

1901년   살로메와 헤어지고, 4월에 클라라와 결혼해 같은 해 딸
         루트Ruth를 낳았다.

1902년   경제적으로 어려워져 클라라와 헤어지기로 협의했다.
         조각의 대가인 로댕의 전기를 집필하는 일을 받아들여
         파리로 갔고, 로댕의 도움을 받았다.
         『신시집』Neue Gedichte의 첫 번째 시 「표범」을 완성했다.

1903년   로댕과의 교류와 여러 나라를 여행한 경험이 릴케의
         작품에 영향을 주었다. 이탈리아의 휴양도시
         비아레조Viareggio에서 지내는 동안 『기도 시집』Das Stunden-
         Buch을 집필했다.

1905년   『기도 시집』을 출판했다.

1906년   로댕의 비서 일을 맡았으나 얼마 지나지 않아 로댕과의
         성격 차이로 인해 그만두었다.
         1899년에 쓴 장시 『코르넷 크리스토프 릴케의 사랑과
         죽음의 노래』Weise von Liebe und Tod des Cornets Christoph Rilke를
         출판했다. 세기의 전환기에 창작된 이 책은 전통예술과
         매우 다른 청년들의 스타일에서 깊은 영향을 받았다.

1908년   전해에 사망한 친구 파울라 모더존-베커를 기념해 「벗을

위한 레퀴엠」을 창작했다.

1910년 1904년에 창작을 시작한 일기체 소설 『말테의 수기』The
Notebooks of Malte Laurids Brigge를 출판했다.

1912년 백작부인의 환대를 받아 두이노 성Schloß Duino에서 머물며
『두이노의 비가』Duineser Elegien 초반 몇 편을 창작했다.
살로메와 함께 뮌헨에서 열린 정신분석학회에 참가해
그곳에서 심리학자 프로이트를 만났다.

1914년 제1차 세계대전이 발발했다. 릴케는 처음에는 흥분을
느꼈으나 곧 전쟁의 잔인함 때문에 비통함을 느꼈다.

1915~1916년
오스트리아 군대에 징집되어 보헤미아(지금의
체코공화국 중서부 지역)로 보내졌다. 이듬해에 빈에 있는
전사편찬위원회로 이동했다.

1918~1919년
전쟁 후에 다시 뮌헨으로 이사했다. 이후에 독일을 떠나
스위스 각지를 돌아보며 창작에 전념할 만한 곳을 찾았다.

1921년 여름에 마침내 가장 적합한 곳인 론 계곡에 위치한 뮈조트
성Château de Muzot을 발견해, 그곳을 거점으로 삼아 한동안
유쾌한 시간을 보냈다.

1923년　　『두이노의 비가』와『오르페우스에게 바치는

　　　　　소네트』Sonette an Orpheus를 출판했다.

1924~1926년

　　　　　건강 상태가 좋지 않아 발몽Valmont과 바트 라가츠Bad

　　　　　Ragaz의 요양소에 여러 차례 머물렀다. 1926년 12월 29일,

　　　　　발몽 요양소에서 사망했다. 사후에, 남긴 방대한 서신이

　　　　　책으로 출판되었다.

세계문학공부를 펴내며

사람들은 종종 책과 문학을 분리합니다.

　"책은 좋아하지만 소설은 읽지 않는다."

　"시는 어렵고 내 취향이 아니다."

　무람없이 이야기하며 독서의 대상에서 문학을 제외하지요. 문학의 쓸모를 의심하기도 합니다. 난해하고 당장 써먹을 지식도 아닌 것 같다면서요. 하지만 문학의 힘과 읽는 즐거움, 읽고 난 후의 감동을 경험하고 나누는 사람이 곁에 있으면 그 문을 두드려 보고 싶은 마음이 생길지도 모릅니다. 높은 산을 쉽게 오를 사잇길을 누군가 알려 주고 동행한다면 한번쯤은 같이 오를 마음이 생기는 것처럼요.

　세계문학공부는 바로 이런 독자를 위해 기획한 시리즈입니다.

　자기 시대, 자기 나라를 대표하는 작가로 불리는 이들이 있지요. 미국의 헤밍웨이, 일본의 하루키, 프랑스의 카뮈, 독일의 릴케, 콜롬비아의 마르케스…… 나는 읽지 않았어도 수많은 작가와 작품이 인용하고 어디선가 들어 본 이름들이 있습니다. "누구누구를 읽지 않고 어디어디 문학을 논하지 말라."와 같은 무섭고도 거창한 말도 간혹 들리지요. 하지만 그런 협박성 추천을 들어도 읽어 볼 엄두가 쉽게 나지는 않습니다. 일단 두껍고, 다른 나라 이야기이고, 한두 권도 아닌데 왜 읽어야 하는지 모르겠으니까요.

이 시리즈를 쓴 양자오 선생은 중화권을 대표하는 인문학자로 세계에서도 보기 드문 전방위적 텍스트 해설 능력을 갖춘 독서가입니다. 당신 자신이 소설가이자 좋은 책을 소개하는 라디오 프로그램의 진행자이며 탁월한 문예비평가이기도 합니다. 선생은 책과 문학의 문 앞에 서서 주저하는 이들을 위해 '명작을 남긴 거장'으로 손꼽히는 작가와 그들이 살았던 시대, 그들의 뛰어나고 독특한 작품을 만든 삶과 체험에 대해 이야기합니다. 기질은 어떻고 무엇을 좋아했는지, 어느 때 어디에 살았고 그때 그곳에서 어떤 일을 보고 겪었는지, 어떤 경험이 이 사람을 이런 작가로 만들었으며 그 모습이 여실히 드러난 대표작은 무엇인지 읽노라면 멀게만 느껴지던 작가가 조금씩 친근해지며 이런 '사람'이 쓴 값진 '이야기'를 읽어 보고 싶어집니다. 오랜 숙원인 '세계문학 읽기'가 시작되는 것이지요.

이미 문학 읽기의 기쁨을 아는 독자에게는 다시 읽기의 즐거움을 함께 맛보자고 제안합니다. "저도 예전에 읽었는데 이번에 다시 읽으니 이런 것들이 보였습니다만……" 하면서요.

읽다 보면 '어, 나도 읽었는데 왜 이건 못 봤지?' 하는 마음이 들며 먼지가 소복이 쌓인 서가에 꽂아 둔 오래된 이야기를 다시 읽고 싶어집니다. 언젠가 해 보려 했던 '다시 읽기'가 시작되는 것이지요.

스스로를 알고 타인을 이해하는 것이 문학 읽기의 쓸모라고 말하는 사람들이 있습니다. 문학은 언제나 우리를 더 나은 사람이 되도록 이끈다고 말하는 사람들도 있지요. 이 책은 우리를 이 쓸모의 바로 앞까지 데려다줍니다. 작가가 궁금해져서 작품 읽기를 시작해 보고 싶은 마음, 다시 읽기를 통해 이전에는 몰랐던 작가의 새로운 모습을 발견하고 싶은 마음, 나아가 작가가 살았던 시대와 세계까지 알고 싶은 마음이 생긴 독자와 함께 읽고 싶습니다.

유유 편집부 드림

알 수 있는 것과 알 수 없는 것 사이에서
: 릴케 읽는 법

2025년 4월 4일   초판 1쇄 발행

지은이	**옮긴이**	
양자오	박희선	

펴낸이	**펴낸곳**	**등록**
조성웅	도서출판 유유	제406-2010-000032호 (2010년 4월 2일)

주소
경기도 파주시 돌곶이길 180-38, 2층 (우편번호 10881)

전화	**팩스**	**홈페이지**	**전자우편**
031-946-6869	0303-3444-4645	uupress.co.kr	uupress@gmail.com

	페이스북	**트위터**	**인스타그램**
	facebook.com	twitter.com	instagram.com
	/uupress	/uu_press	/uupress

편집	**디자인**	**조판**	**마케팅**
인수, 김은경	이기준	정은정	전민영

제작	**인쇄**	**제책**	**물류**
제이오	(주)민언프린텍	라정문화사	책과일터

ISBN 979-11-6770-118-3 04800
979-11-89683-93-1 (세트)

세계문학공부 시리즈

영원한 소년의 정신
: 하루키 읽는 법

—양자오 지음, 김택규 옮김

왜 사람들은 하루키에 열광할까?
하루키의 작품은 언제부터 청춘의
필독서로 여겨졌을까? 하루키의
작품 속 인물들은 왜 늘 알 수 없는
선택과 이상한 행동을 할까? 중화권의
대표적인 인문학자 양자오 선생이
무라카미 하루키를 향해 쏟아진 많은
질문들에 명쾌한 답을 제시한다.

인생과의 대결
: 헤밍웨이 읽는 법

—양자오 지음, 김택규 옮김

헤밍웨이를 알지 못하고 제대로
읽어 본 적 없는 독자에게는 이
책을 시작으로 헤밍웨이의 작품과
교양으로서의 문학을 접하기를,
오래전에 그의 작품을 읽고 그의 삶에
대해 어느 정도 아는 독자에게는 조금
더 폭넓은 헤밍웨이 읽기를 시도해
보길 제안한다.

이야기를 위한 삶
: 마르케스 읽는 법

—양자오 지음, 김택규 옮김

라틴아메리카 문학의 거인이자
'마술적 리얼리즘' 기법으로
소설 언어의 새 지평을 열었다고
극찬받는 소설가 가브리엘
가르시아 마르케스. 그의 작품과
기질, 시대와 삶을 톺아보며 타고난
이야기꾼이자 위대한 예술가인
마르케스의 진면모를 만나 본다.

자기 자신에게 성실한 사람
: 카뮈 읽는 법

—양자오 지음, 김택규 옮김

부조리한 삶을 성실히 살아내야
하는 이유가 도대체 무엇일까?
소설가이자 철학자로서 많은 찬사를
받았음에도 당대 프랑스 지식인에게
끊임없이 배척당하며 그야말로
'이방인'과 같은 삶을 살아 온 카뮈의
삶과 작품 세계를 안내한다.